滄狼行
卷1
瀚海對決
指雲笑天道

目錄

CONTENTS

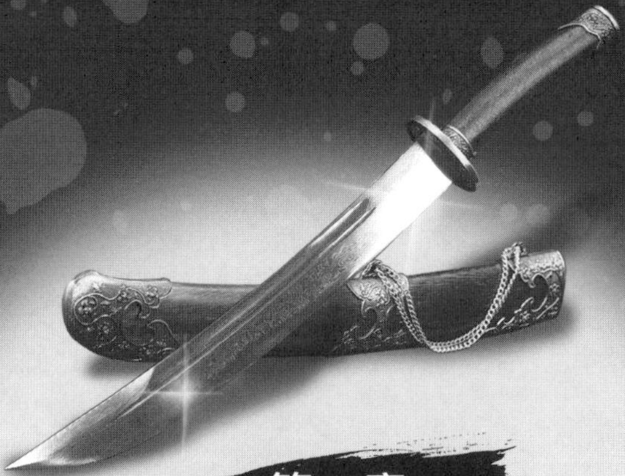

第一章

平安客棧

齊胸高的院牆內，矗立著一座二層建築，
它的表面被風沙吹得千瘡百孔。
牆上有著一個個的小洞，客棧前立著一桿大旗，
被勁風高高揚起的大旗上，寫了四個大字「平安客棧」，
在這四個字的旁邊還寫了一行蝌蚪文般的蒙古語。

大明嘉靖三十六年的夏天，大同關外，黃沙萬里，荒無人煙。這裡是明朝與蒙古的分界之處，自從當今的嘉靖皇帝禁止與蒙古通商互市以來，這片荒漠就連年戰亂，沙漠中到處都是戰死者的累累白骨。

月正當空，關外的狼嚎聲此起彼伏，隨著這沙漠中勁風的吹拂，時不時有些森森白骨從黃沙下面湧現出來。即使最膽大的走私商隊，看到這些也會心驚肉跳。

離關十里處的大漠之中，一棵半人高的沙棘動了動，隨即突然倒了下來，只見沙棘下面的一塊鐵板被頂了起來，露出一個洞口。

五十餘名勁裝蒙面，配著刀劍的漢子，一看身形都是百裡挑一的武者，從洞中魚貫而出，後面的人抬出了二十口大箱子，一行人在空曠的沙漠裡又向右走了五里多才停了下來。

為首的一人，身材高大魁梧，虎背熊腰，足足比同伴們高出了半個頭，合身的夜行衣把他身上的肌肉繃得稜角分明，露在蒙面布外的一雙虎目炯炯有神，兩道墨染一般的劍眉更是威氣逼人。

大漢環顧左右，一揮手，身後一人從懷裡摸出一串花炮，放在手上，直沖雲霄，「叭」的一聲，空中散開一片絢麗的煙花，照亮了漆黑的夜空。

就在花炮破空之後的片刻，遠處的天空也同樣有一串花炮在空中炸開。

那名放花炮的黑衣人指著遠方，掩飾不住心中的激動和不安：「爺，他們來了。」

大漢的聲音鏗鏘有力，透出一股冷酷，彷彿不帶任何人類的感情：「我看到了。」

遠處響起一陣駝鈴聲，一支百餘人的駝隊由遠及近，個個皮帽氈衣，鬚眉上覆了一層厚厚的沙子，看起來一個個高鼻深目，大半都是胡人。

駝隊在眾人面前一箭之地停下，三個人走了過來，中間一人黃眉黃鬚，體格健壯如牛，鷹鼻獅口，滿面虯髯，不怒自威；左邊一人是個身材中等，獐頭鼠目的漢人，像是個翻譯；而右邊的則頭戴小氈帽，唇上兩撇鉤鬚，神色中透著精明，看上去明顯是個胡商。

漢人翻譯開口道：「辛苦了，想不到閣下在這種時候還按時赴約。」

大漢的語調如同寒冰，眼睛卻一直沒有從那個黃眉壯漢身上移開過：「都是為了討生活，沒什麼，你們也很準時。」

漢人翻譯盯著那些大鐵箱子，眼裡放出了光：「貨都帶來了嗎？」

大漢一揮手，身後的人打開鐵箱子，火光的照耀下，只見每一箱都是上等的綾羅綢緞，綢緞上的金線閃閃發光，亮得箱子周圍的人一陣目眩。

黃眉人舉了一下手，那胡商小跑幾步，上前仔細地驗起貨來，片刻之後，胡商走了回去，向黃眉人點了點頭。

大漢冷冷地道：「你們已經驗完貨了，那我們要的東西呢？」

漢人翻譯嘿嘿笑了兩聲：「黃金二千兩，一兩不少。」

大漢的聲音抬高了一些，帶著幾分惱火：「嘿，這和約定的不符，一箱子二十匹上等絲綢，說好了每箱二百兩的。」

漢人翻譯兩手一攤，無賴地道：「老兄，現在兵荒馬亂的，也只有我們肯和你們做生意了，差不多就行了吧。要是我們不出錢，你們又能和誰做？這麼多貨，你們帶出關來就費了很大勁吧，如果對這個價錢不滿意，你們可以試著再帶回去嘛！」

黃眉人的臉上閃過一絲得意，而翻譯和胡商更是哈哈大笑起來。

「哼，今天就讓你們見識一下我做生意的手段。」大漢突然從身邊人手上奪過火把，扔在一個大鐵箱中，風助火勢，登時箱子裡就燃起了熊熊的大火。

在場所有人都吃了一驚，大漢身邊的人都不約而同的脫口而出：「爺。」

大漢舉起了右手，示意自己的手下們噤聲，對著黃眉人沉聲道：「**做生意就**

得有做生意的規矩，我最討厭別人言而無信，今天要是不按約定的價來，我寧可燒光這些綢緞也不會交易。」

黃眉人嘴角抽了一下，叫過漢人翻譯交代了幾句，那翻譯過來道：「我們老大說了，你愛燒不燒，價格不會變。」

大漢「嘿嘿」一聲冷笑，身形一動，翻譯眼前一花，大漢快如閃電般地從身邊兩個人手上又奪下火把，丟到另兩個箱子裡，「騰」地一下火起，三個火堆照亮了荒漠中的夜空。

黃眉人鬍子挑了挑，漢人翻譯來回穿梭著：「老大說，看你們來一趟不容易，剩下十七箱，每箱按一百五十兩給你們好了。」

二話不說，大漢又是一支火把在手，向第四個箱子丟去。

在火把落下的一剎那，黃眉人如鬼魅一般地閃到箱子前，大手一伸，把那支火把穩穩地抓在手中。

翻譯識趣地跑了過去，一陣嘀咕後，衝著大漢道：「老大說了，就按你說的，一箱二百兩，總共三千四百兩。」

大漢的眼中閃過一絲不屑，伸出兩根手指頭，搖了搖，斬釘截鐵地道：

「不，是四千兩。」

黃眉人突然開口說起了漢語，雖然有些大舌頭，倒也頗為流利：「你自己燒掉了三箱，這個損失不能算在我們頭上。」

「我說過，按約定的給錢就交易，我們的約定是二十箱四千兩，你們出爾反爾不能怪到我頭上，這三箱燒掉的由你們負責。如果不接受的話，我繼續燒。」

說話間，大漢閃到了五步之外，他的手裡又多出了一根火把，虎目中閃著冷冷的寒光，死死地盯著那黃眉人，語速不快但非常堅決。

黃眉人臉上閃過一絲難以形容的表情，臉上青一陣白一陣，顯然內心在激烈的交戰，最後他咬了咬牙，一跺腳，對著大漢說道：「好吧，算你狠，就按你說的來。」

黃眉人打了個響指，胡商奔回駝隊，開始向這裡搬運一箱箱的金子。

交割完畢後，兩撥人各自回頭。黃眉人走出去幾步後，突然停下腳步，轉過頭來，衝大漢嚷道：「我黃宗偉跟你們漢人打了二十多年交道，沒見過像你這樣做生意的，閣下能留下大號嗎？」

高大漢子拉下了面巾，露出一張三十開外，稜角分明，劍眉虎目，英氣逼人的臉，瘦削的下頜蓄著短髯，冷峻的眼神中透出一絲讓人生畏的氣勢，冷冷地說道：「**天狼**。」

等到黃眉人的商隊消失在漫天的沙塵中，再也不見蹤影後，大漢才一揮手，手下個個心領神會，抬著裝著黃金的箱子，其他人兵刃在手，全神警戒，小半個時辰後，一行人便走到了沙棘那裡的秘道處。

打開秘道入口，一個個黑衣漢子跳進了黑漆漆的洞中，那十口沉甸甸的鐵箱也被放了下去。

那名自稱為「天狼」的大漢，冷冷地看著手下們下到地洞，自己卻紋絲不動，抱著雙臂，杵在捲著黃沙的狂風中，身形挺立，如同一桿標槍。

待其他人都下到了地道，只剩下那個放花炮的手下還站在他身邊，上前一步道：「爺，您先回，這裡小的處理。」

天狼又戴上了面巾，拍了拍這人的肩膀，虎目神光一閃：「李千戶，這次你一路上辛苦，押運黃金回去的事，就交給你了！」

李千戶聽到後渾身一震，急道：「爺，這可不行，指揮使大人吩咐過，一定要您回去的，不然……」

天狼的劍眉挑了挑，眼中閃過一絲殺機，聲音變得冷酷起來：「不然如何？」

李千戶咬了咬牙，抗聲道：「爺，您就別為難屬下了，我知道我們這些人加起來不是你的對手，但上命在身，我們也沒有辦法！你要是實在不肯回去，我們也只有在你面前自盡了！」

說到這裡，李千戶手腕一抖，右手上便多出一柄牛耳尖刀來，刀尖一轉，眼一閉，對著自己的心口就要刺下去。這一下他用上了河東秦家閃電連環刺的手法，出刀、倒轉、刺心，一氣呵成，快如閃電！

只聽「叮」地一聲，也不知道離著李千戶足有五步遠的天狼使出了什麼手法，那柄牛耳尖刀突然間到了他的手上，他把玩著這把寒光閃閃的匕首，讚了聲：「上等的鎢精鋼打造，好刀，不過用來自盡太可惜了點。」

李千戶無奈地搖搖頭，眼裡泛出了點點淚光：「爺，屬下知道你好心，不願意為難兄弟們，但是指揮使大人的脾氣，你最熟悉不過，我們要是這麼空手而回，他一定不會放過咱們的。」

天狼的眼中寒芒一閃，一抬手，刀光閃過，李千戶左手的無名指和小指齊根而落，鮮血頓時隨著李千戶的慘叫聲一起噴濺了出來。

「李千戶，枉你跟了我這麼久，參加過那麼多次行動，居然還說我好心？**我天狼什麼時候是好人了？**」天狼的眼中帶著幾分戲謔的神情，語氣卻仍是冷酷異常。

李千戶臉上的蒙面已經被風吹飛到別處，他齜牙咧嘴地忍著斷指的痛苦，迅速點了左手上的兩處穴道，止住血繼續流出。

「天狼，你乾脆殺了我好了，反正回去後，指揮使也不會放過我們。」李千戶咬牙切齒地說道。

天狼搖搖頭：「那就看你的運氣了，我切了你兩根手指，說明你也盡了力，如果你還想再拼一下的話，不妨讓埋伏在周圍的百餘名鷹組兄弟一起出來，也許他們有辦法讓我去見那人。」

李千戶聽了這話後，那張因為疼痛而有些扭曲的臉神色驟變，驚得雙眼圓睜，嘴巴也大張著，一下子嗆了一口的沙子，連呸幾下才把沙子吐乾淨，指著天狼的手因為驚恐而發抖：

「你，**你怎麼知道這裡有埋伏？**」

天狼虎目環視四周：「這才符合他的風格嘛，也許他想透過這百名精銳來試試我現在武功進步到了何種程度。」

李千戶吹了聲口哨，周圍的黃土裡突然鑽出一大批全身上下黃色勁裝，連眉毛上也掛滿了金沙，只有一雙眼睛露在外面的蒙面殺手。

百餘名殺手們看似不經意的幾個起伏，迅速列成十幾個小組，把天狼和李千戶圍在中間，身手的矯健和訓練有素盡顯無疑。

鷹組精銳們手上一柄柄明晃晃的兵刃，更是在這大漠的黑夜中閃閃發光，可是這些一流殺手們的眼中卻沒有本應具備的強烈殺意，李千戶捂著自己斷了指的左手，退到了鷹組殺手們的背後。

天狼依然抱臂傲立，他微微閉上眼，他的周身不知不覺地騰起一陣強勁的氣流，這百餘名鷹組殺手個個都是好手，一感應到這股強勁的氣勁，竟個個臉色一變，手心沁出汗來。

有幾名曾和天狼行動過的人，更是不自覺地向後退，連持著兵刃的手也微微發抖。

天狼睜開了眼睛，這一回，他那雙黑白分明的虎目中起了不小的變化，瞳仁變得血紅一片，周身的氣場突然暴漲，在他的身邊隱隱形成了一陣濃濃的紅色氣勁。

一陣勁風襲過，站在十餘步外的鷹組殺手們個個覺得氣勁如浪而來，紛紛施出輕功，梯雲縱、白鶴功、浮萍訣，一個個或沖天而起，或身形倒飛，或懶驢打滾，或反踏九宮八卦，轉眼間便退出了六七丈外。

天狼仰天哈哈一笑，聲如洪鐘，震得每個殺手的耳膜都發麻，更是相顧失色。笑畢，他的目光從鷹組殺手們一張張帶著恐懼的眼中掃過，聲音不高，但透著一股堅定的自信與威嚴：「**天狼在此，誰想第一個死？**」

李千戶剛才就地一滾，躲過了這一下暴氣，一個鯉魚打挺，蹦了起來，狠狠地一跺腳道：「指揮使大人的手段咱們都知道，今天不抓他回去，咱們一個也別想活，都他媽的上啊！」

李千戶話音未落，只覺一股如怒濤般的氣勁撲面而來，他心中暗叫糟了，剛才忘了自己滾得太近，這一下落在最前面，而自己的左右和後面三個方向都站著鷹組殺手，無法施展身法騰挪出去，根本是退無可退。

李千戶暗叫一聲：「拼了！」他本能地運起丹田之力，內勁呼啦啦一下灌滿了雙臂，臉色突然變得像血一樣殷紅，正是其修煉的**紅雲心法第七重**，大吼一聲，雙掌外推，一招「**雲捲天下**」，雄渾的內勁從他的手掌心噴湧而出，甚至連已經止住血的兩根斷指處也一下子鮮血如井噴。

兩道氣勁空中相撞，只聽「砰」地一聲巨響，激起漫天的沙塵，李千戶悶哼一聲，接下來就是「喀喇喇」一陣臂骨折斷的聲音，他仰天噴出一蓬血雨，身子如斷了線的風箏一般倒飛出十餘步，撞上後面的一個鷹組殺手，兩人一起重重地落在沙地裡動也不動。

鷹組殺手們眼神中的恐懼之色更甚，耳裡則傳來天狼那冷酷得沒有一絲人性的聲音：「還有誰想試試的？」

打開的洞口中，傳出一陣悠揚的笛聲，三短兩長，鷹組殺手們紛紛露出喜色，一個個如逢大赦，他們不再管天狼，紛紛跳下那個洞口，最後的兩人背起已經昏迷不醒的李千戶和另一個被倒楣撞上的鷹組殺手，也跳了下去。

天狼依然抱臂而立，冷冷地看著這些人匆匆地離去。他無意追殺這些人，因為他現在還不想在那人面前暴露自己的實力。

幾年前和那人最後一次動手時，他就很清楚，今天的這些人根本不可能是自己的對手，而剛才自己舉手投足間便廢了四十孫之一的李千戶，更是能讓他明白這些鷹組殺手連試出自己實力的能力也不具備了。

地下的那人發聲撤回了這些手下，不是因為憐惜這些人的生命，而是沒必要白白浪費，他從來不是個仁慈的人，就像剛才天狼自稱不是好人一樣。

這些鷹組殺手們之所以還能活著離開，**只是因為他們還有用，手下的命從來不是命，只是他們死也要死得有價值，這才是此人的原則。**

天狼搖了搖頭，他知道那人在有把握戰勝自己前，是絕對不可能再現身了，冷冷地對著那個黑不見底的坑道說道：「如果想找我的話，自己來，你知道我在哪裡。」

留下這句話後，天狼瀟灑地一轉身，頭也不回地走遠，深淺如一的腳印在大漠的狂風中瞬間便消失不見，在他的身後，漆黑的洞口下，傳來了一聲重重的嘆息。

第二天天明時分，天狼來到三十里外的一家客棧。

方圓百里之內只有這一家客棧，齊胸高的院牆內，孤零零地矗立著一座二層建築，它的表面被風沙吹得千瘡百孔。黃土牆上有著一個個的小洞，讓客棧看起來彷彿是一張長滿了麻子的臉。

樓頂上，一架一人高的風車被風吹得如同風火輪一般飛速旋轉，客棧前立著一桿大旗，被勁風高高揚起的大旗上，寫了四個大字「**平安客棧**」，在這四個字的旁邊還寫了一行蝌蚪文般的蒙古語。

天狼逕自走進客棧的門，一條黃狗懶洋洋地趴在門口，看到天狼，一下子來了勁，高興地搖著尾巴，猛的一抖，甩開身上厚厚的一層黃土，門口登時騰起一陣小型的沙塵暴。

天狼從懷裡摸出一根羊棒子，丟到門口邊的角落，黃狗歡快地「嗚」了一聲，跑到角落裡高興地啃起了那根骨頭。

客棧裡的光線很暗，雖然是白天，可是漫天的風沙遮住了外面本應燦爛的陽光，四周的窗戶，其實也就是一個兩尺見方的黃土洞，上面用短木棒支著一塊木板，緊緊地閉著。

朔風凜冽，有幾處木板下端的短木棒已經無影無蹤，木板被風吹得時開時合，客棧裡響著風吹木板時軸樞上的「吱呀」聲，讓人聽得心情煩躁不已。

大堂裡歪七扭八地擺著幾張木頭桌子，角落陰影裡的一張，赫然坐著一個人，戴著斗笠，在黑暗的光線裡，讓人看不清他的臉龐。

天狼冷如寒霜的目光掃了一眼那張桌子，他拉下面巾，運氣一震，黑色勁裝和眉毛上覆著的沙子一下子在身邊形成一道黃霧，然後又「窸窸窣窣」地緩緩落下。

角落裡傳來一個綿長的聲音：「怎麼你也學會我家阿黃這招聳身抖沙術了？」

天狼那張不苟言笑的臉上依然沒有任何表情，一抬手，牆邊一堆酒罈子裡，飛過來一隻封著厚厚黃泥的罈子，看樣子罈裡至少有二十斤酒，罈子在天狼的手上滴溜溜地旋轉了一圈後，天狼右手一推，那酒罈子去勢如流星一般，直奔角落裡的斗笠客而去。

斗笠客哈哈一笑，伸出右手，一股柔和的氣勁無聲無息地籠罩他周邊三尺範圍內，那飛速旋轉著的酒罈子來勢被卸掉，穩穩地落在斗笠客面前的桌子上，而那堆糊口的黃泥不知道何時被氣勁震開，濃烈的酒香立即瀰漫了整個客棧。

在這一瞬間，也不見天狼的腳怎麼動，整個人便飄到斗笠客前面的一張桌子處，左手輕輕地按了下桌面，兩個酒碗騰空而起，直接飛到斗笠客的面前。

斗笠客緩緩地取下斗笠，露出一張三十五六，仙風道骨的臉，他的頭上挽了個道髻，膚色白淨，頷下三樓長鬚無風自飄，一雙丹鳳眼，臥蠶眉，脣紅齒白，俊逸絕倫，舉手投足間透出一股得道高人的氣度。

天狼大馬金刀地在道人面前坐下，抓起酒罈，幾十斤重的大酒罈在他手上舉重若輕，散發著濃香的酒漿則如潺潺的溪流一樣，倒入兩人面前的碗裡，天狼看了道人一眼，將自己的酒碗一飲而盡。

道人嘆了口氣，也不說話，端起酒碗，輕輕地抿了一口，但覺入口滾燙，腹中一下子騰起一道熱流，如火燒心，他皺了皺眉，開口道：

「你體內本就火氣難抑，再喝這等烈酒，只怕會讓你內息無法控制，輕則失控，重則走火入魔，經脈盡斷。」

天狼彷彿沒有聽到道人的話，自顧自地給自己又滿上了一大碗，一仰脖，喉節一動，「咕嚕」一聲，偌大的大碗公瞬間變得空空如也。

道人苦笑著搖了搖頭，也把面前的一碗酒灌了下去，臉上一下子閃過一絲紅雲，轉瞬即沒。

二人這樣你一碗我一碗地喝酒，很快就各自喝了十餘碗。

這酒是天狼找到塞外的釀酒大師花不魯赤秘製的，大漠氣候多變，夜間的氣溫經常能降到冰點以下，來往商隊夜間趕路，往往需要烈酒暖身，而這種號稱「**七月火**」的烈酒，則是關外最烈的一種。其獨門之處，就在於把小塊的砒霜化於酒中，以增加其烈度，而如何化解砒霜的毒性，就是花不魯赤的獨門手法了。

又是一碗酒下肚，兩人依然相對無言，天狼再次拎起面前的酒罈子，卻發現二十斤的酒罈已經空空如也，他一抬手，碩大的酒罈從正好被吹起的窗洞中飛了出去，道人則冷冷地看著他的動作，一言不發。

天狼終於抬起了眼皮，看著對面的道人，語調中不帶任何感情：「老裴，你我認識多久了？」

道人臉上露出一絲微笑，歪著頭想了想，回道：「十三年了。」

天狼喃喃道：「已經十三年了呀，都這麼久了。」語調中突然多出一份感慨：「也只有像你這樣過命的兄弟，才會一直跟我這樣的人當朋友。」

道人搖搖頭：「說這些太見外了，既然是兄弟，就不要講這樣的話，你的苦，我知道，你的心，我也懂，所以一接到你的信，我就來了這裡。」

天狼點了點頭：「這次的事情非你不可，信上已經說得很明白，你如果不願做，現在可以和我直說，我再想別的辦法。」

道人眼裡精光一閃，聲音中帶著三分慍意：「如果你再說這樣的話，我可跟你翻臉了，咱們當年的誓言還在，這個忙我一定會幫。」

道人說完，站起身，如鬼魅般地閃到門口，打了聲忽哨，正在啃骨頭的阿黃立即丟下嘴中啃了一半的骨頭，跟著躥了出去。

道人大步出門北行而去，他的聲音則順著朔風遠遠地飄來：「照顧好自己，不見不散！」

天狼嘆了口氣，眼中竟隱隱有淚光閃動，這已經是多年沒有過的感覺了，他抬手拭了拭眼睛，臉上仍是沒有任何表情，右手一伸，又是一罈「七月火」凌空飛過，穩穩地落在桌上，酒香四溢，這回他沒有用碗，而是直接拎著酒罈子向自己的嘴裡灌了下去。

風刮得越來越大，窗洞處木板的翻動也越來越頻繁，門口不知何時又站了一個人，長長的影子映在大廳的地上。

此人身材修長，裹在一身黑斗篷裡，壓得很低的帽簷下，黑布蒙著口鼻，只有一雙如鷹隼般銳利的雙眼盯著坐在角落裡一個人喝著酒的天狼。

天狼抬了抬手，又是一罈酒旋飛向來人，來人嘆了口氣，輕輕地伸出右手，那是一隻保養得很好，皮膚細膩，瑩白如玉的手，若不是手背上幾根稀疏的汗毛，倒有七分像是女子的手。

手指修長，指甲修得整整齊齊，中指上套著一枚顯眼的綠寶石戒指，那塊寶石足有大姆指蓋大小，耀得這昏暗的大廳裡頓時閃起了瑩瑩綠光。

說來也怪，去勢洶洶的酒罈子在來人身邊不到一尺處居然凌空停下，不再前進，可是旋轉之勢卻絲毫不減，滴溜溜地在空中打著轉。

黑斗篷的手腕一抖，瑩白如玉的右掌變掌為爪，向後一拉，酒罈居然在空中緩緩地向來人飄去，他的手再一抖，掌中多出了一柄鐵骨摺扇，而酒罈則穩穩地停在那摺扇之上。

天狼沒回頭，卻是輕輕地鼓了兩下掌：「好久不見，你的柔雲勁進步不少。」

來人也不答話，雙足一點地，整個人凌空飛起，如同一隻黑色的大鳥，在空中一個旋身，又似一片輕飄飄的落葉，穩穩地落在了天狼對面剛才那道人坐過的板凳上。

而整個過程中，停在摺扇上的酒罈子則是紋絲不動，黃泥的封口已經消失得無影無蹤，罈口那滿滿的酒平線波瀾不興，一滴酒也沒有濺出來。

天狼仍然保持著一貫的坐姿，眼皮也沒抬一下，自顧自地拎起酒罈向自己嘴裡灌著酒。

斗篷客的右腕微微一動，一道酒箭直衝半空，到了高處，其勢已盡，又如噴泉似地落下，斗篷客一仰頭，酒箭入口，直灌入腹，一股熱浪從丹田處升起，直達百骸，說不出的暖意。

斗篷客喝完酒，嘆了口氣，掀開蓋帽，拉下面巾，露出一張冠玉似的臉，看年紀是三十左右，玉面朱唇，白面無鬚，劍眉星目，鼻梁高挺，兩隻瞳孔卻是一隻碧綠，一隻深藍，就像兩顆寶石嵌在這張白玉一般的面龐上。

斗篷客的頭髮梳得整整齊齊，用金線綢子作襆頭，兩縷長髮貼著耳邊的面頰垂下，直到腰間。

他穿著一件質地上好的白色綢緞衣服，衣服繡著金線，犀皮腰帶上一整塊白玉的帶扣格外地顯眼，腳上的厚底皮製馬靴則乾乾淨淨，一粒沙子也沒沾上，端的是位不染人間煙塵的富家公子，高貴氣勢盡顯無遺。

天狼搖搖頭：「你還是這麼愛乾淨。」他看了一眼對面的貴公子，又說道：「我們一年比一年老，只有你是一年比一年年輕。」

貴公子微微一笑，手中的摺扇「叭」地一聲打開，扇面上龍飛鳳舞地寫著幾行字，氣勢不凡，一看便知是名家手筆，他看了看屋內的環境，嘆息：「何必這樣折磨自己？」

天狼不再說話，悶聲往嘴裡灌著酒。

貴公子知道對方不太高興，換了個話題：「一接到你的信我就趕來了，一切都按信上說的行事嗎？」

天狼抬起頭，臉上看不出任何表情：「謝謝你肯來幫我。」

貴公子不高興地回了句：「為什麼總是拒我於千里之外？說的話就像陌生人一樣，難道我們不是兄弟嗎？」

天狼的嘴角抽了抽，喃喃地說道：「兄弟？**沒被背叛前，當然是兄弟。**」

貴公子的臉上閃過一絲慍意，拍了下桌子，站起身，大步流星地向外走去，天狼則一動不動，沒有一點起身挽留的意思。

貴公子走到門口，突然回頭，幽幽地說道：「**以前的你，戴著面具，但臉是活的；現在的你，沒了面具，臉卻是死的！**我不希望看到你這樣，這次事情結束後，跟我回中原吧，畢竟**臉死不要緊，心可別死了。**」

天狼一動不動，聲音冷得沒有一絲生氣：「謝謝，以後的事以後再說。」

貴公子動了動嘴，似乎還想說些什麼，最終還是沒有說出口，長嘆一聲，身形一動，那件黑色斗篷突然又罩到了身上，身形也沒入了漫天的狂風之中。

風，越來越大，從開著的門裡吹進的沙子也越來越多，大廳裡幾張靠外的桌子上面也覆了層細細的黃塵。

門口的光線突然一暗，一個肥碩的身形堵住了大半個門，整個大廳裡頓時黑了下來，一股肉包子的香氣卻飄了進來。

天狼轉過頭，臉上露出一絲微笑：「難為你了，還記得這個。」

來人是個四十多歲的胖子，個子比起剛出去的那個瘦高貴公子矮了整整半個頭，可是腰卻粗了三圈不止，論重量至少有那貴公子的兩倍，走起路來，彷彿地面都在震動。

與前面那兩個風華絕代的帥哥不同，胖子的臉上全是肥肉，一對眼睛被左右雙頰的泡泡肉擠成了兩道細縫，蒜頭鼻子，招風大耳，臉上油光滿面，彷彿脂肪都在向外冒油。

胖子戴了一頂員外帽，一身藍色綢緞衣服緊緊地裹在身上，走起路來，身上的肥膘一陣晃動，讓綢緞衣服也是一陣起伏。

如果仔細觀察的話，還可以發現胖子手上的十個指頭都套著金戒指，左手還拿著一個純金的算盤，這一回，陰暗的房間裡金光閃閃，彷彿變成了藏寶窟。

聽到天狼的話，胖子哈哈一笑：「你也知道我最在乎的就是吃嘛，這麼多年不見，山珍海味天天吃，卻總比不上當年和你一起喝酒吃肉包子來得爽。這包子是大同城內最有名的李家鋪子昨天晚上剛做好的，趁熱吃吧。」

天狼看了看胖子，感嘆了一句：「百里之途，整整一夜的行程，這包子的熱度卻和剛出籠時一樣，看來你的內力比上次見面時進步許多，屠龍勁到了第七層了吧。」

胖子遠遠地把右手中的一個包裹扔了過去，一陣肉香四溢，蓋過了剛才還充滿著整個廳堂的酒香。

天狼接過包裹，在桌上攤開，十幾個香噴噴的包子露了出來。

天狼的手指不經意地動了動，轉頭對著胖子道：「謝了，酒在牆邊，自己拿。」抓起一個包子咬了口，閉上眼仔細地嚼了嚼，方才咽下去，大讚道：「真好吃。」

胖子拎了罈酒，在天狼的對面坐下，在兩人面前的碗裡斟滿，臉上的笑容漸漸地消散，眼睛則從兩道細縫變成了核桃般大小。

他仔細端詳著面前正吃著包子的天狼，嘆了口氣：「你不該那樣說歐陽的，他是為了你好。」

天狼的咀嚼戛然而止，把嘴裡的包子咽了下去，他的聲音跟剛才一樣冰冷：「你也是想勸我回去嗎？」

胖子張口欲言，一下子撞上了天狼那冷冷的眼神，心中一凜，打了個哈哈：「你自己有腳，如果想回去，自己就會回，何必我們來勸？這次我來是幫你的。」

天狼點點頭，又抓起一個包子：「謝謝你，以後有機會我一定會回報你。」

胖子的眉毛動了動：「幫你，我們是不求回報的，就像當年你幫我們時那樣。我知道這些年很多事情讓你心灰意冷，可是我們都不忍看你現在這個樣子。聽我的，這次完事了，就跟我們回去吧，聽說這些年，她還一直在找你。」

天狼手中的大碗公突然「啪」地一聲，直接碎成了細細的粉末，散得滿桌子都是，碗中的酒也在他內力的作用下，化成一團白色的輕煙騰空而起，瞬間便消散不見。

胖子搖搖頭，他知道對面這個男人的內心深處，有一道不可彌補的傷痕，也許只有時間才能讓他徹底忘懷。

他停止了勸說的嘗試，一仰頭，手中一罈酒全部「咕嘟咕嘟」地灌進了他那張大嘴裡，而隨著越來越多的酒入腹，胖子周身也漸漸騰起一陣白色的薄霧。

看胖子灌完這罈酒，天狼的聲音稍稍地緩和了些：「剛才是我失禮，你別放心上，你也知道，我到現在還無法完全控制住自己的情緒。」

胖子眨了眨那雙綠豆眼，微微一笑：「這酒很好，方子能告訴我嗎，回去以後我開個酒鋪，一定賺錢，至於利潤嘛。」胖子拿出左手的金算盤撥弄了幾下，笑道：「我七你三好了。」

天狼失笑道：「你什麼時候都不會忘了算帳，看來這輩子是改不了，這次完事後，方子送你，連同這家平安客棧，一起歸你。」

胖子的臉上閃過一絲喜悅之情，微微顫抖的聲音中透出一份激動：「你不待在這裡了？肯回去了？」

天狼搖搖頭，盯著胖子一字一頓地道：「**我是狼，狼就應該奔馳在荒野中，不會守在一個地方太久。**我的墓碑上沒有名字，**即使死，也要戰死在無人的荒野中，這才是我天狼的宿命。**」

胖子的眼中閃過一絲失望，正要開口，天狼卻擺了擺手，阻止他說話：

「你們都是我的兄弟，但我這個人，天生不祥，女人棄我而去，兄弟為我而死，現在你們知道我在這裡，以後再和我來往，會給你們招來禍事，做完這次，我會再次漂泊，此生有你們幾位生死朋友，足矣！」

胖子看著天狼的雙眼中淚光閃動，卻是一句話也不說，他站起身，頭也不回地向外走去，廳中的光線先是一暗，再度轉明，胖子的身形不知不覺間已經隱沒在外面的沙塵之中。

第二章

黃衫女子

女子打量著天狼，在這個荒漠中的客棧，
一個如此大漢坐在樓梯上，
此人周身的凜然氣勁讓她感覺到巨大的壓力。
黃衫女子清清嗓子，衝著天狼一抱拳，說道：
「閣下可是傳說中專門幫人解決麻煩的天狼？」

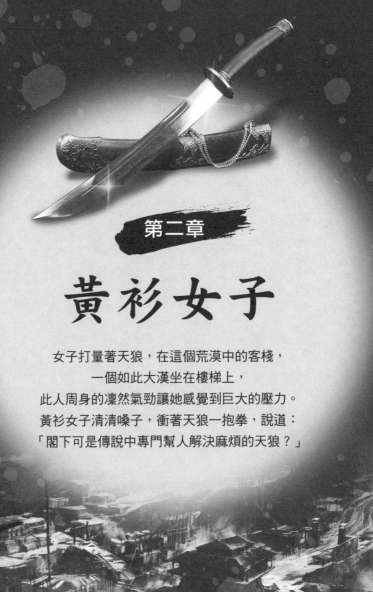

天狼把罈中最後一口酒一飲而盡，他的臉微微有些發紅，今天喝了有三十多斤，很久沒有喝這麼多過了，讓他有些腦袋發沉。

他站起身，手指一彈，一股火熱的氣勁透指而出，直射到五丈外的牆上掛著的牛油燈臺上，屋內瞬間亮了起來。

天狼扭頭看向另一邊的角落，沉聲道：「藏了這麼久，也該出來了吧。」說話間，一直開著的大門啪地一聲，緊緊地合了起來。

陰影中走出一個嬌小的身影，一身緊身黑衣，把她婀娜多姿的身材襯托得格外明顯，一股淡淡的幽香鑽進天狼的鼻子，正是這黑衣女子高高紮起的沖天馬尾所散發出來的。

女子臉上戴著一具銀色的蝴蝶狀面罩，一隻櫻桃小口露在外面，皮膚吹彈可破，瓜子臉。自鼻子以上，上半張臉則掩蓋在銀色的面罩下，只有兩隻明亮清澈的美目在面罩後水波蕩漾，顧盼生輝。

女子的嘴角一勾，一個迷人的酒窩閃現：「又給你發現了，還真是狼鼻子啊，看來下次這種香粉也不能用了。」

天狼哼了聲：「這跟你身上的味道沒關係，**是你的心跳出賣了你**，胖子提到她的時候，你的心為什麼跳了一下？以你的閉氣龜息術，這是亂了心神才會犯的錯誤。」

女子的臉微微一紅，不過因為面罩的關係，天狼沒有看到，她冷冷地道：「因為她也是我們跟蹤的對象之一，如果有必要，我們會下手除掉她。這些年來，她幾次壞了我們的事，如果不是因為你的關係，我們早就動手了。」

天狼的聲音平靜如水，聽不出任何心中的起伏：「我早就說過，這個女人和我不再有任何關係，你們想動她，隨便，這些與我無關。」

女子眼中閃過一絲奇異的光芒，嘴邊梨窩再現：「真的嗎？你如果真的已經放下她了，當年又怎麼會在那個人的府裡救下她？」

天狼的瞳孔猛的收縮了一下，沉聲道：「你又是怎麼知道這件事的？」他走上前一步，眼珠子也微微地泛起一點血紅。

面罩女子一步不退，迎著天狼撲面而來的殺意，臉上的笑容也在漸漸地收斂，語調平靜地道：「你可別忘了我是做什麼的，天底下的事，只要我願意，都能知道。」

天狼的腳步停了下來，周身的殺氣慢慢消散，盯著眼前這個讓他捉摸不定的女人，她的一雙美目一向是百媚橫生，現在竟然有一絲哀怨。

天狼嘆了口氣：「你走吧，我不想再見到你，就像我不想再見到那個人一樣。」

面罩女子蓮步輕移，站到離天狼觸手可及的地方，聲音如黃鸝初啼：「我知道他確實做了對不起你的事，讓你傷心，可你也要知道，當年是他救了你，沒有他的話，你早就死了。」

天狼的聲音中透出一絲冷酷：「這些年我幫他做的事夠多了。就在昨天，我還幫他做了最後一件事。我早跟他有言在先，昨天是最後一次，從此以後大路朝天，各走一邊。」

面罩女子搖搖頭，眼中泛起了淚花：「不，不是這樣的，你也知道他現在的處境，他離不開你，而我……」

天狼猛的一回身，雙眼中神光如炬，真逼面罩女的雙眼，彷彿要刺透她的內心：「你又如何？」

面罩女子渾身猛的一顫，突然間哭了出來：「我，**我也離不開你。**」

她突然蹲下來，雙手抱在一起，螓首垂在臂彎中，不住地抽泣。

天狼的臉上掛著一絲冷笑，他沒有一點憐香惜玉，把眼前這位哭得如梨花帶雨似的佳人扶起的意思，反而退後兩步，坐在板凳上，饒有興致地看著面罩女子蹲在地上痛哭。

半晌，面罩女子停止抽泣，站了起來，拂了拂額頭的劉海，除了遍佈紅絲的眼睛顯示她剛哭過外，沒有任何徵兆能看出她有何異常。

面罩女子埋怨道：「你現在還真是鐵石心腸。」

天狼道：「看的戲多了，自然不會輕易上當。鳳舞，回去告訴他，天狼想做什麼就做什麼，如果有什麼話想說，叫他自己站在我面前說，只要他有這個勇氣。」

面罩女恨恨地一跺腳，身形如一陣輕煙似地從窗洞中飄出，姿勢優美曼妙之極，在她那雙穿著黑色小蠻靴的玉足離開窗洞後，木製的窗板又重重地關上。

天狼嘴邊浮現出一絲不屑的冷笑：「**你以為我還會上你們女人的當嗎？**」

抄起角落那張桌子上剩下的三個肉包，揣進懷裡，天狼向著樓梯走去，他已經兩天沒合眼了，剛才喝酒也有解乏的意思，睡一覺，然後起來把正事做了，接下來換個沒有人能找到的地方。嗯，就是這樣。

踏上第三階樓梯時，天狼的臉色微微一變，百步之外的風沙中，遠遠傳來一聲馬嗚，似乎有一個動聽的女聲在喊著：「駕！」

「又是女人！」天狼在心底深處暗罵著。

換了平時，碰到不想接的生意上門，他會隱身於店中的某個角落，可是心裡產生的一種奇怪感覺，把他的雙腳釘在了原地，他戴上蒙面黑巾，乾脆坐在樓梯上。

馬蹄聲越來越近，女子的呼吸聲也越來越清楚地傳到天狼的耳朵裡，來人武功極高，不在胖子他們之下，這點從她的呼吸吐納中能聽得出來。

可是這女人的心神有些亂，本應純厚綿長的氣息略微散亂，這不是她這個級別的高手應該犯的錯誤。

天狼生出一絲好奇，如此級別的高手，居然會主動來這偏僻的大漠客棧，**胖子他們是自己寫信叫來的，面罩女則是一路跟蹤自己而來，可這位女中豪強呢？**

馬兒在客棧外停下，來人跳下馬，走到門前，一個銀鈴般的悅耳聲音響起：

「請問天狼大俠在嗎？」

天狼沒有說話，大門裂開的兩道縫裡，他隱隱地看到一個黃色的身影，心裡基本上猜出個大概，知道來者是誰了。

大門被「吱呀」一聲緩緩地打開，一個全身黃衫，蒙著面紗的女子推門而入，個子中等，膚色凝白如脂，頭上插著一根翠綠色的孔雀羽毛，美目盼處，恰恰落在坐在樓梯的天狼身上。

天狼的目光卻落在女子手中的寶劍上，那把劍柄看似普通，已經被摸得沒有光澤的木質劍柄，卻表明這柄劍曾經有許多人用過；罩在鯊魚皮劍鞘內的那柄神兵，隔著劍鞘也能表現出一股強烈的劍意。

女子同樣打量著天狼，在這個荒漠中的客棧，一個如此大漢坐在樓梯上，露在外面的眉眼隨著門的搖晃在光線下時明時暗，而此人周身的凜然氣勁讓她瞬間就感覺到了巨大的壓力。

黃衫女子清清嗓子，衝著天狼一抱拳，落落大方地說道：**「閣下可是傳說中專門幫人解決麻煩的天狼？」**

天狼眼神光芒內斂，配合著他毫無生氣的語調：「你是什麼人？」

黃衫女子從腰間的百寶袋裡摸出一疊銀票，向天狼扔了過去：「我想請你辦件事，這些是訂金。」

天狼沒有伸手，微一運氣，如牆般的氣勁立即籠罩在周身一尺半處，帶著內勁飛過來的一堆銀票撞上這股氣牆，「叭」地一聲在空中散開，紛紛落下。

就在這一瞬間，銀票上那「一萬兩，寶慶錢莊」的字樣，清楚地映入了天狼的眼簾。

黃衫女子眼中閃過一絲疑惑，這可是二十萬兩白銀，抵得上朝廷一個州的稅賦，要知道大明現在全年的稅賦也不過四千萬兩左右，一個二品大員一年連俸祿帶貪墨還不一定能有這麼多錢呢。

黃衫女子沉聲道：「天狼大俠，你這是什麼意思，嫌我給的錢太少了嗎？」

天狼的眼睛在黃衫女子的臉上停留了半晌，一動不動，看得黃衫女子一陣臉紅，她容顏絕世，自出道以來，還沒有哪個大男人這樣直勾勾地盯著自己這樣看。

她剛出道時，曾有過幾個不知好歹的淫賊光天化日下飽餐過自己的秀色，但也不像天狼這樣連眼睛都不帶眨一下的，而且那幾人還不懷好意地尾隨自己，都被自己廢了一隻招子，從此她就在道上留下了個「**熱血玫瑰**」的萬兒，再也沒有別的男人敢打她的主意了。

黃衫女子強忍著心中的憤怒，冷冷地說道：「天狼大俠，不知道我臉上有什麼不對勁的地方，值得你這樣看？還有，我剛才的問題你還沒回答我呢。」

天狼的眼中仍然黯淡無光，剛才暴了一下氣牆後，他把自己所有的氣息又隱藏了起來，具有內息探查功能的二流以上高手，現在都感知不到他的實力。

在江湖上這麼多年的摸爬滾打，讓他明白了一個道理：**藏著掖著，才是絕頂高手的境界。**

天狼終於開了口，語速很慢，但每個字都說得清清楚楚：「楊女俠，你又怎麼知道我就是天狼？我的臉上寫了天狼兩個字嗎？」

黃衫女子微微吃了一驚，她剛才滿心的憤怒一下子轉成了警惕，右手不自覺地按在了自己那把劍的劍柄上。

剛才她進大廳前掃過周圍的環境，心想：實在不行，就用手中的神兵斬出劍牆，然後找機會退出門外，有沙塵幫忙，退出是不成問題的。

天狼看到黃衫女子的舉動，心中雪亮，眼中閃過一絲笑意：「楊女俠，剛來就急著走了嗎？二十萬兩銀票也不要了？」

黃衫女子突然一陣心疼，那可是父親為官二十多年的積蓄，這回為了自己，他可是連棺材本都拿出來了。看著這些銀票被狂風吹得到處亂翻，她不覺地上前一步，想要把銀票撿起來。

理智戰勝了衝動，黃衫女子的秀目又落在了坐在自己對面的這個男子身上，此人身分不明，氣息全無，但是說話如此鎮定從容，而且一出口就道破自己的身分，自己卻完全摸不清他的底細，也不好決定對此人是戰還是和。

正在黃衫女子的內心做著激烈交戰的時候，天狼的話再次鑽進了她的耳中：

「楊女俠，你千里迢迢地來這裡找天狼，是為了什麼事呢？」

說話間，天狼雙手一抬，周身突然氣勁暴漲，手似虎爪，一推一吸，還在地上翻滾的銀票紛紛飛起，鑽入天狼的手中。

黃衫女子掩不住一聲驚呼：「**擒龍手**?!你居然會這失傳以久的絕學？」

天狼微微一笑，把雙手的銀票粗粗一點，「二十張，一張不少，還給楊女俠！」說話間，那疊銀票向著黃衫女子飄了過去。

黃衫女子一聲嬌叱，真氣瞬間自丹田而起，走滿全身大小周天，連身上的衣衫也無風自飄起來，左腳重重地在地上一頓，用上「卸」字訣，左手伸出，畫了個半圈，緩緩推出，準備以綿勁卸下銀票來勢。

就在這一瞬間，黃衫女子體會到對面的人武功深不可測，明顯在自己之上，而他推過來的銀票，不用任何紙條捆束便能整齊地凌空飛來，顯然是注入了內勁，要是倉促去接，只怕會著了他的道。

銀票離黃衫女子只有半尺，突然在空中一頓，「叭」地一下落在地上，散得滿地都是，這下子黃衫女子的嚴陣以待全都撲了個空，一時間愣在原地不知所措，但她很快就反應了過來，彎下腰把銀票撿了起來，數了一遍，這才滿意地放回腰間的百寶囊中。

天狼嘆了口氣：「楊女俠，你的戒備心未免也太重了，既然上門求人辦事，卻擺出一副隨時想戰的態度，這對你沒什麼好處。」

黃衫女子被眼前大漢一番羞辱，氣得粉面寒霜，她不算是個脾氣很好的人，要不然也不會在江湖上留下個熱血玫瑰的名號，「嗆啷」一聲，寶劍出鞘，森冷的劍氣一下子讓廳內的溫度降到了冰點以下，劍身上閃著的五光流彩則顯示出她內功的精純與深厚。

黃衫女子名叫**楊瓊花**，是**宣大總督楊博的掌上千金**，自幼便送入峨嵋學藝，天賦之高，在數十年來的峨嵋弟子中鮮有人所及，後來因為風雲際會，離開了峨嵋，加入華山派的分支恆山派，自此**身兼峨嵋**、**華山兩門絕學**，手中的一柄青霜劍，更是在江湖中斬殺無無數邪派高手，讓宵小之輩聞之膽寒。

楊瓊花縱橫江湖十餘年，現在雖年過三旬，但由於練的內功原因，容顏仍如十年前一般，風華絕世，不知有多少江湖上的青年才俊對她一見傾心，可是楊瓊花卻只對華山派頂級高手展慕白情有獨鍾，只是多年來二人一直沒有成親，也讓許多人議論紛紛。

楊瓊花在江湖上見過無數高手，卻從沒有見過如天狼這樣神秘而可怕的對手，其他高手，無論正邪，多數氣場是外露的，眼前這人卻是讓人捉摸不定，氣息時有時無。

但從他剛才有意無意顯示出的幾手功夫和發出的氣勁來看，只會在自己之上，至少是位列當今天下排名前十的絕頂高手。

楊瓊花劍指天狼，柳眉倒豎，杏眼圓睜，厲聲道：「你究竟是什麼人？為什麼會在天狼的地方？你究竟想要做什麼？」

天狼伸了個懶腰，站起了身，一步步走下了樓梯。

他的眼中神光炯炯，對著楊瓊花不緊不慢地說道：「楊女俠，你的問題太多了些，而且你是客，我是主，哪有客人上門一下子問這麼多問題的？按理說，你應該先回答我一個問題才是。」

楊瓊花冰雪聰明，一聽天狼的話就反應過來，她的劍仍然指著天狼，向後退了半步，保持著和天狼丈餘左右的距離，蒙在臉上的面紗隨著她朱唇的開啟一下下地飄動著：「這麼說，**你承認自己就是天狼了？**」

天狼點點頭：「如果我不是天狼，又怎麼會在這裡？」

楊瓊花不屑地勾了勾嘴脣：「我也不是天狼，還不是在這裡，你臉上又沒有寫著天狼二字，誰知道你是不是個西貝貨呢。」

天狼仰頭哈哈一笑，震得房梁上一陣灰塵落下。笑畢，看著楊瓊花帶有幾分疑慮的雙眼，眼神一下子變得犀利如劍：「就算我不是天狼，楊女俠，你覺得我有沒有本事來解決你的麻煩呢？」

楊瓊花銀牙一咬，氣勢十足地道：「那就要看你有沒有這個本事了！」言罷，身形一動，手中的青霜劍幻出如山的劍影，一眨眼間刺出數十劍，分襲天狼周身的要穴，漫天的青色劍影後，她的身影竟消失得無影無蹤。

天狼「咦」了一聲，他早知楊瓊花出身峨嵋，卻不曾想到**此女居然能學到峨嵋的不傳之秘——幻影無形劍**，雖然她的身法還不夠快，不能把幻影無形發揮到第六重以上，達到只見劍影不見其人的地步，但只此一招，便足以笑傲江湖了。

天狼的心頭突然閃過一個美麗的倩影，讓他的心痛了一下，他深吸口氣，迎著那如山的劍影跟了過去。不知何時，他的手上多出一把不到半尺長的鎢金匕首，轉眼間，身形消失不見，那把匕首卻如青霜劍一般，幻出漫天的紫色劍影，迎著青霜劍鋒扶搖而上。

二人的身形快得如同鬼魅，在這狹小的大廳內，內息激蕩，天狼的內息一下子變得陰柔而綿長，彷彿女子所習內功，使出的招式也跟那楊瓊花一模一樣，伴隨著楊瓊花的聲聲嬌叱，天狼自始至終連一聲悶哼也沒有發出，兩人劍影相撞，內勁激蕩，在大廳的梁柱上留下道道劍痕。

半個時辰過去，三百餘招過後，青色的劍影略短了三寸，紫色的劍影卻在慢慢地增漲，黃色的倩影越來越多地在劍影光團中出現，每次現身的時間也越來越長，而黑衣身影卻是一次也沒有出現過，楊瓊花的嬌叱聲越來越小，喘息聲卻漸漸粗重起來。

「叮」地一聲脆響，紫芒與青光相交，兩道身影迅速一合既分，楊瓊花以劍拄地，頭上的孔雀羽毛斷了一半，臉上的面紗也已經無影無蹤，絕世容顏暴露了出來，一張白皙的鵝蛋臉上，瓊鼻瑤口，朱脣星眸，可是眼中卻是神光四散，渙散無神，胸部劇烈起伏著，臉上盡是驚疑之色。

天狼傲然抱臂而立，站在離她一丈外之處，右手握著的那把鎢金匕首，匕身上多了十餘個小小的缺口，眼中閃過一絲惋惜，嘆道：「可惜了這把上好的匕首，青霜劍真是鋒銳不減當年啊。」

說完，隨手把匕首向右邊的柱子一擲，匕首如流星般地飛了過去，直至沒柄。

受匕首入柱的來勢所震動，「劈哩啪啦」之聲不絕於耳，原來是客棧中的桌椅板凳被兩人剛才激鬥時的劍氣所斬，這會兒紛紛裂開，斷腿殘桌散得滿地都是，牆角的那幾十罈「七月火」，則被打碎了一地，濃香的酒漿如玉液一般淌得滿地都是。

天狼看了眼已經說不出話，更直不起腰的楊瓊花，身形一動，在楊瓊花本能地舉手格擋前，雙指一夾，從她的腰包裡抽出了一張萬兩銀票。

楊瓊花驚咦了一聲，眼前這人完全可以輕而易舉地制住自己，卻只抽了一張銀票後便飄然後退，她的腦子裡一下子充滿了問號。

突然間，她意識到此人一定是在有意折辱自己，一下子怒上心來：「你既然勝了我，殺了我便是，不知道**士可殺不可辱**嗎？」

天狼的眼中閃過一絲複雜的神色，楊瓊花的絕世容顏一如多年前那樣美豔動人，他還記得自己當年初見此女時的那陣心動。可是他很快便意識到他不再是當年青澀的少年了，伊人雖然容顏不老，自己卻早已滿面滄桑，只怕即使站在她面前，也很難讓她認出來了。

天狼收起心思，平復了下情緒，看著對面調息後可以自行站穩的楊瓊花，誠意地說：「楊女俠誤會了，我可沒有羞辱你的意思，只是你來我客棧，把我的這些板凳和美酒打得一團糟，以後我也沒法在這裡待了，收你一萬兩銀子做賠償，很正常吧。」

楊瓊花的臉上閃過一絲慍色：「什麼？就這幾張破桌子破板凳要一萬兩？你這客棧是鑲金嵌玉的不成？」

天狼搖搖頭，一指牆角的那幾十罈「七月火」：「桌椅板凳當然不值錢，最多幾十兩，但這四十七罈酒，可是大漠名酒『七月火』，尋常人出三百兩一罈也未必能買到，這會兒給你一下砸了個乾淨，收你一萬兩已經算給你打折了。」

楊瓊花雖然不喜歡喝酒，但常年走南闖北也聽說過「七月火」的名號，聞到這撲鼻的酒香，知道一定是酒中極品，她的粉臉微微一紅，暗罵自己這下子闖了禍，不由得心疼起那一萬兩銀子起來。

天狼道：「楊女俠，我也不跟你打啞謎了，沒錯，我就是天狼，剛才和你這番交手，就是讓你看看我的實力，這下你應該信了吧。」

楊瓊花咬了咬嘴唇，盯著天狼，厲聲道：「天狼，你又是怎麼會我們峨嵋派不傳之秘的幻影無形劍？」

天狼的眼神突然變得深邃起來：「天下武學，原理相通，我曾經機緣巧合，得到了類似幻影無形劍的一套劍譜，使來又有什麼奇怪的?!」

楊瓊花眼中是不信的神情：「天狼，你是不是當我是剛進門派的見習弟子好忽悠?劍招，心法都與我所使的一般無二，你還敢說這不是我們峨嵋派的幻影無形劍？」

她忽然心念一動，想到了某個人，渾身不自覺地發起抖來，顫聲道：「難不成你是……？」

天狼突然怒吼道：「不要瞎猜！你所想的那個人早已不在這個世上了！哼，峨嵋派的幻影無形劍早就不是獨門絕學了，別人學得也不是什麼稀罕的事。」

楊瓊花知道天狼所說的，是關乎峨嵋派一樁羞於啟齒的往事，而自己當年所懷疑的那個人，確實已經被很多人親眼見到已經身死，而且這麼多年一直音信全無，江湖上也早就認定此人不在世上，想到這裡，她搖搖頭，仍然對眼前此人的一身峨嵋絕學驚懼不已。

天狼的語調變得跟之前一樣冰冷：「楊女俠，你要我辦的事情，恐怕和華山派的展大俠有關吧。」

楊瓊花被說中了來意，點點頭，沉聲道：「展師兄年初的時候，在武當全真岩一戰中，被英雄門的赫連霸和黃宗偉聯手重傷，現在身陷英雄門，我這次來，就是希望你能出手相助，一旦成功，不僅二十萬兩銀子雙手奉上，我和展師兄更會感念你的大恩大德！」

天狼沒有馬上回答，走到那片被打破的罈罈罐罐邊上蹲了下來，拿起一片還剩著一兩斤酒的罈底，從懷中摸出一個肉包子吃了起來，邊吃邊說道：「可惜了這麼好的酒，可別浪費了。」

楊瓊花見天狼吃完一個包子，又從懷裡摸出另一個包子，乾等許久，雖然知道自己是在求人，還是忍不住說道：「天狼大俠，請問你能幫我這個忙嗎？」

天狼沒有抬眼看楊瓊花，冷冷道：「誰告訴你我是大俠了？在江湖上，好像沒有什麼人叫我大俠吧。」

楊瓊花被噎得啞口無言。確實，天狼在江湖上**一向以心狠手辣，下手絕不留情著稱**，殺魔教，殺英雄門，也殺過正道幾大門派的人士，**沒聽說過有誰在他的手下留過活命，也不知道他究竟是屬於哪一方勢力**。

曾有人說他是錦衣衛的人，但是聽說兩年前他曾經力斃百餘名錦衣衛鷹組高手，讓這個說法再也沒人提，除了「天狼」這個響亮的綽號外，「**煞尊**」這個霸氣的名號更是深入人心。

「楊女俠，你聽好了，我天狼既不是大俠，也不是魔頭，俠士我也殺，魔頭我也殺，男人我殺，女人我也殺，**誰給錢我就會幫他解決麻煩**，那二十萬兩不夠幫你這次的，你另請高明吧。」

楊瓊花咬咬牙道：「二十萬你嫌少？那你要多少錢？只要你開出個數目，我拼了命都會去弄到。」

天狼笑了笑，一屁股坐在地上，倚著牆，手裡抓著吃了一半的肉包子，歪著腦袋看著楊瓊花這張漂亮的臉蛋：「**錢能買來命嗎？**你們這些自命俠士的人，不是一直視金錢為糞土的嗎？」

「英雄門勢力何等強大，連你和展慕白再加上華山恆山兩派之力都無法對抗，現在你叫我一個人去救人，是要我送死麼？」

楊瓊花連忙開口道：「如果你覺得勢單力孤，需要幫手的話，只要你開口，我就會去幫你找救兵，而且，我也會跟你去的。」

天狼的眼中露出一股哀憐的神色：「楊女俠，當年由少林武當兩派挑頭建立的**伏魔盟**早已經瓦解，而且現在少林武當對待塞外的英雄門態度不一，你若是能請到這兩派的高手幫忙，又怎麼會來找我這個聲名狼藉的煞尊？」

天狼頓了頓，呷了一口酒，繼續不緊不慢地說道：「又或者是，你那個正當著宣大總督的爹，能夠為了你這個寶貝女兒點起大軍，來塞外跟蒙古開戰，解救你的心上人嗎？」

楊瓊花給說得滿臉通紅，她叫了一聲：「你！」便再也說不出別的話來。

天狼也不看楊瓊花，向門外擺了擺手：「回去吧，幫展慕白早點訂個棺材，哪天他忍不住英雄門的手段，把他的那身邪門劍法全交代了，人家就會給他個痛快，到時候，你可以用這省下的錢給他做副上好的棺材。」

楊瓊花眼中淚光閃動，突然雙膝一彎，跪了下來，兩行清淚潸然而下，對著天狼拱起手，語調已經近乎哀求：

「天狼大俠，瓊花是真心求你，**只要你肯點頭答應出手相助，無論任何條**

件，瓊花都會答應你，如果你不肯鬆口，瓊花寧可在這裡長跪到死。」

天狼看了眼楊瓊花，他對楊瓊花的這個舉動頗感意外，在他的記憶裡，她是個心高氣傲的女人，想不到為了那個展慕白，居然可以如此低三下四地跪求自己，可是轉眼間，他的心又變得硬如鐵石，所說的話，一句句地刺傷著楊瓊花的心。

「女人總是以為自己一哭二鬧三上吊就能讓男人心軟，然後替她上刀山下火海，直到把命給送掉。楊瓊花，**你恐怕還不明白我是個什麼樣的人吧，女人的眼淚是打動不了我的**，你走吧，我不想再看到你。」

楊瓊花見無法打動天狼，擦了擦眼睛，站起身，擺出鄙夷的表情：

「哼，我看你是怕了英雄門的勢力，不敢去吧！枉你在江湖上這麼大名聲，也有不敢接的任務啊。」

天狼哈哈一笑：「女人的自以為是還往往體現在這點上：她們總以為只要自己要點小聰明，使個激將法什麼的，就能把男人忽悠得像個沒頭蒼蠅一樣地為她們去死。楊女俠，你這招要是換了十幾年前，去矇一矇在斷魂峽那裡的二十歲毛頭小子還成，用來對付我，還差了點火候！

「不錯，我就是怕了英雄門，不敢去；而且我還怕了你楊女俠，你把我這裡打了個稀巴爛，我只收你一萬兩銀子，就要趕緊找個新窩躲起來了，連這收人錢財與人消災的生意也要關門歇業幾年，你儘管到江湖上宣傳吧，宣傳到你滿意為止！」

楊瓊花突然放聲大哭起來，趴到地上，由於急火攻心，加上剛才的激戰傷了心脈，一張嘴吐出一口鮮血，地上殷紅一片。

天狼搖搖頭，看也不看楊瓊花一眼，轉身就準備向樓上走。

楊瓊花突然叫了聲：「站住！」

天狼停下腳步，聲音一如既往的冷酷：「還有什麼事？我的時間很寶貴。」

楊瓊花的聲音低了下來：「天狼，我知道你有這本事，赫連霸不一定是你的對手，這對你來說不算是不可能完成的任務。」

天狼回過頭來，眼中精光四射：「那又如何？我現在不想殺赫連霸，更沒什麼興趣為了個展慕白得罪他，這些年我在塞外接活兒，沒準赫連霸以後還能成為我的大主顧，你能出的錢，他也能出，甚至更多，明白不？」

楊瓊花咬著嘴唇：「那你究竟要什麼？」

天狼的腦袋裡突然閃過一個奇怪的念頭，他和胖子等人打算完成的任務，也和這個女人的委託有關，現在，**他想用眼前的這個女人來測試一下自己多年來心**

中的一個秘密。

想到這裡，天狼眼中閃過一絲奇異的光芒，聲音中帶了三分邪氣：「我想要什麼，你懂的，**你有什麼是赫連霸沒有的呢？**不用我說得太明白了吧？」

楊瓊花聽到這話，就像半空中響了個炸雷，一下子把她震得從地上跳了起來，指著天狼，顫聲叫道：「天狼，你，你這個無恥的淫賊！」

天狼「嘖嘖」兩聲，咂了咂嘴：「楊女俠，我知道你尚未婚配，我天狼殺人雖多，卻不是個淫賊，你也該知道，這些年，我在江湖上可從沒有做過採花的事，而且，如果我是這種人，剛才就會對你下手了。」

楊瓊花的心稍微放下了一些，她心中暗自慶幸起天狼不是淫邪之徒，剛才自己一定是會錯意了，險些冤枉了好人。她心中抱歉，便抱了抱拳，道：「是我誤會你了，對不起，請問你想要我做什麼？」

天狼「嘿嘿」一笑：「很簡單，只要你楊女俠肯陪我睡上兩天就成。」

楊瓊花被天狼給雷得外焦裡嫩，先是呆愣得說不出話，接著破口大罵：「好個不要臉的淫賊，剛才還裝好人，現在居然有臉說這麼無恥的話，你，你簡直不是人！」說著說著，眼中的淚水不覺地又流了下來。

天狼冷回道：「楊女俠，男歡女愛，你情我願，我為了你去踏龍潭虎穴，你以身相許，這沒什麼不可以的啊？如果你不願意，大門就在你身後，你隨時可以走，我天狼除了殺人以外，做什麼事也不喜歡勉強別人。」

楊瓊花氣憤地立馬就走，天狼饒有興致地坐在樓梯上，繼續啃起手裡的肉包子，他很有興趣知道楊瓊花到底會不會走出這個門。

當楊瓊花的手碰到客棧的大門時，如同觸電一般，整個人也像被施了定身法那樣呆立在原地，兩行清淚在她的臉上流淌著，**明知背後是個惡魔，而這惡魔的淫詞浪語這會兒正在自己的耳邊迴蕩著。**

楊瓊花知道自己只要踏出這門，清白就能得以保全，可是這會兒，她的雙腿卻有千斤之重，怎麼也邁不出去。

楊瓊花咬了咬牙，轉回身，對天狼恨恨地道：「真的不能用其他的條件代替嗎？」

天狼搖搖頭：「只有這一樣是赫連霸給不了的，也是你最寶貴的，**你要我用自己最珍惜的性命去幫你做事，自然你也得拿你最寶貴的東西出來交換**，這很公平。」

楊瓊花的臉一陣青一陣白，時而咬牙切齒，時而痛哭失聲，良久，她才抹乾淨臉上的淚水，抬起頭，眼神空洞，聲音彷彿失去了靈魂：

「我答應你。」

天狼哈哈一笑，站起身，對面如死灰的楊瓊花道：「現在我們可以談談具體的營救方案了。」

楊瓊花回過一些神，從身上摸出一張牛皮地圖，在地上攤開，又打起一個火摺子，拔出青霜劍，對著牛皮圖上指指點點，講解起這個英雄門總舵的地形來。

天狼聽的時候，一直有意無意地盯著楊瓊花看，楊瓊花能感受到一陣陣淫猥的目光，幾次都忍不住想發作，最後想想還是作罷，反正等會兒就要成為他的人，這一身保持了三十多年，連展師兄都沒有得到過的清白，即將就要葬送到他的手上了。

她暗自下了決心，等展慕白被救出後，她就自盡，在自己死之前，她會想盡辦法讓這個魔鬼閉嘴，永遠不能把此事公諸於世。

楊瓊花心中起了殺意，不自覺地手上一用力，「嗤」地一聲，那牛皮地圖竟然被她刺出了一個小洞。

天狼故意用挑逗的表情道：「楊女俠，你的心情很激動啊，這麼迫不及待地要和我百年好合了嗎？」

楊瓊花恨恨地向地上「啐」了一口，從他嘴裡迸出的每一個字都讓她覺得噁心：「不要臉的淫徒，你以為我跟你一樣嗎？」

天狼笑道：「哦，那你就是在想著怎麼才能在救出展慕白後殺了我，好保全你的名節嘍？」

楊瓊花給說破了心事，心一橫，狠狠地盯著天狼：「難道你這個趁人之危的惡賊不該殺嗎？我只恨自己沒本事現在就殺了你，再去救出我展師兄來。」

天狼嘆了口氣：「你這地圖反正是假的，刺破了也好，我若是真的照你這張地圖去救人，只會便宜了你，一次讓你坑死兩個相好的。」

楊瓊花本能地想要發怒，突然想到什麼，厲聲道：「你憑什麼說我給你的地圖有問題？難道你去過英雄門？」

天狼微微一笑，道：「你這牛皮地圖是前年華山派的林大海到英雄門總舵打探的，可笑你們這些名門正派的人，連隱藏形蹤也不會，一到大同就到處找人問英雄門的總舵所在，人家早就知道他的身分了。」

「那個帶他出關找到所謂英雄門總舵的嚮導，就是英雄門座下的百變神君，他也不想想，一個城裡的乞丐，又怎麼可能知道塞外英雄門的秘密呢？」

楊瓊花驚得背上一陣香汗滲出，不信地搖搖頭：「不可能的，那個丐幫兄弟明明中了十幾刀，跟血人似的，刺中他的刀劍都留在身上呢，他是在斷氣前把那沾了血的地圖交到林師弟的手上，怎麼會有假？」

她指著牛皮地圖上有幾點已經變黑的印記，沉聲道：「難道這血和他身上的傷痕也是偽造的不成？」

天狼嘆了口氣，伸手運功一吸，那把剛才釘在梁柱上的鎢金匕首又回到了他手中。

他對楊瓊花說道：「看仔細了，我只表演一遍啊！」

楊瓊花屏氣凝神地注視著，就見天狼雙指在匕首上一按，匕首從中而斷，他撿起那半截斷匕，向自己的後肩一插，只見那半截斷匕緊緊地吸在他寬闊的後背上，掉也掉不下來。

天狼又如法炮製了一番，把帶著刀柄的前半截向著自己的前胸處一插，只見那半截斷匕也穩穩地貼在自己的前胸處，一前一後，看起來像是一把短劍把天狼捅了個通透。

天狼眼中閃過一絲不屑：「只要在身上再塗上雞血狗血，弄得渾身上下血淋淋的就是。這個很難嗎？」

楊瓊花張大了嘴，難以置信地說：「我還是不信，如果是你，用內功把壁虎遊牆術之類的吸功，把十幾把刀吸在身上我還能信，但那個你說扮成叫化子的英雄門的什麼百變神君，他也有這功力？」

天狼搖搖頭，又從懷中摸出了一把短劍，對著楊瓊花說道：「一樣看仔細啦。」話音未落，天狼手腕一抖，那把短劍便徑直刺進了自己的右胸，「噗」地一聲，直至沒柄。

楊瓊花一聲驚呼，可是她想像中血光四濺的情形沒有出現，天狼的眼中透出一絲笑意，右手一鬆，短劍又從他胸口彈了開來。這回楊瓊花終於看明白了，原來這劍是由彈簧控制，碰到阻力就能自己收起來。

天狼冷冷地道：「只要早做準備，身後墊個墊子，把劍尖從後背彈出，這樣就可以偽造出中了十餘劍的樣子了；至於刀痕，在非緊要之處劃自己兩刀也不是什麼要人命的事，就是楊女俠你身上也應該有不少傷痕吧。」

楊瓊花無言以對，她的心跳得很厲害，沒想到自己和師弟千辛萬苦搞來的這張地圖，竟然是敵人將計就計的產物，如果不是這回碰上了這個天狼，而是請求少林和武當的高手大規模地救援，只怕後果不堪設想。

想到這裡，楊瓊花突然對眼前的這個淫賊生出了幾分感激，但轉念她又意識到這個淫賊即將要奪走自己的貞操，想到這裡，她的心便痛得無以復加，看著天狼的雙眼也幾乎要噴出火來。

天狼平靜地看著楊瓊花：「你不感謝我也就罷了，還這樣惡狠狠地瞪著我，**難道你們名門正派都是這樣恩將仇報的嗎？**」

楊瓊花不接天狼的話，恨聲道：「我不跟你說這些，既然這張地圖是假的，我這就去弄一張新地圖來！天狼，我不要欠你的人情。」

天狼「哼」了聲：「你準備上哪兒弄地圖？再學你的師弟那樣，跑到大同到處找乞丐去打聽英雄門？還是這回改變目標，找和尚道士來問？你不知道這英雄門裡除了首腦和精英是蒙古韃子外，多數門徒乃是正邪各派的叛徒嗎？如果真是少林和尚或者是武當道士，你搞不來的地圖，他們又有啥本事弄到？」

楊瓊花知道他說的在理，避開了他的視線，低下頭道：「那你說怎麼辦？」

天狼的眼中又現出一絲邪惡：「這個英雄門的地圖嘛，早已經在我心中，閒著沒事的時候，他們的總舵我也去過幾次了，就連展慕白關在哪裡，我也一清二楚。」

楊瓊花先是面露喜色，抬起頭，正撞上天狼那充滿了欲望的雙眼，心中一驚，馬上意識到眼前這個傢伙不會這麼白白地便宜自己，她儘量平復自己的心情，問道：「你想說什麼就直說，大男人別婆婆媽媽的老想引人上鉤。」

天狼「嘿嘿」一笑：「這條件嘛，很簡單，你現在就陪我睡覺，明天一早，我就去救你的如意郎君。」

這一次倒是早在楊瓊花的意料之中，她這回已經沒有了拒絕的勇氣，壓抑著胸中熊熊燃燒著的怒火，聲音中不帶任何的感情：「天狼，我可以答應你，但是你得發誓，一定要救回展師兄，不然……」

「不然你做鬼也不會放過我是嗎？女人翻來覆去就是這幾句，一點新意也沒有！我天狼從不發誓，發了也不會遵守，**天地待我不仁，我何必敬畏天地？**我這雙手早已沾滿了鮮血，要是老天真開眼，早就打個雷把我劈了，我就是今天不遵守這誓言，你又能拿我如何？」

天狼眼中痞氣十足，讓楊瓊花看了噁心得說不出話。

「而且你很清楚不過，我若想用強的，你現在已經失身了，也就是我今天心情好，想在挪窩之前跟女人做趟交易罷了。這幾年來，我還沒有接過女人的委託，今天你自己送上門來，我就陪你玩玩。不過，我天狼答應你的事，自然會全力去做，但結果是否能讓你滿意，我可不能保證。如果你不願意交易，現在可以走。」

楊瓊花咬牙道：「好，我相信你！」說完目光平視前方，逕自上了二樓。

天狼跟在楊瓊花的身後，說道：「左手第二間。」

楊瓊花推開木門，「吱呀」一聲，一股黴味撲鼻而來，她一向愛乾淨，這股異味讓她秀眉微蹙，厭惡地用手在鼻子前扇了扇，忍耐地走了進去。

身後天狼打起火摺子，點亮了牆邊的燭臺，楊瓊花發現這個房間裡沒有任何擺設，連窗子也沒有，只有一張床，床上蓋著一席髒兮兮的羊毛毯子，也不知多久沒有洗過了。

天狼高大的身軀從楊瓊花身邊走過，肩頭正好和楊瓊花的柳眉齊平，他側過身，指了指那張毯子，說道：「躺上去。」

楊瓊花的靈魂彷彿已經從軀殼中飛出了，眼下的她只不過是一具行屍走肉，不知不覺間，兩行清淚再次從她的眼角流下，而她的眼前，這會兒滿是展慕白那張英俊的臉龐。

「對不起，展師兄，瓊花今生只能負你了。」一個聲音在楊瓊花的心裡反覆地作響。

天狼「嘿嘿」一笑，吹滅了燭臺，隨著門被關上，屋內最後一點光亮也消散不見，楊瓊花像死人一樣地平躺著，等待著屈辱的降臨，在這一剎那，她腦中突然閃過一個念頭：這地方這麼髒，會不會讓自己得上些什麼女人病啊？

一陣惡臭鑽進楊瓊花的鼻子，這味道她不常聞到，但她能分辨出這一定是男人脫了鞋子以後的那種味道，噁心得她幾乎要吐出來。

她有點後悔剛才為什麼不讓這該死的天狼洗個澡，這傢伙身上的味道也應該和那些臭哄哄的野獸沒有兩樣，跟身上永遠有著淡淡脂粉氣的展師兄相比，實在是天上地下。

第三章

華山掌門

囚犯手肘曲池穴，胸口膻中穴，腹部氣海穴，
左膝環跳穴上，都釘著透骨移魂釘，
囚犯聽到響動，吃力地抬起頭，透過一蓬亂髮，
那隻眸子卻依然清澈閃亮，直覺告訴天狼，
這個人就是他要找的華山掌門展慕白。

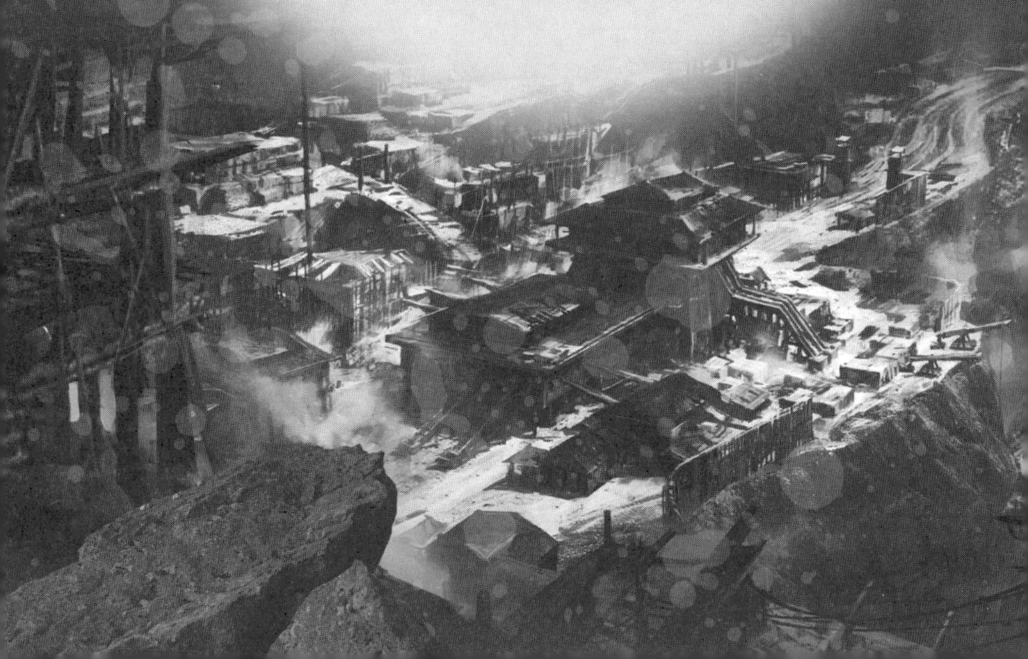

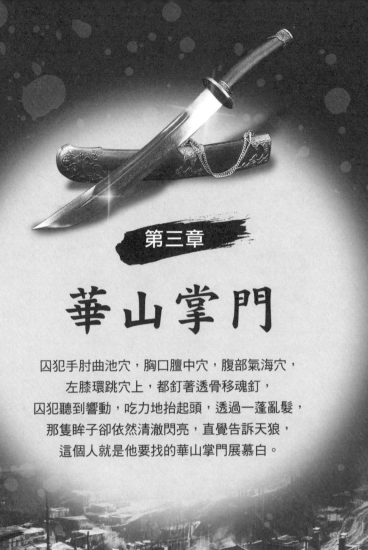

預想中的那隻大手始終沒有來碰自己，楊瓊花在黑暗中躺了不知道有多久，有些奇怪起來。

身邊這個男人身上濃重的汗臭味、酒味和腳味一陣陣襲來，可是他就一直這麼靜靜地躺著，什麼事也沒做，連呼吸都好像停止了似的。

楊瓊花有些弄不清楚天狼想做什麼了，她情不自禁地扭頭看了天狼一眼。她的視力很好，在黑暗中也能看得清清楚楚，只見天狼兩手枕著後腦勺，臉上蓋著蒙面的黑布，一雙黑白分明的眼睛彷彿夜空中的星星，一動不動地盯著房頂，似乎那上面有什麼東西。

楊瓊花又這樣等了半個多時辰，終於受不了這種可怕的寂寞，她現在明白了那些死囚的心理狀態，最難捱的其實不是上刑場時的當頭一刀，反而是在死囚牢裡，面對一個可怕命運時的坐臥不寧。

楊瓊花忍不住開口問道：「天狼，你在做什麼，你不是說……」

天狼的眼珠子動也不動一下，聲音如同天山上的寒冰一樣透著徹骨的嚴寒：「別來煩我，我在想事呢！」

時間一分一秒地過去，楊瓊花的心裡卻越來越犯起了嘀咕，天狼就這樣躺在自己的身邊，過了兩個時辰都不止了。

她記得自己進這客棧時是酉時，和天狼打鬥加對話差不多用了一個時辰，進這房間大概是戌時，而現在應該至少是子時了，還有三個時辰，天就要放亮了，而天狼這段時間裡甚至沒有看自己一眼，**他究竟想要做什麼呢？**

楊瓊花無數次想再扭過腦袋，去看看這個男人在做什麼，可是每次一有這個念頭，她都會在心裡大聲地提醒自己：這個男人可是個淫賊、一個趁人之危的人渣，身為名滿江湖的俠女，怎麼能和這樣的無恥之徒多囉嗦呢？

直到現在，女人與生俱來的好奇心終於戰勝了矜持，她忍不住歪過頭，卻看到天狼的眼睛已經閉上，鼻息綿長而均勻，似是已經睡去。

楊瓊花第一次仔細地看著眼前的這個男人，寬闊的額頭，墨染般的劍眉，高高的鼻梁，雖然身上的味道讓她無法忍受，但楊瓊花的心裡突然產生了一種異樣的感覺：**這才是真正的江湖男兒。**

楊瓊花的手不受控制地伸向了天狼臉上的黑巾，**她很是好奇，在這張黑巾下，會是一張怎麼樣的臉。**

就在楊瓊花的手快要觸到天狼面巾的一剎那，天狼的雙眼突然睜開，眼中寒芒四射，扭頭向楊瓊花望了過來：「你想做什麼？」

楊瓊花嚇得轉過了身，臉熱得發燙，這讓她想起小時候跑到廚房裡偷東西吃被師父發現的糗事：「沒，沒什麼，我只是，我只是……」

天狼的語氣中又帶著一絲邪氣：「你想要看清楚我這張臉，馬上要奪你貞操的男人當然要一輩子記住，對不對？」

楊瓊花心頭火起，轉羞為怒，轉頭指著天狼罵道：「不要臉的淫徒，你去死吧！」

天狼嘿嘿一笑，深邃的眼中光芒閃閃：「要是我真的死了，你會傷心難過嗎？」

楊瓊花這下羞得滿臉通紅，轉過身，背對著天狼，憤怒地說：「你這無恥的淫徒，我恨不得這輩子從來沒見過你，又怎麼可能傷心難過！你若是死了，我高興還來不及呢，但你死之前，必須把我展師兄給救回來，然後才許死。」

天狼感嘆了一聲：「女人真可怕，遠之則怨，近之則不孫。」他說完後再次閉上雙眼，如同老僧入定，再也沒有一點聲息。

一陣響亮的鼾聲，天狼竟然打起了呼嚕，這聲音響得就像半空中打了一個雷，楊瓊花自打娘胎裡出來沒聽過這麼響的鼾聲，這比起他那雙散發著惡臭的雙腳，更加讓人無法忍受。

楊瓊花只好坐起身，默運冰心訣，讓自己進入空靈狀態，很快，她就物我兩忘，感官也完全封閉起來。

兩個周天的氣運完，睜開眼，楊瓊花發現房裡已經點上了燈燭，天狼仍然四仰八叉地躺在床上，頭枕著雙手，一動不動的盯著房梁。

楊瓊花的第一反應是摸摸自己的衣衫，一切如故，自己在上床時刻意打的一個死結還在，看來天狼並沒有趁自己運功時輕薄自己，楊瓊花鬆了口氣，突然覺得身邊的這個男人沒這麼討厭了。

她看向天狼，沒好氣地叫了聲：「喂，你什麼意思啊？」

天狼的眼珠子轉都不轉一下，語氣中透著刺骨的嚴寒：「昨天晚上我在計畫今天的行動方案，想出了十四五個，都不是絕對有把握的，想著想著就睡過去了，就這麼簡單。」

他坐起了身，看著楊瓊花，「你現在是不是很高興，躲過了一劫？」

楊瓊花被天狼說中了心事，粉面發燙，低下頭，感激地道：「天狼，看來你還是個君子，是我誤會你了，你現在想到救人的方案了嗎？我跟你一起去。」

天狼哈哈一笑：「就你這功夫和沉不住氣的性子，去了也只會拖我後腿，老實在這裡待著吧。而且我想了一晚上，頭都炸了，到現在也沒想出個好方案來。」

楊瓊花聽了心中大急，催促道：「那繼續想呀，天亮了，我去給你做飯。」

天狼似笑非笑的看著楊瓊花：「你這會兒不說救人如救火了？看來你跟展慕白的感情也沒這麼深嘛！還是說，跟我睡了一晚上，移情別戀了？」

楊瓊花的心頭一陣火起，狠狠地向床下啐了一口：「狗嘴裡吐不出象牙。」

天狼的眼神突然變得淩厲起來，說話的聲音也一下子恢復了平時的冷酷：「楊女俠，昨天是你運氣好，我天狼說話算話，你陪我睡了一晚上，我現在就會去救展慕白。只是你可別忘了，你還欠我一晚上，等我救回姓展的，一定會找你索要，我的記性一向很好，到時候我也不用想得睡過頭了。」

天狼說完，在楊瓊花怒火萬丈的眼神注視下，跳下床來，自顧地穿上靴子，看也不看楊瓊花一眼，徑直走到了門口，伸手拉門。

天狼高大的身形擋住了從外面透過來的光線，他的話清楚地傳進楊瓊花的耳朵裡：「楊女俠，你在這裡等十天，十天之後的這個時辰，如果我還沒回來，你就走吧。」

帶上門時，天狼心中卻暗思：我會告訴你，**你和你的展師兄現在也成了我計畫中的一枚棋子嗎？**你的心裡只有你的展師兄，**而我要的，可比這大得多。**

八天後，塞北大漠，居延海。

這裡是一處沙漠中的綠洲，來往的商隊多了，形成一座游牧風格的大型市集，沒有城廓，只有幾千帳的帳篷，每個帳篷前都設有大大小小的攤子，上面擺著琳琅滿目的商品。

雖說現在大明和蒙古處於半戰爭狀態，官方貿易被中止，但是通過走私過來的商品仍然到處可見，在兩個最大的攤子上，甚至可以看到前幾天天狼走私時的那種繡著金線的頂級絲綢。

天狼換了一身蒙古人的打扮，皮帽布袍，臉上帶了副人皮面具。

易容術是他多年前在黃山「三清觀」學到的一門手藝，這麼多年下來，無數次的深入龍潭虎穴，這門手藝在他手上早已爐火純青，不像一般面具人那樣臉上毫無生氣，甚至能隨著面具後的那張臉，做出喜怒哀樂各種表情。

已經第八天了，居延海中的英雄門總舵，天狼已經去了好幾次，展慕白被關押之處不僅看守嚴密，而且每天都會被換兩處地方，所以天狼一直沒有機會下手，眼看時日無多，他開始盤算起最後的一招應變計畫。

英雄門總舵的那兩扇大門「吱呀」一聲打開，上次見過的那個黃宗偉，一襲紫衣，面帶怒容，帶著二十多名手下走了出來，這些人裡有韃子也有漢人，甚至還有兩個光頭和尚和一個牛鼻子道士。

這些人衣服樣式相同，顏色卻有所差異，黃宗偉紫衣外，和尚和道士等五六人著黑衣，後面的十餘人穿藍衣，最後兩名梳著辮髮的韃子則穿著灰衣。

天狼冷冷地看著這些人走出了英雄門的總舵，一邊有氣無力地叫賣著面前攤上的幾樣銅器，一邊在心裡飛快地過了一遍英雄門的情況。

英雄門乃是由蒙古韃靼部的大將赫連霸所建，想通過武林爭霸，向中原一帶滲透蒙古的勢力。

七年前，剽悍的蒙古騎兵曾經打破大同關，直入北京城郊，卻因為沒有得到中原漢人，尤其是武林人士的接應，最終功虧一簣，只能在北京城外燒殺搶掠一番後退回大漠。

從此以後，韃靼大汗俺答便命屬下大將，同時也是塞北第一高手赫連霸組建了這個英雄門，號稱重金結納天下英雄，這幾年下來，中原正邪各派有不少高手都紛紛加入英雄門。

就在今年年初，英雄門在全真岩一戰中大破華山派，不僅華山派四大弟子於此役中悉數斃命，就連掌門展慕白也被英雄門所擒。

黃宗偉的眼神如鷹隼一般，從門口的一眾攤販間掃過，最後落在了天狼的身上停了下來，他的臉色一沉，逕自向著天狼走來。

天狼今天用了縮骨之術，身形變得很乾瘦，是典型的塞外牧民，他看到黃宗偉兩隻腳停在自己面前，這才仰起脖子，黑乎乎的臉上綻放出喜容，咧嘴一笑，兩顆黃澄澄的板牙露了出來：「大爺，想買些什麼？」

黃宗偉仔細地看了看眼前的這個小販，他的眼神渾濁，目光散亂，兩隻盤在一起的腿微微向內圈，一看就是常年騎馬才導致腿部變形，不管怎麼看，都是草原上再普通不過的牧民。

可是黃宗偉相信自己的直覺，剛才自己眼神掃過時，**這個人眸子裡的神光分明一閃而沒。**

黃宗偉心中冷笑，手裡暗自運起五成勁瞬間擊出，黃宗偉位列英雄門的光明左使，如果來人真的身無武功，這一下足以讓他骨斷筋折。

黃宗偉的手按上了天狼的肩頭，可是天狼仍然沒有一點提氣的意思，笑嘻嘻地道：「大爺，小的賣個銅器不容易，您老行行好吧。」

黃宗偉眉頭一皺，潛勁由肩井穴進入天狼體內，瞬間便行遍了天狼周身的經脈和穴道，奇經八脈和小周天的八條經脈全部脈息深沉，各種穴道更像堵上了一層隔膜，完全沒有打通。

天狼體內被突然進入的真氣刺激得如水深火熱一般，一會兒哈哈大笑，一會兒痛哭流涕，身體像抽風一樣抖個不停，一邊嚎叫：「大爺，啊啊，你饒了小的，小的再也不敢，再也不敢在這裡擺攤了，求你……」一張嘴，「哇」地一口鮮血噴出，竟自暈了過去。

黃宗偉收了手，眼中充滿詫異，若是有一點武功在身的人，在他這種真氣貫體搜經沖穴的酷刑折磨下，不可能毫無反應的，他嘆了口氣，向攤上丟下一錠足有十兩的銀子，轉身大踏步離去。

那個一臉奸邪的牛鼻子道士涎著臉迎了上來：「黃左使，這等小人物，殺了也就殺了，何必在他身上浪費錢財？」

黃宗偉冷冷地看了他一眼：「這裡是居延海，也是總舵所在地，這人的小命當然無足輕重，可是英雄門乃至大汗的名聲可不能壞在這裡。」

黃宗偉吩咐後面兩名身穿灰色低階弟子服的辮髮韃子：「哈不里，脫兒哈，把這人拖走，別扔在英雄門門口，對本門形象不好。」

那兩名弟子面露喜色，眼睛盯著那錠大銀，原來無精打彩的眼睛裡登時放出了光，對黃宗偉行了個禮，便上前一左一右地架起昏死過去的天狼，朝鎮外走去，那名年長一點，被叫做哈不里的，順手把那錠銀子塞進了懷裡。

天狼在剛才強行關閉了身上的所有穴道，而以他的身手，內息更是早已收發自如，黃宗偉的那種搜經沖穴之術，就像自己剛學武時強行打通穴道那樣難受，可是對歷經坎坷，無數次死裡逃生的天狼來說，實在算不了什麼，跟自己屢次的走火入魔相比，更是不值一提。

這會兒的天狼，用上了龜息法，連心臟也在內息的控制下只是微微地跳動，他的內息極弱，這兩個低階弟子是完全感受不到的。他的腦子裡飛快地想著接下來的步驟，**從故意露給黃宗偉一個眼神開始，一切盡在他的計畫之中**。

兩個弟子走到了居延海外五里處的一片荒野中，他們把天狼往地上重重地一扔，一屁股坐到地上，擦起額頭的汗水來。

脫兒哈是個賊眉鼠眼的中年漢子，對著哈不里嬉皮笑臉地說道：「老哈，那錠銀子你可不能獨吞啊，這死鬼可是我們倆一起抬的，銀子也應該一起分才是。」

滿臉麻子的哈不里嘿嘿一笑：「老脫，咱們兄弟這麼多年了，你見過哈哥吃獨食的嗎？只是這銀子不是給我們兩個，尊使是丟在這死鬼擲上的，要是這死鬼還沒死，回過頭找尊使要錢，那咱兄弟可就倒楣了。」

脫兒哈歪歪嘴：「老哈，你也不是不知道，尊使無非是做做樣子罷了，你當尊使那銀子是給這人的呀？你看這人現在連死活都不知，要銀子又有啥用？他怕是連尊使給過他這銀子都不知道。」

哈不里搖搖頭：「只要這人有一口氣在，這銀子就是他的，不然尊使如果責問起來，你也知道他的手段。我看我們還是把銀子留下的好。」說著從懷中摸出那銀子，準備往天狼的懷裡塞去。

脫兒哈蹦了起來，一雙小眼睛睜得大大的：「老哈，你傻了嗎？這銀子足有十兩，夠我們半年的薪俸了，尊使只說把這人拖走，又沒說是死是活，更沒說要把這銀子給他！我們現在在這裡結果了他，到時候把人往沙子裡一埋，不就結了？」

哈不里看了眼趴在地上一動不動的天狼，堅持道：「不好，我們以前是軍人，現在是武人，對這些平民下殺手，有違我哈不里的做人原則。老脫，聽哥的，這種昧良心的錢別拿，還是丟下錢走了的好。」

脫兒哈心中暗道奇怪，這哈不里平時一向自私貪婪，心狠手辣，今天卻像是轉了性，該不會是想一會兒支開自己後再回來獨吞這錢吧，於是眼珠子一轉，臉上堆了笑：「那就依你，把銀子放在這人懷裡，然後我們回去覆命。」

哈不里笑道：「這才是我的好兄弟。」他彎下腰，把天狼翻了過來，讓他仰面朝天，順手把銀子放手上掂了掂，再塞進天狼的懷裡。脫兒哈冷眼旁觀，看得清清楚楚，心說你小子果然是想回來獨吞。

哈不里站起身，和脫兒哈一起並肩向回走，脫兒哈突然說道：「老哈，你說要是這人就躺在這裡，活不過來了，那屍體給野狼禿鷹吃了，十兩銀子不是可惜了？」

哈不里微微一愣，笑道：「那可不關我們兄弟的事，我們只是奉命行事罷了。老脫，你可別再打殺人越貨的主意啦。」

脫兒哈眼中陰狠之色一閃而過：「老哈，我想了想，還是做了這人，只要他一死，也就不用擔心他會向尊使報信了。」

哈不里臉色一變，正要開口反駁，卻聽到後面一個冷冷的聲音順著風飄了過來：「好狠的心！」

哈不里和脫兒哈不約而同地一回身，卻見剛才地上的那個小販氣定神閒地站在兩人身後，嘴角邊的血跡已經凝固，冰冷的眼神如利劍一樣地直刺自己。

兩人心中大驚，一下子抽出了腰間的彎刀，擺開架式。脫兒哈厲聲喝道：

「**你到底是什麼人**?!」

天狼的眼中突然閃過一絲殺意，身形一動，哈不里只覺眼前一花，手中感覺一輕，再一低頭卻發現那把彎刀已經無影無蹤，耳邊突然傳來一陣勁風吹過的聲音，轉頭一看，脫兒哈的脖子上已經開了一道深有寸餘的血槽，鮮血直接向外飆出，噴射的聲音就像風吹過樹葉一樣。

哈不里臉色變得慘白，怔怔地看著脫兒哈徒勞地伸手向著自己的脖子虛抓了兩下，然後仰天栽倒，雙眼圓睜，身子一挺斷了氣，只剩下汩汩的鮮血如泉水一般地向上湧著。

哈不里本能地冒出一句：「好快的刀！」

他知道只有快到極致的刀法，才能在人身上留出這樣的傷口。

天狼的左右手拎著兩把彎刀，右手的一把刀尖上凝著一顆血珠子，臉上沒帶任何表情：「哈不里，你還算個好人，所以死的是他，不是你。」

話音未落，天狼的手上一運勁，右手那把精鋼打造的彎刀一下子變得筆直，看起來變成了一把長劍。

哈不里知道來人的武功比自己高出太多，冷汗涔涔地順著鬢角向下流，穩了穩心神，沉聲問：「你是什麼人，究竟想做什麼？」

哈不里的嘴還沒閉上，眼前又是一花，下頷一緊，嘴裡像是被人塞了什麼東西，喉結被人一點，這東西直接就灌進了肚子裡。

天狼依然在原地抱臂而立，好像從來沒動過。他看著正趴在地上想要極力把要那東西嘔吐出來的哈不里，語氣中帶著一絲戲謔：

「不用白費勁了，這是我特製的**九毒洗腸丸**，三天後，毒發之時，你就會腸穿肚爛，死得慘不忍睹。」

哈不里抬起頭，只覺自己嘴裡一陣酸臭泛苦，卻是什麼也吐不出來，嘴角邊掛著長長的涎水，吼道：「士可殺不可辱，你有什麼招數，都衝著我來好了，老子要是眉頭皺一下，不算好漢！」

天狼哈哈一笑：「我可不要殺你，留著你這條命還有用呢。」

哈不里奇道：「你想幹什麼？我哈不里可是鐵骨錚錚的男兒，不會受你脅迫。」

天狼收住笑聲，指了指哈不里腳邊的脫兒哈屍體：「你先看看你同伴再說話。」

哈不里循聲看去，這一下嚇得渾身汗毛直豎，就這一眨眼的功夫，脫不花的屍體已經爛成了一具白骨，連衣服也被化成了片片碎縷，白骨之上則泛著綠光，可見其毒性之強。

天狼把哈不里的表情看在眼裡，冷笑道：「看到了沒有，這就是你剛才吞下去的毒藥，只不過那是慢性發作，你要是不聽我的話，三天後你的結果就和這人一樣，到時候這些蠱蟲破卵而出，鑽心入腦，會讓你求生不得，求死不能。」

饒是哈不里自認是條硬漢，聽到這可怕的言語，再看看脫不哈那副骨頭發綠的慘狀，身子也微微地發起抖來。

天狼一看他這副情形，知道他心裡已經害怕，於是話鋒一轉，語氣也變得柔和起來：「你若是不想死，只需要幫我做件小事就可以。」

哈不里身體一震，咬牙切齒地說道：「休想，我死也不會做背叛英雄門的事！」

天狼笑了笑：「哈不里，就你這功夫，加入英雄門也不過是混口飯吃，何必賠上自己的一條命？事成之後，我不僅會解了你的毒，還會給你重重的賞賜。」

哈不里心念一轉，嘴角不由浮出一絲笑意，像是動了心，露出貪婪的表情道：「此話當真？我的老婆孩子可全在大漠，我要是背叛了英雄門，也就是背叛了大汗，他們怎麼辦？」

天狼的表情一下子又變得冷漠起來：「你還是先操心一下自己吧，事成之後，我給你一大筆錢，再帶你回中原，你什麼樣的美女找不到？待在這塞外荒涼之地又有什麼好？」

哈不里心中暗罵：果然是南蠻子！臉上卻做出驚喜的模樣，咬咬牙，像是下定了決心：「好吧，我答應幫你，你要我做什麼？」

「很簡單，我跟你一起回英雄門，你帶我到地牢附近就行了。」

哈不里心一沉：「你是來劫獄的？」

天狼點點頭：「受人所託嘛，我也不瞞你，那個華山派的展慕白現在在你們英雄門的大牢裡，我這次就是來救他的，沒有必要，我也不想出手傷人。」

他看了眼脫兒哈的骨頭，冷笑一聲：「可是這廝心腸歹毒，想要取我性命，我就不能放過他了！我這人不記仇，有仇當場就報，誰要我死，我先弄死他。」

哈不里定了定神，說：「可是你又不是脫兒哈，我就是想帶你回去，也不可能騙過其他守衛的。」

天狼搖搖頭：「這有何難，有一種本事叫易容，現在就叫你見識一下。」

天狼從懷中摸出一塊人皮面具，又拿出幾塊軟泥，一枝畫筆，背對著哈不里，很快，當天狼再次轉過身時，一個跟剛才的脫兒哈幾乎一模一樣的人就在哈不里眼前出現，連身形也變得跟脫兒哈相當，**若不是親眼所見，哈不里絕難相信世上竟然有如此高明的易容術**。

易容成脫兒哈的天狼對哈不里道：「這下總行了吧。」說話間，他把外面穿的袍子一脫，裡面赫然穿著英雄門低階弟子的衣服，跟哈不里身上分毫不差。

哈不里定了定神，擠出一絲笑容：「閣下好本事，你真的只要救人？」

天狼嘿嘿一笑，但戴著脫兒哈的面具上卻是毫無表情，這也是他刻意為之，因為他不想讓人看出自己臉上戴著面具一樣能做出表情。

天狼說道：「拿錢辦事罷了，我不想再說一遍。現在，麻煩你帶我去英雄門，別忘了我們的約定。」

半個時辰後，天狼和哈不里來到英雄門總壇外，門口還是和之前一樣，四名紫衣蒙面弟子站在門外，眼神冷峻，一言不發。

哈不里向天狼使了個眼色，兩人向門內走去。為首的紫衣大漢伸手攔住二人去路：「口令！」

哈不里行了個禮，恭聲道：「英雄無敵！」

紫衣大漢眼中閃過一道不易察覺的神色，點點頭：「義烈千秋！」說完退後一步，讓出了一條入內的通道。

入得大門後，哈不里小聲提醒道：「跟緊我，別東張西望，幫裡有規矩，亂看亂問的當場格斃！」

天狼低聲回道：「帶我去關展慕白的地方就行了，我們的身分能去嗎？」

「算你運氣，今天正好輪到我們兩個到地牢值守，記住，別張嘴，一切等我說話。」

天狼冷冷道：「你只要記著自己肚子裡有什麼東西就可以了。」

哈不里的身形頓了一下才繼續前行，天狼冷峻的眼神盯著他的後背，一言不發。

英雄門的總壇並不大，這點從那個更像軍營柵門的入口大門就可以看出，兩人穿過一片空曠的練武場，又經過一批打造武器和防具的鐵匠鋪，就到了一排低矮的建築群。

這些建築的高度只有總壇裡那些帳篷的一半左右，完全由黃土夯築而成，陰森森地透著股詭異，不用說，這就是英雄門的地牢了。

哈不里來到地牢門口，兩個守門的灰衣大漢兩眼頓時放出了光，左邊的一個三十多歲，兩隻眼睛大小不一，高顴骨的蒙古漢子沒好氣地衝著哈不里說道：「老哈，你平時交接班從不誤時，今天怎麼遲了這麼久？害兄弟們在這裡多等了一個時辰，都誤了喝酒賭錢啦！」

哈不里陪笑說：「阿里黑兄弟，今天真是對不住啦，黃左使下令讓我們出去辦事，我也是剛回來。」

阿里黑歪了歪嘴，掃了一眼哈不里身後的天狼，臉色微微一變：「老脫，你今天是怎麼了，板著個臉，也不說話，平時一向都是你話最多，今天反而是老哈一直在開口，難不成是你賭錢賭輸了？」

天狼心思一動，鼻子裡重重地「哼」了一聲，頭歪向一邊，看也不看那阿里黑一眼。

哈不里嘆了口氣，把阿里黑拉到一旁，小聲說道：「別提啦，剛在賭館裡輸掉足足五兩銀子，要不是我硬拉著他走，估計他連家裡老婆都能輸掉了。不瞞兄弟，今天他來得晚也就是這原因，多多包涵一下啦。」

阿里黑向地上「呸」了一口：「他奶奶的，老子就知道是這原因，老哈，以後這什麼出外辦事的藉口別跟兄弟扯了，太假！不過還好你提醒了我，他娘的，看來今天不能去賭館，還是改去妓帳裡樂呵樂呵好了。」

阿里黑說完，把腰間的一大串鐵鑰匙往哈不里手上一塞，然後向一旁的同伴招了招手，兩人揚長而去。

天狼等二人走遠後，說道：「展慕白關在哪裡？快帶我進去！」

哈不里擺了擺手，警惕地看了一眼四周，說道：「你也不用腦子想想，我們是兩個身分最低的弟子，在這裡就是看門的，裡面可是牢房重地，哪輪得到我們進去亂跑？」

天狼冷冷的目光透過毫無表情的人皮面具，在哈不里的臉上掃來掃去：「那你說怎麼辦？我要是進不了這地牢，又怎麼救人？」

哈不里道：「你聽著，一會兒有進牢裡送飯的機會，到時候你跟我走就行了，展慕白每天都會被轉移到不同的囚室，你今天要是運氣好，也許就能碰到。」

天狼「嗯」了一聲，目露寒光：「別怪我沒警告你，不要試圖和我玩花樣，我的手段你是知道的，好好合作的話，會有你的好處，我也不會傷人。不然的話，以你們這地牢的守衛，想困住我只怕也不容易。」

哈不里巴結道：「我已經到了這裡，就沒有回頭路了，事情敗露，我落到門主手裡，想求死都不容易；再說，我肚子裡還有你下的毒呢，你要是不相信我，現在就衝進牢裡好了。」

天狼嘿嘿一笑，在牢門口站起崗來，不再說話。

過了兩個時辰後，天漸漸地黑了，一個穿著雜役服的老奴腳步沉重，吃力地拎著一個大木桶走了過來。

這個老奴身形瘦小，邊走邊咳嗽，像是得了肺癆，天狼突然有點可憐起那些牢裡的犯人，因為他看到這個老奴咳出的血痰，紛紛落到了那個隔著十丈遠就一股餿味傳來的飯桶裡。

哈不里招呼那老奴道：「老張頭，今天怎麼來得這麼晚？巡邏的兄弟們半個多時辰前都吃完啦！」

老張頭張開嘴，一顆大門牙只剩下了半截，說話都漏著風，沒好氣地道：「老哈，你又不是不知道，這牢飯都是前幾天的剩飯餿湯，當然得先讓咱們的人吃完才能讓這些囚犯吃了，今天廚房有些事情耽誤了一下，你要是嫌慢，以後自己去拎這牢飯好了。」

哈不里一邊罵罵咧咧的，一邊拿起腰間的鑰匙打開了那鐵質大門，天狼看著這老張頭，他枯瘦的雙手總讓天狼覺得有哪裡不太對勁。

「吱呀」一聲，大門打開，一股黴味混合著屎尿的惡臭撲鼻而來，天狼不禁皺了皺眉頭。

哈不里捏著鼻子催促老張頭道：「快進去吧，早點餵完這幫豬，我們也好去吃飯。」

哈不里說著，一個人走在了前面，經過天狼時，使了個眼色，天狼心領神會，等那老張頭也進去後，跟著一閃身進了大牢，順手合上牢門。

通道十分狹窄，不知從何而來的陰風帶著黴味和惡臭一陣陣地襲來，讓人渾身發冷。兩側的石壁上隔著十幾步就插著一支火把，被陰風吹得火苗直晃，讓通道裡的光線也是時強時弱，而囚犯們的呻吟聲和慘叫聲更是讓人有種置身於阿鼻地獄的感覺。

牢裡沒有一個獄卒，兩邊的牢欄都是由粗如人臂的精鐵打造，從欄杆間的縫隙裡伸出了一雙雙手，彷彿地府的孤魂野鬼一樣，極力地想抓住每一個從他們面前經過的人。

老張頭回頭看了天狼一眼，咳了兩聲，說道：「脫兒哈，今天你是怎麼了，好像第一天來這裡似的，往常你不是都會主動來幫忙拎桶麼！」

天狼反問：「我為什麼要拎桶？」

老張頭先是一愣，轉而重重地把飯桶往地上一丟，腰間插著的一把木勺子也掉在了裡面，黃黃綠綠的菜湯濺得天狼滿身都是：「你他娘的今天是犯什麼渾啊，是不是魂又丟在賭場了？」

走在最前面的哈不里連忙嬉皮笑臉地拉住老張頭：「你消消氣，他今天在賭場虧大了，這會兒還犯渾呢，有點脾氣別當真。」

老張頭罵罵咧咧地走過了哈不里。

天狼的眼神如炬，發現在門口的角落裡堆著一疊破碗，一個髒兮兮的鐵勺子有氣無力地躺在灰裡，想來以前一向是自己拎桶，老張頭負責給囚犯打飯。

天狼低聲問哈不里：「不就一個送犯的奴才嗎，哪這麼大脾氣？」

哈不里苦笑道：「我們的飯也是這傢伙送，你也看到他那副樣子了，往你的菜裡吐個痰咳個血啥的，想想也不用吃飯了。」

老張頭顫巍巍地捧起一堆讓人看了就想吐的破碗，那個鐵湯勺又被他掛在了腰間，他轉過頭，渾濁的眼神彷彿蒙了一層灰：「快點走，你們很喜歡待在這裡面嗎？」

天狼拎起了那個木桶，餿味讓他胃裡一陣泛酸，再一看那個還在桶裡的木勺活像一根攪屎棍，這種似曾相識的味道勾起了他對往事的回憶，在心裡感慨道：果然天下間的牢飯都是最難吃的。

他邁開腿，跟在老張頭的後面，一路走過，不管是不是有手伸出欄杆外，老張頭都是機械地拿起破碗，從木桶裡盛上一勺，然後從欄杆下面的一個小洞裡塞進去。

只見這裡關的人五花八門，有僧有道，有老有少，奇形怪狀的都有，唯一一個共同點，除了都是男人外，就是這些人都是練家子，可是身上都被透骨釘、離魂針之類的東西釘住了氣穴，導致無法運起內息掙斷身上的鐐銬與鎖鏈。

一路無語，拐了兩道彎後，天狼眼前突然一亮，這已經是地牢的盡頭，這裡，四名全身白衣的蒙面人像幽靈似的杵在這裡，四人的身後，則是一道厚厚的鐵門，門上連個透氣孔也沒有，透著一股陰森森的恐怖。

天狼飛快地估算起這四個人的實力，儘管他們外息全無，似乎連呼吸也停滯了，可是眼中偶爾一閃的懾人寒芒，還有體內那流暢的內息運轉，都顯示出這四位至少是打通了小周天一百九十六個穴道、九條經脈的超強一流高手。

四人裡、為首的一名冷冷地看了三人一眼，走在前面的哈不里和老張頭自拐過這彎後，就像見了貓的老鼠一樣，大氣都不敢出一口，低著頭向裡走。

天狼不敢有任何大意，收起身上的所有氣息，有樣學樣地低著頭跟在兩人的後面，經過四人時，眼角的餘光掃瞄四人，身形高矮幾乎一模一樣，每個人的腰裡都別著一把彎刀，而且有兩個人是左撇子。

三人走到了鐵門前，那扇大門忽然「喀喇喇」的一聲搖晃著向上收起。原來這是一扇足有幾千斤重，四五尺寬的一道大鐵閘，這牢房則是一個天然洞穴的最深處，天狼通過身後的氣息能感覺到，剛才那四個白衣人出手拉了一個環扣狀機關，在四人合力下，鐵閘才會打開。

隨著鐵閘的收起，一個披頭散髮，渾身上下穿著件髒兮兮囚服的人出現在天狼面前，他身上的那件囚服上到處是凝固成黑色的血斑，臭蟲和跳蚤在他身上蹦來蹦去。

這個囚犯手肘的曲池穴，胸口的膻中穴，腹部的氣海穴，左膝的環跳穴上，都釘著透骨移魂釘，足以讓任何一個頂尖高手變成廢人。

囚犯似乎聽到了些響動，吃力地抬起頭，透過一蓬亂髮，那隻眸子卻依然清澈閃亮，**直覺告訴天狼，這個人就是他要找的華山掌門展慕白。**

想到這裡，天狼突然「啊」一地大叫一聲，蹲到地上，嘴裡吐出白沫，身體劇烈地抖動著，右手拼命地在自己的脖子上抓來抓去，兩眼瞪得大大的，左手則指著站在自己面前一臉茫然的老張頭。

那四名白衣人不約而同地伸出手，在身後一塊突起的石頭上重重地一擊。

只聽「轟隆隆」一聲巨響，巷道口落下了一道千斤巨閘，本來還算敞亮的通道一下子變得暗了下來，就在微弱的火光中，四名白衣人動作整齊如一，齊刷刷地抽出四把刀，兩左兩右，揉身向老張頭撲來。

老張頭的臉上掛著驚愕的表情，張大了嘴，說不出話，雙手不停地在自己的面前搖晃，腳下不住地向後倒退，站在他身邊的哈不里一看情形不對，直接向地上一趴，以躲避這撲面的勁風。

四道白色的人影如同閃電般從天狼的身邊掠過，四隻手臂則畫出兩個圈，推手出掌，一陣排山倒海的勁風吹過，老張頭連哼都沒哼出一聲，便噴出一口血，徑直飛了出去，落在展慕白的腳邊，動也不動。

為首的白衣人「咦」了一聲，似乎對老張頭如此不堪一擊有些吃驚。

就在他們準備把目光轉向地上的天狼時，突然感覺到周圍的空氣彷彿在燃燒，一股從沒有感覺到的強大氣息瞬間出現，就像一顆震天雷在身邊猛的炸開似的。

四人都是一流高手，不約而同地叫了聲「不好」，便分散向四個方向跳出。

已經來不及了，地上的天狼一下子蹦了起來，雙眼瞬間變得血紅一片，他緊盯著離自己最近的一名白衣人，手指箕張，屈成一個鷹爪，幻出漫天的爪影，直接把白衣人的周身要穴籠罩在內。

這名白衣人咬了咬牙，他一看這架式就知道此乃**少林絕學龍爪手**，變生肘腋，敵人的整個身形已經撞到自己身前不到半尺，根本來不及回刀應對，他乾脆不閃不避，右手丟刀，鼓起全身之力，也不防自己胸腹處，直接向內一摟，一招懷中攬月，直擊來人的腦後，完全是一副同歸於盡的招式。

天狼哈哈一笑，對手的這個應對早在他的意料之中，他的身形如鬼魅一樣，在這個狹小的空間裡居然一飛沖天，白衣人全部的功力都用在這回拳傷敵上，卻沒想到來人居然不去格擋，而是能在這麼狹窄的空間裡一跳幾丈高，電火火石間，白衣人連忙撤去自己右臂上的氣勁。

饒是他一流高手，內力早已經收發自如，但這一下倉促間撤力，仍然是內息倒轉，經脈受損，只覺得喉頭一甜，一張口「哇」地一下，噴出一口鮮血來，緊接著，只覺得頸後大椎穴被人重重一擊，頓時眼前一黑，不省人事。

隨著這名白衣人的身體重重地倒下，其餘三人盯著在他背後傲然而立的天狼，個個眼神陰鬱，多的話不用說，來人何等武功他們都心裡有數，即使是突襲，能在這樣三招之內制住自己兄弟的，天下不會超過五個人。

為首的白衣人沉聲問道：「**閣下何人，來此是為了這展慕白嗎？**和我們英門為敵，你可要想清楚後果！」

天狼的臉上沒有任何表情，陰森森的話語聲配合著封閉的巷道，陰暗的光線，讓人聽了後背發涼：「我沒時間和你們廢話，逐風蒼狼，你們的刀陣已破，還指望著能和我一較高下嗎？識相點打開機關，還可以留你們一命。」

這四名白衣人乃是橫行大漠的巨寇**逐風蒼狼**，**馬家四兄弟**，四人係一母同胞，從小喝狼奶長大，異常的凶殘，曾經機緣巧合得西域大盜「沙漠血狼」指點，習得馭風刀法。

此刀法凶狠殘忍，快捷如風，可以把活人身上的肉一片片地剔下來，出師時以活人試刀，能在一套刀法三十六招之內把人切成一副骨架，就算藝成。

而這四兄弟在這套殘忍的刀法上，更是心意相通，創出了一套刀陣，進退互補，比起四人單獨相加的威力，更是強了一倍不止。

馬家四兄弟縱橫大漠多年，殺人越貨無數，曾有上百名中原高手先後被人雇傭，深入大漠捉拿這四人，卻全都變成了大漠中的累累白骨，直到幾年前英雄門初建時，號稱塞外第一高手的赫連霸才以絕世武功降服四人，自此成為英雄門的四名護法級高手。

這幾年來，英雄門和中原各派幾次混戰，全真岩一戰中，四人聯手將華山四大弟子劈成了四副骨架，自此名揚天下。也正因此，英雄門尊主赫連霸才放心地在牢裡只放了這四人來看守展慕白。

天狼早知這四人的合擊刀陣威力巨大，在這狹窄的空間裡更是讓自己很難放開手腳，即使使出威力巨大的必殺技打敗四人，也很難保證不傷到展慕白，更是不可能讓外面的人聽不見一點兒動靜，於是他精心策劃了這一連串動作。

走過那四人時，他看到通道的頂上有一道千斤巨閘，必是遇到有人劫獄時逐風蒼狼會先行將閘放下，以阻來人，天狼讓四人先感覺到危險，放下門口巨閘，這樣外界對裡面的動靜不得而知，自己也好放手一戰。

而動手之初，則讓四人先以為奸細乃是老張頭，忽略了倒地的自己，這樣才能一擊而成，先行廢掉一人，破掉刀陣。

一切都在自己的計畫中，天狼冷笑一聲，向前一步：「看來我只有先擒下三位，再慢慢想法子讓你們照做。」

天狼話音未落，整個人已如閃電般地衝了上去，這回，他的手中多出了剛才被自己點倒在地的馬老二所持的一把彎刀，就在一瞬間便劈出了三十餘刀，而剛剛稍微冷卻了一點的空氣又突然變得灼熱起來。

馬家三兄弟知道無路可退，紛紛揉身上前，馭風刀法帶著詭異而淒厲的呼嘯聲，閃著點點寒光，沒有一點拖泥帶水，直接就衝著天狼上中下三路的要害而去。

三個人瞬間變成了三個旋轉的光圈，而凜冽的刀氣則在小巷道的牆壁上，留下了一道道深及寸餘的劃痕。

天狼使出的同樣是一路快刀，正是出自黃山**三清觀的燃木刀法**，此刀法講究的就是出刀迅速，練至大成時，可以劈開大樹時讓木頭著起火來，故而有此名稱，與馭風刀法有異曲同工之妙。

只是馭風刀法招招邪惡歹毒，出手不留後招，也絕不留情，透著一股邪氣，不如出自道家正宗的燃木刀法來得氣勢凜然。

第四章

天狼現世

天狼嘆了口氣，他的人皮面具上都沒有任何表情，
無奈地嘟囔了句：「看來只有用刀子說話了！」
天狼的眼珠子再次變紅，氣場瞬間爆發，
出手就是天狼刀法中的起手式「天狼現世」。

隱隱約約中，天狼的那把刀舞出來的刀氣帶了幾分紅光，與馬家三狼那白光翻滾形成了鮮明的對比，倏地，紅光與兩團白光正面相碰，只聽「叮」地一聲，人影忽分。

馬家兄弟臉色慘白，倒著退出十餘步，臉上的蒙面巾也被刀氣斬得碎成寸縷，露出了遍是刀疤、毛茸茸一臉大鬍子的醜陋臉龐，三分像人，七分倒像是地獄的惡狼。

天狼收住了手，他沒想到馬家兄弟長得居然這麼醜，先是一愣，然後馬上明白了過來，嘿嘿一笑：「原來閣下竟然是這副尊容，難怪成天要蒙著面不敢見人。」

被砍掉面巾的其中一人正是馬家老大，他咬牙切齒地吼道：「看過我們真容的人都得死！」

天狼不屑地回道：「三位的功夫雖然不錯，但你們也知道並不是在下的對手，**我這次來只想救人，不想大動干戈**。讓我帶走展慕白，留你們一條性命，不然的話，休怪我下手無情。」

天狼說著話，猛的向一邊的一道巨石一擊，「轟」地一聲巨響，煙塵散處，只見這塊足有千斤的巨石被擊得如粉末一般，撒得滿地都是。

馬家兄弟面面相覷，凶焰消失得無影無蹤，都是高手，一出手就知道有沒有。他們三人雖然刀法凌厲，但內力卻並非一流，剛才來人露了這麼一手，顯然是至少打通了六條大周天經脈的頂級高手才能做到，剛通一條大周天經脈的馬家兄弟可是萬萬無法與之匹敵。

而且來人的燃木刀法同樣是出自少林七十二絕技，後被黃山三清觀去蕪存精，加以改進的武林絕學，威力並不在自己的馭風刀法之下。在這狹窄空間裡，自己四兄弟的合擊刀陣又無法施展，與來人純拼真功夫，實在是沒什麼把握。

於是馬老大沉吟了一下，開口道：「看閣下的功夫，即使在中原武林也是頂尖，三清觀的火練子觀主是否就是尊駕？」

天狼搖搖頭：「這燃木刀法雖然出自三清觀，但未必就說明只有三清觀的人才會。比如三清觀的叛徒火松子，現在就在你們英雄門，他連三清觀的至高絕學六陽至柔刀都會幾招呢，你們不用花心思猜測我的身分，只需要回答我是戰還是和就行。」

馬老大抗聲道：「閣下不要欺人太甚，幫有幫規，你就是殺了我們四個，這地方你也出不去的。到時候尊主和尊使一定會為我們報仇！如果你識相的話，我們可以放你離去，不追究你擅闖我英雄門重地之罪！」

天狼嘆了口氣，自始至終，他的人皮面具上都沒有任何表情，無奈地嘟囔了一句：「**看來只有用刀子說話了！**」

話音未落，天狼的眼珠子再次變紅，而強大的氣場瞬間爆發，這一回，他沒再客氣，出手就是**天狼刀法**中的起手式「**天狼現世**」。

馬老大等三人只看到一道紅色的圓弧迎著自己的臉緩緩撲來，帶著一股沒有任何生氣的死亡氣息，壓迫得自己心口一陣發麻，儘管後面是囚室，可是這種強大得讓人無法呼吸的刀意，讓自己的雙腿彷彿在地上生了根一樣，根本無法動上半分。

三人俱為一流高手，知道這一刀的可怕，不正面硬拼一下根本無法擺脫，於是三人齊身大吼，功力提到十二成，身上的白衫一下子鼓得跟個氣囊一樣，站在左右的馬老三和馬老四兩隻手同時搭上了站在中間的馬老大後腰上，馬老大的臉頓時就像漲紅了的豬肝，鮮豔地快要滴出血來。

紅色的刀氣緩緩地推到了馬老大的面前，所經之處，四壁上突出來的磚石如同粉塵一樣紛紛屑落，馬老大咬牙大吼一聲，平平地一刀斬出，平地裡捲起一陣罡風，瞬間形成一個類似龍捲的青黑色刀氣，捲起地上的塵土石礫，向那道紅色的刀氣迅猛逼去。

兩道刀氣平空相遇，「砰」地一聲，如同平地起了一聲驚雷，趴在地上，離著刀氣相撞處足有十幾丈遠的哈不里，只覺整個心都要給震得從嗓子眼裡跳出，接著就像有一千門響鑼在自己的耳邊轟鳴，耳朵都汩汩地淌出血來。

煙塵散處，只見馬家兄弟一個個橫七豎八地躺在地上，嘴角邊都是鮮血直流，胸口劇烈地起伏著。

哈不里雖然不通內功，但是看這樣子，馬家兄弟全都受了極重的內傷，動彈不得，而遠處被點了穴道的馬老二更是頭朝下地趴在地上，一動不動，也不知是死是活。

而天狼仍然傲立於原地，他看了看在地上趴著的馬家兄弟，三人手上的刀已經不翼而飛，碎成片片鋼條，扎得兩邊的石頭牆壁上到處都是，運氣不好的馬家老四大腿上也中了兩條，鮮血橫流，卻無力起身包紮止血。

天狼嘆了口氣，語氣不似剛才那樣冰冷生硬，甚至還帶了幾分憐憫：

「你們這又是何苦呢？明明知道不是我對手，還要這樣強撐硬頂，真不知道腦子裡是怎麼想的！這下子武功盡廢，你們以為赫連霸還會給你們四兄弟養老送終嗎？不過，你們能正面擋我一刀，也算好手了。」

馬老大硬撐著抬起了頭，本就醜陋的臉上刀疤像蜈蚣一樣地扭曲著，在這狹窄通道陰暗的火光照耀下，更是顯得狀如惡狼，面目猙獰，由於經脈盡斷，內力全失，這會兒他的眼睛裡也全無剛才的那陣神光。

馬老大咬牙切齒地道：「狗賊，你別得意，這機關石只有我們四人同時按下那開關才會打開。慢了一瞬就根本不會啟動。也只有我們兄弟四人心意相同才可以做到，換了別人同時喊口令也來不及。哈哈哈哈，我們死了，你也得陪葬！」

馬老大一陣狂笑，如厲鬼嘶號，在這狹窄的空間裡來回激蕩著，倒在地上裝死的哈不里面色鐵青，一言不發，估計是想到自己要給天狼陪葬，這會兒腸子都要悔青了。

天狼往臉上一抹，取下了那張人皮面具，裡面的那張臉仍然沒有帶任何表情，輕輕地「哦」了一聲：「這點倒是挺麻煩的，得同時擊中這四個開關才行啊。」

他一邊說一邊彎下腰，從地上撿起三個石塊，在手上掂量了一下，回頭看了看馬老大，臉上露出一絲微笑，便走到馬家兄弟們原來站著的地方，石壁上那四個突起的石製機關這會兒清晰可見。

天狼站在一處機關前，看了看其他三處機關，眼中突然精光暴射，大喝一聲「走」，右手中的三個石塊去勢如流星一般，分別射向那三個機關，與此同時，他的左手也閃電般地按在身後的第四個機關之上。

只聽一個「啪」的聲音同時響起，三個大小重量不同的石塊居然同時擊中了遠近距離各不相同的三個開關，正好和天狼按到第四個開關的時間分毫不差。

一陣來自地底的機械絞動聲響起，外面那道千斤閘緩緩地開啟，眾人的眼前又豁然開朗起來，連牢裡那股帶著惡臭的黴味，此時聞起來也變得有點小清新的感覺。

天狼回過頭，戲謔的說：「馬老大，以後想好了再說話，天下之大，你不知道的神功絕技太多了，不過，反正你們也是廢人了，以後也用不著知道這些。」

馬老大按著自己的心口，一陣劇烈咳嗽：「這，這不是**唐門的八步趕蟾手法嗎？你又是怎麼會的**?!就連當年的唐老太太，也不可能做到這種程度吧！」

天狼沒有說話，也不再看地上的馬家兄弟，逕自走了過去，經過哈不里時，向躺在地上，一臉驚恐的哈不里笑了笑：「你運氣不錯啊，居然沒給震死，我說話算話，會帶你走的。」

哈不里正想開口，心口一陣氣血浮動，險些要吐出血來，連忙閉上了嘴，只是點了點頭。他知道面前的這個男人實力強得超過自己想像，連逐風蒼狼都不是他對手，看來只有等他出牢後再想辦法呼救了。

天狼走到了牢洞中展慕白被拴著的地方，看了看他身上被釘著的透骨釘，長嘆一聲：「想不到你竟然淪落至此。」

展慕白的喉節動了兩下，嘴裡「呵呵」地發出了兩聲，緊接著就是一陣劇烈的咳嗽。

天狼自嘲地笑了笑：「我忘了你還被點了啞穴，現在我們時間有限，先帶你出去再說。」說完，他的眼珠子突然再次變得血紅，輕喝一聲，雙手抓住拴著展慕白雙手的兩道鎖鏈，雙臂一震，兩條足有成年漢子大腿粗的玄鐵鍊子竟然被他空手拗斷，沒有這玄鐵鍊子的支撐，展慕白一下子有氣無力地倒了下去。

天狼周身那強勁的氣流暫時消散，他彎下腰，正要去解他腳上的兩道玄鐵鎖鏈時，突然身後一道無聲無息的勁風襲來，力量之大尤在他剛才那招天狼現世之上，速度卻是迅疾如風，頃刻間便已到達天狼的後背。

天狼大吼一聲：「來得好！」一個大旋身，本來彎下的腰就像彈簧一樣，瞬間又繃得筆直，雙目盡赤，周身那股強勁的氣流一下子布滿了整個牢室，回首左手當胸守住門戶，右手一招天狼破軍，渾身氣勁爆裂而出，連身上的那身灰色低階弟子服也震得粉碎，露出精赤的上身來。

激蕩的真氣中，一隻枯瘦如柴的爪子與天狼的手掌正面接觸，只聽「波」地一聲，門口處的哈不里直接給震得飛了起來，摔出去十餘丈，直接倒在那道剛剛打開的千斤閘處，而四條已經沒了武功的逐風蒼狼，更是帶著一蓬血雨撞上了附近的牆壁，一個個摔得腦漿迸裂，再也活不成了。

人影乍分，老張頭退出五步以外，面色陰沉如水，雙手如鷹爪一般地橫在胸前，剛才還渾濁不堪的眼睛裡，這回神光暴射，兩側的太陽穴陽高高地鼓起，而周身閃著一層淡藍色的內勁，外衣已經片片碎裂，露出內部穿著的一套黑色的寶甲，緊緊地貼在他的身上。

天狼看了眼躺在腳後的展慕白，呼出一口氣：「還好你沒事，不然我可沒辦法跟你的楊師妹交代了。」

他轉過了身，直面老張頭：「張烈，你終於出手了。」

張烈的聲音如金鐵相交一般，刺耳難聽：「**天狼，你又是怎麼識破我身分的？**」

天狼哈哈一笑，伸手向臉上一揭，外面的那張面皮被撕下，露出了本來面目：「**你先說說你是怎麼認出我是天狼來的。**」

張烈沉聲說道：「除了天狼，世上還有誰能有如此霸氣威猛的天狼刀法？」

天狼的臉色一下子沉了下來：「能看出我的武功，看來留你不得！」

張烈嘿嘿一笑：「雖然你的天狼刀法號稱刀中至強，但你現在沒有帶上兵刃，以爪為刀，終歸威力大減；再說，我『蒼穹神鵰』張烈也不是那四匹狼，能給你這麼容易就打發了。」

天狼點點頭：「能坐上英雄門的光明右使位置，當然不是凡者，聽說你的天鷹神爪已經練到第八重了，一旦破九重，則大周天全部打通，升入武者夢寐以求的**武尊境界**了。」

張烈臉色一變，天狼這話看似誇他，實際上是說他這輩子的修為有限，不是自己對手。

十五年前，張烈就達到天鷹神爪的第八重境界了，但是多年來一直無法再突破一層，而眼前的天狼，卻是將同樣號稱刀中至尊的天狼刀法練到最後一招的超強武者，如果傳言屬實，只怕武功還在自己之上。

前天英雄門尊主赫連霸因故外出，左使黃宗偉也一早出外巡視，只剩自己獨守，這才不惜假扮送飯的奴隸來引天狼上鉤，為了摸清來人的底細，更不惜犧牲逐風蒼狼來套出來人的武功深淺。

張烈心想，力敵恐怕不是上策，還是拖延時間，智取的好，再不濟也要想辦法先從此牢脫身，到外面召喚大批幫內高手一起圍攻天狼，就算他是大羅金仙，也未必能擋住數百名高手的聯手圍攻，更不可能帶著展慕白脫困而去了。

想到這裡，張烈心神稍安，哈哈一笑，臉上的皺紋都在跳動：「天狼，就算你武功比我高一點點，只怕也困不住我！再說了，就算你力戰之下能打敗我，你又怎麼可能帶著現在只是一個廢人的展慕白離開？」

天狼的眼中光芒閃動：「我可以制住你，拿你當人質！」

張烈搖搖頭：「英雄門上下，除了尊主外，沒有人可以跟敵人做交易。不過，如果你肯和我們做朋友，甚至加入我們英雄門，倒是可以另說。」

天狼嘿嘿一笑：「動手之前，我有些問題想問你，你要是有問題也可以問我，現在時間拖得越久，對你沒壞處，只是到了無話可說的時候，我就要出手了。」

張烈的臉一沉：「也好，我也有不少問題想問你，**你是怎麼看出我身分的？**」

天狼冷冷地道：「你們的破綻太多了，張烈，從哈不里在門口通風報信開始，我就看出來了。」

張烈心中暗暗一驚，臉上卻擺出一副若無其事的樣子：「哦，有何破綻？」

天狼收起了渾身的真氣，血紅的瞳仁也恢復正常，他負手踱起步來：

「第一，門口的守衛只問了哈不里一個人口令，卻沒問我的，這說明哈不里跟他對的是緊急暗號，說我是奸細。我在你們英雄門前觀察好幾天了，不管幾個人進出，每個人都要問答口令，你們每天都會同時定三個口令，以防奸細混入，即使是脅迫了你們的人，也有緊急口令來示警。」

張烈點點頭：「所以你就**將計就計**，一個人進來？好大的膽子！就不怕我們當場圍攻你嗎？」

天狼笑了笑：「第二，你們英雄門一向自信得過了頭，曾經想混入你們這裡的中原正邪各派的弟子也不少，如果混進來一個就要全派圍攻，那也太小題大作了，一般是帶到那奸細想要去的地方，派上幾個高手暗中擒拿就是。如果不是我來這地牢，恐怕你張右使還不會親自走這一趟。」

張烈嘆了口氣：「本來有逐風蒼狼在，按理說，能對付絕大多數私闖者，但是今天黃左使曾說過，最近總覺得不對勁，像是有個前所未有的強勁對頭一直想混進來，讓我不可大意，加上這地牢裡關著展慕白，不由得我不小心。」

天狼繼續說道：「這第三嘛，就是一路上都不對勁，練武場居然空無一人，而且兩個最低階的弟子，居然在這麼重要的地牢前站崗放哨了，整個地牢裡除了逐風蒼狼這四個一流高手，更是全無守衛，張右使，如果換了是你，你會覺得正常嗎？」

張烈的眼中閃過一絲敬佩：「天狼，你的腦子真的很好，如果見到尊主，他一定會很喜歡你的，不過，這些都只是你看出哈不里身上的破綻，你又是怎麼看出我的身分呢？」

天狼的語氣仍然冷若冰霜：「你見過一個怕送飯的雜役怕成這樣的弟子嗎？張烈，你的外表可以偽裝，內息可以隱藏，甚至可以裝得不會武功，但那種在屬下面前居高臨下的氣場是沒法一下子掩蓋的。就算你自己可以掩蓋，就算我可以不注意你那雙鷹爪，哈不里也隱瞞不了剛剛看到你時的那種驚訝和敬畏，因為他不僅是你的屬下弟子，在你軍中為將時，應該也是你的部下吧。」

張烈一下子說不出話來，半晌才幽幽說道：「當年真不該讓這個笨蛋進英雄門，實在是成事不足，敗事有餘！」

天狼的嘴角突然露出一絲笑容：「但他對你很忠誠，我給他灌了毒藥，可是這人還是對你忠心耿耿，張烈，如果我是你的話，會好好對他。」

張烈厭惡地擺了擺手：「軍有軍法，門有門規，他把事情弄得一團糟，自然要付出代價，我也保不了他。天狼，你為什麼要為了展慕白跟我們做對？你明明也有自己的勢力，上次跟我們的交易也還算是愉快，這次何苦翻臉，孤身犯險？」

天狼冷冷地道：「你知道我是專門幫人解決麻煩的人，上次你們給我錢，付了訂金，所以我幫你們解決麻煩，這次有人出錢讓我幫她解決麻煩，所以我來這裡。就這麼簡單！**昨天的雇主，今天可能成為我天狼的行動對象，這才是我天狼。**」

張烈眼珠子一轉，計上心來：「展慕白的事情，我作不了主，但今天這事既然讓我看到了，也不可能放你帶人走，現在我有個避免流血的提議，你想聽嗎？」

天狼的眼中寒芒一閃：「不想聽。**我只想問，你是怎麼看出我是天狼的？**」

張烈哈哈一笑：「天狼，**雖然你戴了兩層面具，也一直在隱藏自己的氣息，但是你真正動起手後，卻再也隱藏不住自己的功夫。**當年我神功未成之時，也曾行走過中原，見過巫山派林鳳仙的天狼刀法，所以剛才你用出那招天狼現世時，我就知道一定是你。」

天狼平靜地回道：「我雖然名字叫天狼，可是一直沒有使出過天狼刀法，見過我武功的人並不多，你又是怎麼從刀法上就猜出我是天狼？」

「剛才我是猜的，現在我可以確定了。」張烈的眼中閃過一絲得意：「本來我一直奇怪你在塞外開這個勞什子平安客棧究竟想做啥，現在我敢肯定，你就是當年的那個橫行天下的錦衣衛殺手，為了避禍才會如此。你說八步趕蟾不算頂尖武功，不少人可以學到，難道天狼刀法也是這樣的嗎？」

天狼笑了笑，露出一口白牙：「那你為什麼不說我是屈彩鳳呢，她可也是會天狼刀法的哦。」

張烈的臉色一變：「這十幾年來，江湖上除了屈彩鳳外，就只有那個神秘的錦衣衛殺手會這功夫了。你總不會說自己是女人易容的吧，再說，屈彩鳳早已經進了魔教，在平安客棧一待幾年的，除了你還能有誰？」

天狼搖了搖頭：「那個錦衣衛殺手又不是巫山派的，他能學到天狼刀法，我為什麼就不可以？張烈，你們英雄門這幾年太順了，也讓你這個右護法自以為是，失去了判斷力，實在是讓我有些失望，你要知道，對手如果太弱了，我贏起來也會沒有成就感的！」

天狼的話音未落，整個人的身形一動，快如閃電，雙手忽然大開大合，而腳下卻像是喝醉了酒一樣，踏著亂七八糟的步子，衝著張烈攻了過來。

張烈一見天狼的這一套組合招數，倒吸一口冷氣：「**玉環步，折梅手！**」

說話間，天狼的拳腳已經攻到面前，左掌右拳，快如閃電地一口氣攻出數十下，而腳下踏著的那精妙步法看似喝酒的醉漢，可是身形的一動一歪間卻極見功力，配合著身形的扭動，一招一式盡是出其不意。

張烈識得這兩門功夫，知道這是黃山三清觀的不傳之秘，多年來在江湖上已經很少有人使出了，但他身為英雄門的右使，武功自然高得出奇，一時間見招拆招，天鷹神爪幻出漫天的爪影，與天狼鬥了個旗鼓相當。

兩人越打越快，漸漸地，身形籠罩在一團紅光和一團藍光中，呼喝聲中，石洞壁上被拳風爪勁擊出一個個小坑，連大地都在微微地晃動著。

半個時辰的功夫，兩人已經拆了兩百多招，張烈的天鷹神爪幾乎快把所有招數都使過一遍，而對方的新招卻是層出不窮，打到現在，已經是天狼七分攻勢，而張烈十招裡能反擊四招都很勉強。

開始時，張烈還可以跟天狼鬥個五五開，打到現在，只覺對面那股灼熱的內息燒得自己身上越來越難受，而他自己內息的運行也開始漸漸地變得不暢，原來他周身的藍氣可以達半尺左右，現在基本上只限於在自己那身護身寶甲之上了。

有幾次，天狼的拳掌都打到了張烈身上，若不是有寶甲覆體，這會兒張烈已經敗了，而張烈曾有一爪直接擊到了天狼的胸肌上，這本可洞金穿石的一下卻像是打上了千斤鋼閘那樣，震得自己手疼，只在天狼的胸口留下了五個淡淡的印子。

張烈的喘息聲開始變得越來越重，自出道以來，親自交過手的高手裡，除了赫連霸外，只有天狼給過自己如此大的壓力，尤其是現在天狼所用的折梅手和玉環步還算不上是頂尖的不傳絕學，即使這樣都能壓制住自己的天鷹爪，實在讓人難以想像。

天狼似乎看出了張烈心中的恐懼和疑惑，哈哈一笑，意氣風發地吼道：「不和你玩了。」手上的招式突然一變，腳下不再踏起那種歪七扭八的玉環步，而是雙腿如兩道利斧一般，重重地橫掃張烈的腰腿，配合著手上轉為龍爪手的招數，上下一起夾攻張烈。

這一下大大出乎張烈的意料，剛才天狼的節奏是慢中有快，現在卻是如疾風暴雨一般，眼前頓時全是他那帶著紅色滾滾熱浪的爪影。

張烈一時間措手不及，「砰」地一聲，腹部被天狼一腳踹中，一下子倒著飛出去三四丈遠，好不容易使了個千斤墜才穩住身形，肚子裡一陣翻江倒海，五臟都在劇烈地震動著，這一腿力道足有千斤，若不是有護身寶甲，加上天鷹勁的防禦，直接就能要了張烈的命。

天狼完成這一擊後，也沒有趁勝追擊，張烈現在這樣子已經敗相畢露，只要他繼續攻擊的話，十招以內必可取他性命。可是他這會兒卻似笑非笑地盯著張烈，毛茸茸的胸膛如同被汗洗過一樣，紅光一收：

「天鷹神爪確實厲害，領教了。」

張烈緩了一口氣，暗自運了一下內息，剛才被震得無法提氣的兩條經脈已經重新通暢，他看了看自己的小腹處，這一腳直接踹得身上的鎢鋼寶甲陷進去足有寸餘，一個大腳印觸目驚心。

張烈嘆了口氣，眼神中盡是落寞，作為一個頂尖高手，被人堂堂正正地擊敗，實在是非常苦悶的一件事，雖然天外有天的道理誰都明白，可是一旦落到自己身上，還是一時很難接受。

這時候，天狼的那句話倒反而像是勝利者對失敗者的刺激，張烈突然心中一陣無名火起，雙眼圓睜，渾身也開始哆嗦起來：「不，我還沒輸，天狼，咱們再來打過！」

天狼搖了搖頭：「張烈，我不想跟英雄門把梁子結得太大，收手吧，展慕白我是一定要帶走的，你擋不住我。」他邊說邊彎下腰去弄展慕白腳上的兩道鎖鏈，大喇喇地背對著張烈，直接視他於無物。

就在天狼彎下腰的一瞬間，地上的展慕白突然雙眼一睜，神光暴射，右手駢指，重重地戳在天狼的氣海穴上。

事發突然，天狼的笑容還停留在臉上，整個人卻是像被人施了定身術一樣，保持著彎著腰的姿勢，再也不能動彈一下。

「展慕白」站起身來，用手拂了拂臉上披著的亂髮，那分明是一張極其俊美的臉，雖然鬍子拉碴，神情疲憊，仍是掩飾不住那絕色的容顏。

天狼的心在向下沉，他勾了勾嘴角，說道：「展兄，我是來救你的，別開這個玩笑好不好。」

說這話的時候，天狼突然發現展慕白幾個要穴處的透骨移魂釘已經消失得無影無蹤，想是剛才自己與張烈打鬥時，被他趁機拔除掉。

張烈的臉上也寫滿了疑惑，他警惕地向展慕白擺出了起手式：「姓展的，你可別妄想逃跑！」

展慕白突然開口哈哈一笑，這笑聲讓張烈和天狼同時變了臉色，因為這不是他們記憶中展慕白那尖細的嗓音，而是一個粗獷得有些狂野的笑聲，更像是個渾身長毛的大男人所發出的。

笑畢，展慕白的周身突然泛起一陣黃氣，勁風吹得天狼的雙眼一迷糊，只聽「啪」「啪」兩聲，纏繞在展慕白腳踝處的那兩道玄鐵鎖鏈一下子被震得斷成幾截，「嗆啷」一聲掉到了地上。

天狼心裡暗叫不好，但臉上還保持著鎮定自若的神情：「展兄功夫進步得真快，早知道你有這本事，我也就不來了。別開玩笑啦，快解開我的穴道，咱們先聯手做了這張烈，再衝出英雄門。」

展慕白的臉上毫無生氣，他看了天狼一眼，眼神中充滿了嘲諷，而那個破銅鑼一樣的聲音再次響起：「天狼，我們又見面了。」

他一邊說著，一邊周身的氣場再次顯現，黃氣一震，臉上的一副人皮面具一下子四分五裂，那蓬黑髮頭套也不翼而飛，露出裡面一張如同雄獅，掛著壞笑的臉來，黃眉黃鬚黃髮，獅口鷹眼，**赫然正是光明左使黃宗偉**！

天狼眼前一黑，險些噴出一口老血：「怎麼會是你？」

而張烈則是驚喜交加，一下子走上前兩步：「二哥，你不是出去了嗎？又怎麼會……」

黃宗偉擺了擺手，沉聲道：「三弟，這事說來話長，以後再慢慢說，先制住天狼！」

張烈點點頭，二人同時運氣，出指如風，連連點中了天狼周身四十多處要穴，這才放心地退後幾步，相對大笑。

天狼現在全身上下除了眼珠子和嘴裡的舌頭還能動外，已經完全不能行動了，更不用說提氣，剛才他被點中氣海穴後，一邊出聲拖延時間，一邊幾次試圖暗自衝開穴道，卻被黃宗偉看出意圖，先行出手制住，只能無奈地嘆了口氣，放棄了掙扎的嘗試：「事已至此，你們準備拿我怎麼樣？」

張烈咬牙切齒地說道：「你這狗賊，先是吃了熊心豹子膽來這裡劫獄，後來又一出手就殺了我們英雄門的四大高手，不把你千刀萬剮，怎麼讓世人知道我英雄門的厲害？」

天狼眨了眨眼睛：「張右使，你先前不是還說只要我肯加入英雄門，一切都好說的嗎？」

張烈向地上「呸」了一口：「蠢貨，看你還滿聰明的，連此一時彼一時都不知道，剛才你佔優勢，老子自然只能跟你打馬虎眼，拖拖時間，真要讓你出了這牢，讓你就這麼從英雄門把人救走，我們這臉還往哪兒擱？以後也不用在江湖上混了！」

天狼一聲嘆息：「你還真是個小人，剛才我真應該殺了你的。」

張烈嘿嘿一笑：「可惜你永遠也沒這個機會了，剮你的時候，我一定親自動手！」

黃宗偉剛才一直冷眼旁觀，聽他們兩人鬥嘴，聽到這裡時，抬了抬手，阻止了張烈對天狼的進一步羞辱。

他對著天狼，平靜地問道：「天狼，現在你已經落到了我們手裡，不是你充好漢的時候，前些天你跟我交易時就很強硬，但今天你已經沒了和我討價還價的本錢，所以最好能乖乖和我們合作。」

天狼無奈地搖搖頭：「人為刀俎，我為魚肉，出道這麼多年，今天老子算是栽到家了，有什麼想問的就說吧。」

黃宗偉讚道：「你是個聰明人，我喜歡和聰明人談事，這樣也就不用拐彎抹角。第一個問題，你為什麼要來救展慕白？」

天狼笑了笑：「我不是說過了麼，有人出錢請我做這事。」

黃宗偉冷冷地說道：「難道你接生意前只看錢，不看任務的難度？**你的雇主是誰，他出了多少錢，能讓你敢和我們英雄門為敵？**天狼，我現在對你的這個雇主越來越好奇了。」

天狼搖搖頭：「行有行規啊，收了錢自然不能透露雇主的消息，不然以後還怎麼混？黃左使，你應該也不希望我上次接你生意時，把你們的身分也透露給別人吧。」

張烈一抬手，一個耳光打得天狼的嘴邊頓時流下一行血跡：「他奶奶的，到了這時候還嘴硬，還想著以後？不給你動點手段諒你也不會說實話！」

張烈轉向了黃宗偉：「二哥，這廝嘴硬得很，只怕不上刑不會開口說實話，你且稍等，我去叫疙瘩來。」

黃宗偉伸手攔住了張烈：「哎，別急嘛，天狼可是貴客，咱們也講個先禮後兵嘛。」

黃宗偉走到天狼面前，蹲了下來，抬起頭盯著他的臉，仔細端詳了一番：「天狼，看你這副身板，應該是十三太保橫練、鷹爪鐵布衫之類的功夫也練了不少，普通的刑具對你自然是沒什麼用，可是我勸你別存這份僥倖心理，只要破了你的罩門，到時候你是捱不過去的。」

黃宗偉頓了頓又道：「現在我不想把事做絕，你這身功夫也許對我們還有用，所以我希望你能實話實說。」

天狼嘿嘿一笑：「行有行規，這事你就別問了，你想上刑請隨便，要是我受不了痛說出來，也算對得起那雇主啦。」

黃宗偉笑道：「好吧，這個問題先放一邊，過會再問你。我問你一個其他的問題，不涉及你的行規，這樣總可以了吧。」

天狼點了點頭：「這就要看你想問什麼啦。」

黃宗偉沉聲問道：「三天前，我們英雄門尊主赫連霸突然接到大汗的消息，說是大汗最心愛的孫子把漢那吉不知道為啥跑到漢人那裡去了，要尊主趕快回大汗的牙帳議事。而尊主剛走，你就混進來劫獄了，現在我問你，是不是此事也與你有關？」

天狼不假思索地點了點頭：「不錯，這事就是我做的。」

黃宗偉沒有料到天狼對此事答得如此爽快，眼中閃過一絲疑惑，站起了身：「如果我沒猜錯的話，**這陣子天天蹲在大門附近的那幾個商販，都是你一人所扮，你既然天天在這裡，又怎麼會有辦法去劫持我們的王子？**」

天狼笑了笑：「這個計畫早就安排好了，不過最後能成功，主要還是靠了你們的那位小王子，如果他自己不想走，即使我肯出手幫忙，也不可能把他一個大活人從大汗的本部劫走的。」

黃宗偉的黃鬚微微地動了動：「此話怎講？大漠南北，人盡皆知小王子是大汗的正妻伊克哈屯可敦（可敦是蒙古人對可汗的正妻，即皇后的稱呼）最寵愛的孫子，他怎麼可能叛逃你們漢人那裡？」

天狼搖搖頭：「是啊，大汗確實夠寵這個孫子，但你們大汗更喜歡年輕漂亮的女子，半年前，你們的大汗看自己的外孫女長得不錯，便借著酒醉占為己有了，可是他在做這事之前忘了一件事，那就是他已經答應和強大的沃兒部聯姻，送出去的正是他的這個外孫女。」

「結果沃兒部落威脅要翻臉開戰，你們的大汗就把本來已經跟小王子定親的那吉所部落的公主送了過去頂替，你們的這位小王子未過門的老婆就這麼沒了，這事不假吧。」

黃宗偉「霍」地一下從地上跳了起來，這事由於太過丟人，亂倫加上悔婚，傳出去大汗的臉也沒地方擱了。

蒙古大汗俺答曾經嚴禁議論此事，有傳出去的直接割舌處死，所以除了當天參加婚禮的幾百名王公貴族外，無人知道此事，就連英雄門內，也只有當天參加婚禮的赫連霸、黃宗偉和張烈三人才知道。

黃宗偉厲聲問道：「說，這件事你又是怎麼知道的？」他已經打定了主意，這個事情一定要問個明白，哪怕是用刑，也要撬開天狼的嘴。

天狼仍然是一副不冷不熱的模樣：「黃左使，憤怒已經戰勝了你的理智，你這個樣子，可是會讓赫連門主失望的啊。」

黃宗偉定了定心神，仔細一想，問：「天狼，你的意思是小王子主動來找你的？」

天狼沒有否認：「不錯，事到如今也不瞞你了，就在你們來找我做上次那單交易的三天前，小王子就已經託人找上我了，他說他再也不想看到睡他妹妹，搶他老婆的爺爺，要我想辦法帶他逃離你們蒙古大汗本部，為了取得我的信任，他不惜讓來人把這個奪妻之恨也告訴了我。」

黃宗偉黯然無語，換了任何一個男人都咽不下這口氣，小王子從小就給他奶奶嬌慣壞了，做這事倒也合情合理。

「這麼說，上次你跟我們做那絲綢生意，也是跟此事有關？」

天狼笑了笑：「那倒不至於，跟你們做那筆交易，純粹是為了錢，一箱絲綢換二百兩黃金，這種十幾倍的暴利生意，上哪兒找啊！再說那個小王子又不是在你們英雄門這裡。」

黃宗偉擺擺手：「現在我不想跟你說上次交易的事，那次錢貨兩清就已經結束了。請你告訴我，**你是怎麼把人從可汗本部給帶走的？**」

天狼嘿嘿一笑：「其實這事呢，說起來也要感謝你上次給我的黃金，我先是找了個一向偷偷和你們蒙古各部做走私生意的商人朋友，帶上那四千兩黃金，在西域一帶買了不少蒙古急缺的生活用品，然後運到你們那裡虧本甩賣。我那朋友本就和你們不少部落的首領關係不錯，又做了這筆生意，自然可以從幾個嘴沒那麼嚴實的首領那裡，證實一下小王子的事情是否屬實。」

黃宗偉恨恨地罵道：「奶奶的叛徒，要讓大汗知道了，非滅了這幾個部落不可。然後呢？」

天狼繼續說道：「然後嘛，就是順便知道了可汗本部的位置，我那朋友的商隊裡有個會算命的道士，能掐會算，到了可汗本部後，就能吸引人的注意力，就連你們的大汗也想找我這個朋友給他算算命，所以小王子那裡就有了機會抽身。」

黃宗偉不信地說：「我還是不信，出了上次那事後，大汗對小王子防備嚴密，一直牢牢地看守著他，你也說了，小王子本人都沒法到你的那個客棧，而是通過了身邊的親信去傳消息，**光靠你一個商隊和一個算命的道士，就能把人給帶出來？**」

天狼的表情變得嚴肅了起來：「那個商隊裡還有個朋友，跟我一樣精通易容之術，對了，黃左使，你這張臉也是你們英雄門的那個百變神君幫你變的吧。」

黃宗偉一下子明白了過來，狠狠地一拍自己的大腿：「他娘的，你是不是把小王子的親信給易容成了小王子，再把小王子本人打扮成商隊裡的漢人，這樣才混水摸魚把人帶出來？」

天狼哈哈一笑：「黃左使果然聰明，小王子的那個侍從跟他可是從小吃一個奶長大的，熟知他的生活習性，好得跟親兄弟似的，再加上我朋友的那個易容術，至少要五六天後才會敗露行蹤，在這段時間裡，小王子和我那朋友的商隊早就一路狂奔到大明的地盤啦。」

黃宗偉眼珠子一轉：「可是我們尊主三天前接到這消息，便急急趕往可汗本部了，你是故意放出消息，引尊主離開，繼而想救出那展慕白？」

天狼讚許地點點頭：「黃左使，你很聰明，比張右使要強上不少，一下就給你猜中了。我早跟我的朋友們說過，若是我三天內回不去，那就先砍掉把漢那吉的一隻手送到這裡，再把此事大肆宣揚，讓你們的俺答大汗名揚天下，如何？」

張烈臉上的皺紋一下子全部都綻放開來，兩隻眼睛凶光畢露：

「天狼，沒人能跟我們討價還價，現在也沒人知道是你劫持了小王子，我們就是在這裡宰了你，大汗也不會知道你跟我們說的那些事。」

天狼冷冷地回道：「張右使，我就一直說你的腦子不好使吧，你可別忘了，我們還在大汗那裡留了個易容的侍衛呢，他可是跑不掉的！而且相信在大汗的嚴刑下，他的嘴也不會緊到哪裡去，在他被五馬分屍前，一定會把我的事情交代清楚。」

黃宗偉恍然悟道：「怪不得你剛才沒說什麼行規不行規的，直接把小王子雇你叛逃的事情招了出來。」

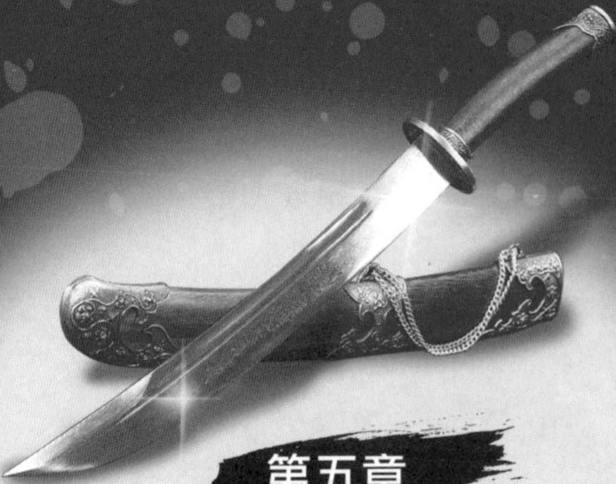

第五章

精心之局

赫連霸的臉色平靜如常道：
「天狼，本座之所以有耐心聽你說話，
就是想知道你精心設計這一個局，到底想要什麼，
剛才你跟二弟說，他不夠資格和你談這個交易，
那現在本座有這個資格嗎？」

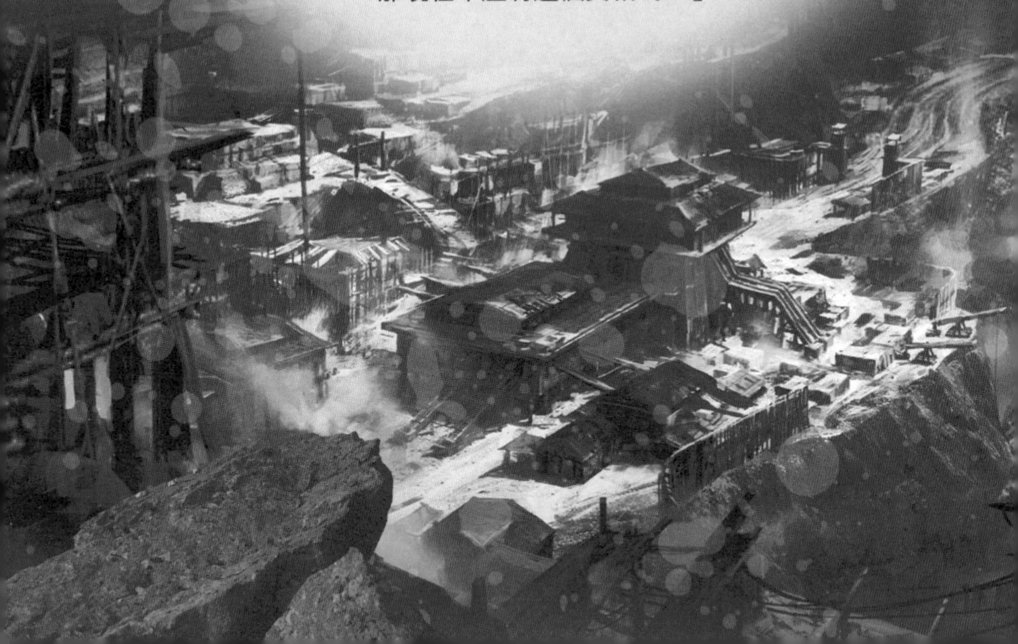

天狼的臉上浮出一副得意的表情：

「你們的這個小王子實在是不夠意思，只要我幫他潛逃，卻不拿出真金白銀，要不是看他奇貨可居，我才不會做這單生意。如果他的那個侍衛沒有招供的話，俺答汗也不會把赫連霸緊急召過去，看樣子就是想給你們英雄門下任務，到大明境內把小王子給搶回來。」

黃宗偉的眼中突然殺機一現：「天狼，你既然知道我們的大汗和尊主想做什麼，還敢拿小王子的性命來要脅我們？」

天狼詭異地笑了笑：「黃左使，我先冒昧地問你一下，剛才這位張右使說他做不得主，那你能不能做主和我談判呢？在我們上次交易的時候，好像你是有這個權力的。」

黃宗偉冷冷地回道：「這不需要你費心，你想說什麼可以先提，我看看你的條件再定奪。」

他的雙眼緊緊地盯著天狼，甚至沒有覺察到張烈眼中閃過一絲複雜的神色。

天狼的表情變得嚴肅而冷峻，一如前幾天在大漠和黃宗偉交易時一樣：「黃左使，你聽好了，我的條件很簡單，**放了我，放了展慕白，我就可以考慮把小王子給還回來。**」

黃宗偉先是一怔，轉而哈哈大笑，笑聲中帶著抑制不住的怒氣，震得天狼的耳膜「嗡嗡」作響。笑畢，他惡狠狠地盯著天狼說道：

「天狼，你是不是腦子進水了，也不想想自己是啥處境，敢開這樣的條件？你信不信我先卸你一隻胳膊？」

天狼的神色平靜，語調也沒有任何變化，透著一股平和：

「黃左使，我早說過，威脅我是沒有用的，我既然敢隻身來這裡，早做好了落入你們手中的準備，這條命也隨時可以不要，只是我如果一死，把漢那吉也別想活了，把漢那吉如果死了，那你們英雄門上下全都得給他陪葬！」

黃宗偉的臉色微微一變，說不出話，而張烈卻一下子吼了起來：

「好你個不知天高地厚的狂徒，我們就算救不回小王子，最多也就是個辦事不力，大汗又怎麼可能讓我們全幫上下為他陪葬？」

天狼哈哈一笑，道：「張右使，你看黃左使都不說話了，說明他已經想明白這其中的利害關係了，你不妨問問他。」

張烈的眼中閃過一絲疑惑，看了正在沉吟不語的黃宗偉一眼，黃宗偉被他的這種眼光弄得有點不高興：「三弟，這人嘴尖舌滑，心思歹毒，就想著挑撥我們兄弟的關係，為自己脫困作打算，別上了他的當。」

張烈「哦」了一聲，可是眼中的疑問卻沒有減去半分。

天狼本想搖搖頭，卻發現自己的脖子完全不能轉動，只好作罷：「張右使，你應該知道伊克哈屯可敦跟這小王子把漢那吉的關係吧。」

張烈反問道：「你是想套我的話嗎？別做夢了！要說你自己說。」

天狼眨了眨眼睛：「這位伊克哈屯可敦可不是一般的草原女子，她娘家的部落非常強大，並不比俺答可汗的本部弱多少，這些年俺答能號令大漠，讓本來四分五裂各行其事的小部落們名義上遵他的號令，能跟他一起出兵去搶劫大明，伊克哈屯的娘家部落居功至偉。」

張烈陰沉著臉不說話，這些都是草原上人盡皆知的事實，天狼打聽到這些也並不奇怪。

天狼繼續說道：「這位伊克哈屯可敦跟俺答生了三個兒子，小兒子鐵皆台吉夫婦早死，而這把漢那吉就是她這小兒子的遺孤。從小就在她那裡長大，也是由她最忠心的僕人阿力哥的老婆奶大的。黃左使，我說的沒錯吧。」

黃宗偉恨恨地道：「這些都是他的那個侍衛，也就是阿力哥的兒子力吉和你說的吧。」

天狼嘿嘿一笑：「還是黃左使聰明。俺答汗好色，連外孫女都搶，這麼多年來也不知道搶過多少草原上的美女了，但伊克哈屯可敦一直都忍著他，可這回他不僅睡了自己的外孫女，還將錯就錯地把親孫媳婦送了人，這也怪不得把漢那吉想要背叛他了。」

張烈重重地向地上「呸」了一口：「再怎麼也不能投降你們漢人！」

天狼反問道：「也只有到了我們大明，到了漢人的地盤上他才能安全，難道你們英雄門會保護他嗎？」

這一句話嗆得張烈啞口無言，氣鼓鼓地瞪著天狼，卻又說不出話來。

黃宗偉深思之後，開口沉聲道：「天狼，你不要東拉西扯，就算小王子跑到大明了，就算可敦對他有所同情，我們救不出小王子最多也就是辦事不力，又怎麼可能遷怒於我們呢？」

天狼的臉上閃過一絲得意的表情，而他的聲音也一下子變得冷酷而邪惡：「因為我跟那個易容後留下的侍衛力吉說過，如果想要活命，就在身分暴露後跟大汗說，這次的行動是我天狼跟你們英雄門一起策劃的，而我不是正好在十天前跟你黃左使接過頭嘛！你可以向大汗解釋，說你們和我是做絲綢交易，看看他現在會不會信你。」

天狼看著黃宗偉已經開始冒汗的額頭，笑著說出了最具殺傷力的一句話：

「黃左使，**你難道沒覺察到從三天前，這居延海就已經被上萬鐵騎包圍了嗎？**」

黃宗偉一直鎮定的臉色這回終於大變，天狼說中了他最擔心的事情，之所以白天他要帶人出去，就是因為這幾天來居延海外一直有大軍活動，而赫連霸卻是被大汗派了可汗衛隊來宣詔帶走，顯然是大汗已經對英雄門起了疑心，有斬盡殺絕的打算了。

張烈這回沒有高聲叫罵，雖然他的性子魯莽暴躁，對軍國大事並不是非常清楚，但這幾天也感覺有些不對勁，聽到天狼這樣一說，終於弄清楚了是怎麼回事，這下也變得底氣全無，嘴裡喃喃道：「他娘的，好一條毒計！」

黃宗偉對著眼神中盡是嘲諷的天狼，語氣中已經不復剛才的強硬：「這麼說，**這一切都是你早就計畫好的，想要通過大汗來除掉我們英雄門？**而你則在這之前趁亂把展慕白救出去？」

天狼的聲音帶了一分得意：

「也不完全是！我這個人做事，會根據自己當前的局勢作出準確的評估，如果我沒猜錯的話，你們英雄門抓住了華山掌門展慕白，目的也不是為了從他那裡拷問出什麼華山絕學，而是**想以他為誘餌，把想來營救他的少林武當這些中原大派的精英高手一網打盡吧。**」

黃宗偉今天無數次被天狼說中了心事，這次再被說中，已經沒有剛才那樣的吃驚了，他淡淡地回道：「不錯，正是如此，難不成你的雇主是這些中原大派，他們看出了我們的計畫，才要你一個人來救展慕白？」

天狼笑了笑：「黃左使，不用試圖套我的話，沒有徵得雇主同意，或者是被他主動出賣的情況下，我是不會交代雇主的身分的。剛才小王子那事我跟你說得很清楚，那不算是委託，因為我沒有收他的錢，只不過我也有用得著他的地方。我把這些資訊透露給你，也只不過是為了談判設置個前提條件罷了。」

黃宗偉冷冷地道：「你想談什麼？換展慕白？」

天狼嘆了口氣：「黃左使，你是不是跟張右使待久了，智力也開始下降了？」不理會張烈的怒目而視，天狼繼續說道：「**你覺得一個蒙古大汗的親孫子，縱橫大漠的小王子，他的價值是一個區區華山派的掌門能相提並論的？**」

黃宗偉重重地「哼」了一聲：「那你想怎麼樣？」

天狼的眼神中閃過一絲狡黠：「黃左使，你看我這個姿勢已經保持了一個時辰了，雖說咱是習武之人，可是一直這樣彆扭著說話，我也累，畢竟今天我先跟逐風蒼狼打了一場，又跟張右使一場大戰，消耗的體力不小，接下來還跟你聊了這麼多，很耗腦子，不如你先解了我的穴道，我們再慢慢聊，也體現一下你們願意和我合作的誠意嘛。」

張烈恨恨地罵道：「你這狗賊還嫌累？要不是現在尊主被大汗叫去，生死不明，老子早就把你給剮了，就衝你想出這麼毒的計策來陷害我們英雄門，也有臉和我們再談合作？你不是會十三太保橫練嗎，老子現在就看看你這身皮有多硬！」

張烈越想越氣，周身的淡藍色內息一現，鷹爪一抬就準備在天狼身上留幾個窟窿。

黃宗偉的手一下子按上了張烈的肩頭：「三弟，不可衝動，別忘了大哥還沒回來呢！」

張烈狠狠地剜了天狼一眼，周身的氣勁慢慢地消散：「二哥，你難道就不恨這個狗賊嗎？」

黃宗偉嘆了口氣：「恨是不能解決問題的，就算要殺他，也等大哥回來再說。」他轉頭看著天狼，沉聲道：

「天狼，你們中原有句古話，叫縛虎安得不緊？這話用在你身上最合適不過，如果不是你現在被我們所制，你會這麼乖乖地跟我們談什麼合作嗎？你是不是想說，潛入這牢裡再被我捉住，也是你那個計畫的一部分？」

天狼嘿嘿一笑：「黃左使，既然你這麼不留情面，那可別怪我獅子大開口了啊，我開的條件你做不了主，只有你們的赫連尊主才可能跟我談。」

黃宗偉的語氣中帶了幾分嘲諷：「天狼，你剛才不是說，想讓大汗除掉我們大哥嗎，怎麼現在又說要和我們大哥談？難不成你說話就是放屁？」

天狼正色道：「俺答汗不是傻子，他會懷疑你們英雄門起了異心，而且也知道你們跟我天狼接過頭，但是只憑這兩點，他還不至於現在就殺了赫連霸，雖然他一直管不住自己下面那話兒，但上面的話兒還算好使，要不然他也不可能至少在名義上一統蒙古各部，算個縮水版的鐵木真了。」

成吉思汗（鐵木真）是所有蒙古人永遠的驕傲，自從元朝滅亡後，蒙古人人都希望能再出個鐵木真這樣的英雄，帶領著他們橫掃天下，重溫舊夢。俺答已經做到了二百年來沒人做到的事情，這也是赫連霸、黃宗偉和張烈三兄弟對其死心踏地的原因。

從天狼的嘴裡終於冒出了一句對俺答的稱讚，這讓黃宗偉的心情也好了點，但他臉上仍然是一副冷冰冰的表情：「我們的大汗用不著你來拍馬屁，你先回答我剛才的話。」

天狼道：「俺答汗如果真的對你們動了殺機，也不用再費事把赫連霸給叫過去了，直接派軍攻滅就是。雖然你們英雄門總壇有上千好手，但也不可能與千軍萬馬抗衡，你們都是軍中將領，應該對這個再熟悉不過。」

黃宗偉道：「你的意思是，大汗叫大哥過去，是想當面問清楚？」

天狼哈哈一笑：「黃左使，如果換了你是大汗，就算赫連霸在他面前再怎麼賭咒發誓，說自己絕無反心，說自己如何忠心耿耿，你會信嗎？俺答只會看你大哥，也就是你們英雄門的表現，所以我說**如果救不出小王子，你們英雄門上下就都準備等死**，這話現在明白了嗎？」

黃宗偉被嗆得半晌無語，良久，才幽幽嘆了口氣：「**好狠的心，好毒的計！天狼，你夠狠，夠黑**，以前我怎麼就沒聽說過你這號人才呢？以你的心機和武功，早應該在中原混出名堂了，怎麼會淪落到平安客棧當殺手？」

天狼「嘿嘿」一笑，「黃左使，我不過是個無名小卒，一向做些見不得人的事，自然也不入你們的法眼。說這些沒啥用，還是眼光向前看吧，俺答汗可不會這麼快就對你們下手，你們英雄門是不是能躲過這一劫，說白了是看自己的表現。」

黃宗偉沉聲問道：「什麼表現？要我們去中原救回小王子，對嗎？」

天狼眨了眨眼睛，代表搖頭：「也對，也不對。」

黃宗偉的臉上閃過一絲疑惑：「這話又作何解？」

「中原嘛，當然是要去的，但也不可能直接就去搶回小王子，且不說現在俺答汗懷疑你們，你們要真是很爽快很積極地答應去中原，也許他還會以為你們是事情敗露後的金蟬脫殼之計呢。」天狼笑道。

黃宗偉來回走了兩步：「那你是什麼意思，拒絕大汗的命令？」

天狼又眨了眨眼睛：「顯然不是！大汗現在知道了你們和我有聯繫，但未必會信你們和我天狼就真的勾結在一起，圖謀不軌。所以你們要做的，就是當著蒙古大汗的面，或者是當著他派來的使者的面，跟我天狼坐下來談判。」

黃宗偉笑了起來：「所以你說我姓黃的不夠資格跟你談判？」

天狼收起笑容，臉色變得嚴肅起來，頭上的汗珠子變得越來越多，說話也變得有些吃力：「不錯，因為這事關國家大事，不是你一個武林門派可以拍板決定的，就是你們的尊主赫連霸，也未必能做得了主。」

黃宗偉停下了腳步，上前兩步，微微下蹲，直視著天狼的雙眼，能感覺到天狼的呼吸都吐在自己的臉上：

「說吧，你想要什麼？也許我們可以幫你勸勸尊主，尊主的脾氣不好，現在又在氣頭上，你如果赤裸裸地要脅他，只怕他也不會答應。」

天狼的臉上突然浮現出一絲詭異的笑容：「我要的嘛，很簡單，**就是要你現在躺下！**」

還沒等黃宗偉回過神來，天狼的眼睛突然一片血紅，整個人的周身剎那間騰起一陣紅氣，勁風鼓滿了整個囚室，而天狼那伸出去的雙手，前端突然變掌為爪，五指箕張，一下子結結實實地擊中了黃宗偉的胸口。

事發倉促，黃宗偉做夢也沒想到全身穴道都被點中，六條大經全部被封住的天狼，居然一下子又恢復了功力，這可不是靠衝穴就能做到的事。等他意識到眼前這個男人開始對自己攻擊的時候，連後退也來不及了。

匆忙間，黃宗偉只有一咬牙，右掌擊出，正是他的成名絕技金針掌，而全身也本能地鼓起真氣，連臉上也變得一片金黃。

兩記沉悶的拳爪到肉聲先後響起，首先是黃宗偉的胸前中了天狼的一招怒血破，胸口的護心甲被震得粉碎，五根手指直接在他胸前那鋼鐵一樣的肌肉上留下了五個血洞，黃宗偉的周身黃氣也被震得一散。

與此同時，黃宗偉的反擊之掌也打到了天狼那布滿汗珠的右胸膛，卻感覺如同擊上了一塊千斤鋼閘，手腕有股要斷裂的感覺，而天狼的渾身紅氣只是被震得微微一收。

隨著天狼悶哼一聲，血淋淋的右爪從黃宗偉的胸前抽出，帶出五道激射的血箭，濺在黃宗偉胸前，滿胸的汗珠子一下子全變成了血珠。

隨著天狼這隻血爪的抽出，黃宗偉仰頭倒地，左手虛弱地捂著自己的胸口傷處，卻是再也直不起身來，只剩下大口大口向外吐血的勁。

說時遲，那時快，一道藍色的光團閃過，原來一直在門口來回踱步，壓抑著自己胸中怒火的張烈已經殺到，天鷹爪使出十二分的功力，以迅雷不及掩耳之勢，直擊天狼的背後穴道。

在場三人都是頂尖高手，天狼一時突襲制住了黃宗偉，卻是把整個後心都留給了張烈，這一切都在他的計算之中，他咬了咬牙，運氣於背，縱身向前一跳。

只聽「呱」地一聲，張烈右手五隻又黑又長的指甲如匕首一樣，在他的後背劃出了五道血淋淋的抓痕，天狼喉頭一甜，一口鮮血幾乎要噴出口來，重重地摔在地上，就地打了兩個滾，這才勉強躲過了張烈接下來的兩記凌空飛爪。

天狼好不容易閃出一個空檔，在地上一個旋子，也不起身，改用地堂腿法直攻張烈的下盤，逼得張烈也不能全力攻擊自己。

這一下果然有效，十餘招一過，天狼雖然又在右肩頭中了張烈一擊，火辣辣地疼，但是也擊中了張烈的膝蓋兩下，震得他護身的藍色天鷹勁也是一陣搖晃，不復剛才的威力。

又鬥了幾招，二人不知不覺地已經打到了囚洞的中央，昏暗的燈光中，只見張烈那枯瘦的身形如蒼鷹一般，不停地在空中跳來跳去，找準機會就向著地面狠狠一擊，所擊之處雖然都被天狼躲過，卻在地上留下了一個個深達尺餘的巴掌大坑，帶著五隻爪印，足見其出手的威力。

而地上的天狼，卻是不停地在滾來滾去，時而打著旋子攻擊張烈的下盤，時而以兔子蹬鷹的招數對飛擊而下的張烈進行反擊。

天狼健碩的肌肉在地上已經抹了一層灰，本來被汗水弄得油光發亮的一身美肌，現在滾得跟泥猴兒似的，真真是叫灰頭土臉，而周身的那道紅氣卻是越來越強，儘管被壓制在地上，處於絕對的下風，可是室內的紅氣卻漸漸地開始壓制起瀰漫在半空中的藍光了。

不算狹窄的囚洞中真氣激蕩，爪影如電如光，而天狼在地上滾得多了，被地上的碎石屑也割得渾身上下到處是一道道血痕。

多數時間停留在空中的張烈情況也好不到哪裡去，身上的衣衫在上次惡鬥時已經被打爛，而這身護身鎢鋼寶甲在這一回的搏鬥中，也是被打得千瘡百孔，至少六七處中拳中腿的地方都深深地凹陷了進去，而他的口鼻間也隱隱滲出鮮血來。

張烈眼看在地上的天狼開始漸漸地閃出反擊的空間了，從最初的十招裡只能還手一兩招，到現在幾乎和自己攻勢平分，只怕這樣再打下去三四十招，對方就會找到機會起身，到時候自己更非其對手。

而且這天狼的內息似乎源源不斷，越戰越強，自己這樣停在空中，本是極佔優勢，卻反而慢慢有些內息不暢，第一次交手時給天狼踹中的腹部那裡，更是翻江倒海般地難受。

張烈心中一慌，手上的動作難免慢了半拍，本來三連擊的鷹擊長空、蒼鷹搏兔、鷹翔蒼穹這三招裡，最後一招的左邊一爪竟沒有來得及擊出。

天狼何等高手，左邊的壓力稍稍一減，頓覺頭上的千斤壓力為之一輕，趁勢便向左一躍，一手扶膝，右手一招天狼嘯月，向上一撩就要起身。

連已經爬到牆角，撫著胸不停吐血的黃宗偉也看出不妙，脫口叫出：「不能讓他起來！」

張烈把心一橫，他也知道只要天狼一起身，自己就敗局已定，**勝負全在這一瞬間**，咬了咬牙，張烈咬破舌尖，強烈的痛感讓他已經有些模糊的意識一下子變得清醒起來。

張烈也不顧天狼上擊的這一招所帶來強烈的氣浪，左手凝爪，直襲天狼的天靈蓋，右手駢指，則狠狠地戳向天狼的肩井穴，完全是一副同歸於盡的打法，連護身的氣勁也卸下了八成，力量全部集中在了這一爪一掌之上。

天狼大吼一聲：「來得好！」不閃不避，整個身子如彈簧一樣地沖天而起，右手的天狼嘯月方向一變，直接對上了正抓向自己天靈蓋的張烈左手，而左手則瞬間打出三道紅色氣勁，連擊張烈的右肩。

連著幾聲巨大的響聲，室中一片塵土飛揚，張烈的右手駢指率先戳中了天狼的左臂二頭肌，生生點出了個深達半寸的血洞，緊接著他的右肩連中天狼左手的三記暴擊。

幸虧天狼之前左臂受創，力量減弱得只有原來三分，可這一下還是打得他的右肩喀喇一聲錯了位，感覺像是斷了一樣，整個右臂一下子軟綿綿地提不起一絲勁。

與此同時，天狼的右掌也和張烈的左爪生生撞上，紅藍兩道巨大的真氣相撞，一陣巨大的轟鳴，天狼被直接從空中砸下，雙腿深深地陷進地裡足有尺餘。

而張烈則乾脆給打得真的成了天鷹，慘叫一聲，身子向上飛出一丈多，撞到山洞的頂端，然後像一片落葉似的，被落下的幾塊石頭重重地壓在他的身上，再也無力起身。

煙塵盡處，天狼傲然挺立，左臂上一個幾乎貫穿二頭肌的血洞觸目驚心，右胸前那處被黃宗偉金針掌打中的地方，已是一大片紅腫，連裡面肌肉的紋路都清晰可見，右肩處則是一片血肉模糊，除此三處大傷外，身上的一道道刮傷劃痕，更是多到數不勝數了。

可是比起張烈和黃宗偉這兩個已經直不起身，只能在地上鼓著眼睛瞪著自己的仁兄，天狼畢竟還能靠著自己的力量站立著。

只聽天狼哈哈一笑，中氣十足，內息竟然沒有一點運行不暢，雙腳一震，足下陷著的那個坑一下子爆裂開來，變成兩尺餘見方的大坑，天狼人也一下子從坑中蹦了出來。

天狼走到張烈身邊，飛起兩腳，把他身上兩塊數百斤重的石頭直接踢飛，微一欠身，像拎小孩一樣地把張烈提起，順手點中了他胸前的十餘處穴道，這下子張烈就和剛才的天狼一樣，除了眼睛和嘴外，全身上下再也沒有地方能動了。

天狼重重地把張烈向黃宗偉的身邊一丟，走向黃宗偉，在他身前蹲下身子，黃宗偉鼓起全身的餘勁勉強想起身反抗，卻是連一點力氣都無法發出，被天狼輕描淡寫地撥開了手，一下子點中胸前的三處穴道，這回他不只運不了氣，連咳嗽都停止了。

天狼點完黃張兩人後，自己也在黃宗偉面前一屁股坐下，先是點了自己左臂的穴道止血，緊接著揉了揉自己那血淋淋的右肩，咬牙一運勁，只聽一陣骨骼移位的「喀啦喀啦」聲，本來有些變形的右肩一下子又復了位。

天狼的臉上沒有任何痛苦的表情，彷彿剛才那幾下是傷在別人身上，讓一向凶殘暴虐的英雄門兩大使者也看得暗自心驚。

天狼的目光最後停留在自己那已經腫得比左胸足足高了寸餘的右胸處，居然笑出了聲：「黃左使，你的金針掌可真是厲害，居然能把全身的內勁集中於掌上一點，饒是我這身十三太保橫練，尋常刀槍都不能傷到，給你這一下居然打成這樣。」

黃宗偉運不了氣，話倒是說起來沒什麼問題，恨恨地道：「若不是你出手偷襲，我這一下只運上七成力，只怕當時就能讓你站不起身！」

天狼淡淡地回道：「我當時的護體勁也只有六成，事發突然來不及運氣，這一下是我意料中能承受的一擊，不過我還是沒想到，你的金針掌居然練到了第九重，大概再過三年，神功大成之時，你就可以大周天八脈盡通，成為像赫連霸那樣的超級高手了。」

黃宗偉無奈地搖了搖頭：「天狼，我黃宗偉一直提醒自己千萬不要低估敵人，可是我還是小看了你，本以為你現在這年紀，最多也只能練到我的這個地步，還突破不了大周天八脈，成不了縱橫天下的絕頂高手，是我錯了，我們兄弟落得這地步，也是自找。」

張烈的臉色一變，勉強動了動嘴：「二哥，**你是說他已經突破了大周天八脈，步入了武聖的境界？**」

黃宗偉嘆了口氣：「若非如此，他又怎麼可能練成少林派的**洗髓經**，可以移穴封經，以騙過我們的截穴閉經呢。」

天狼微微一笑：「黃左使，你雖然是漠北武人，但是見識實在不凡，連號稱少林派千年不傳之秘的洗髓經也知道。佩服，佩服。」

「我有個師父也是僧人，曾經去過少林和那裡的大和尚們切磋過武藝，因而知道這麼一門神奇的內功。**天狼，在你身上，有三清觀、巫山派、少林派好幾門中原大派的功夫，而且全是各大門派的不傳之秘，再加上錦衣衛獨門的十三太保橫練，你到底是什麼人？**」黃宗偉強撐著說了這許多話，又開始劇烈地咳嗽起來。

天狼搖搖頭：「黃左使，你還是先收起自己的好奇心，想想自己的處境吧。」

我剛才跟你說過，那個姿勢很難受，讓你解了我穴道，平等對話，可是你剛才自以為是，不肯跟我平等談判，現在我只好換個角度跟你說話了。」

黃宗偉怒道：「天狼，用不著這樣東拉西扯的，怪我剛才思慮不周，沒想到你居然還會這一手，最後又離你太近，這才著了你的道。現在你也別得意得太早，展慕白你是找不到的，而你真正想談的那個事，還要見到我們家尊主才行，在我們面前逞能，除了滿足你的虛榮心外，沒有一點好處！」

天狼點了點頭，微微一笑：「黃左使，其實你剛才吊在這裡時，我就知道你是假扮的了，不然我也不會在那時就用上移穴封經的功夫，你也知道，全身經脈封閉，穴道移位的感覺有多難受。」

黃宗偉的臉色稍稍緩和了一些：「其實我早該看出來的，以你天狼的本事，怎麼可能給點個穴道半蹲在那裡才一個時辰，就會渾身淌汗成這樣。」

「哎，這說明我這門功夫練得還不到家嘛。」天狼神色平靜：「現在洗髓經我也只練到了第六層，到了第八層就可以隨心所欲，沒那麼痛苦了。」

黃宗偉的臉上閃過一絲羨慕：「聽起來真不錯，有機會我也想練練這功夫。不過我現在還是有點奇怪，你又是怎麼看出我身分的？這三天以來，你在大門口每天用不同的身分擺攤，還時不時地暴露出自己身上的功夫，就是故意做給我看的。可是**你就不怕玩過了頭，被我當時一下子震斷心脈**？我既然試過你的功夫，按說不會再起疑，**你是怎麼知道我會轉個圈再潛回來，又怎麼會知道展慕白就是我所假扮？**」

天狼哈哈一笑：「黃左使，如果換了張右使，我是不敢那樣玩的，他是真會說殺就殺。但你黃左使在英雄門內算是難得的智勇雙全，以前在軍中就是以智將而著稱，所以你如果看出我故意隱藏功夫，一定不會這麼輕易地殺了我，而是會**將計就計，主動引我上鉤**，甚至會給我設個套，把我的同夥一網打盡，就像你前年安排那個百變神君，跑到大同去給中原正派的人假地圖，不就是想誘他們來你們總壇，好將之一舉殲滅嘛！」

黃宗偉的臉上一陣青一陣紅：「連這個也給你看到了！」

天狼點了點頭：「**這是你露出的第一個破綻；第二個破綻，就是你處理我的方式**，你打傷了一個小販，又安排兩個手下把他遠遠地扔掉，還在他身上放一錠銀子，就算脫兒哈不起歹心，把我扔在鎮外的荒漠裡讓我自生自滅，這和你的那個不在居延海傷人的本意符合嗎？如果你不給錢，那個貪婪的脫兒哈只會隨便找個帳篷後面把我一丟了事。這樣你就沒有時間回來進行安排，至少你沒時間假扮成展慕白在這裡等我。」

黃宗偉嘆了口氣：「當時我只是覺得你這人既然武功高到可以隱藏自己的武功，不露出一點內息，定力強到能任由我的內力在你體內行走而不作任何反抗，一定是頂尖高手。頂尖高手來我們這裡只可能為了展慕白，所以我才想著要用這樣的方式把你拿下。甚至我還想著讓你把我當成展慕白帶回你的巢穴，再把你們一網打盡，可是當我知道你是天狼後，我自己也忍不住出手了，因為我實在沒把握跟你回到巢穴後還能按我原計劃行事。」

天狼繼續說道：

「你露出的**第三個破綻**，就是**沒和你的三弟張烈協調好**，你知道他性格暴躁，又不肯讓你獨佔這擒獲敵首的大功，一定會出來主動搶功的，所以你並沒有告訴他，而是在這裡假扮成展慕白。可是你萬萬沒想到，哈不里跟我說過，展慕白每天都會被換地方關押，又怎麼可能一直關在這個地牢深處呢？

「你知道哈不里會想辦法通過門口的守衛，把有敵入侵的消息傳給張烈，所以你就想先讓你這位三弟出手，如果能擒下我，那你可以落個講義氣，給兄弟讓功的名聲。而要是他失敗了，你也能用他試出我武功的高低，甚至可以在我和張烈力拼之餘趁我不備時出手，這樣你既搶了功又救了兄弟，即使心胸狹窄的張三弟，也不會多往這方向想，只會感激你黃二哥神機妙算，又救了兄弟一次呢！」

張烈的臉已經脹得像個憋壞了的膀胱，看著黃宗偉的眼光中也充滿了怨恨。而黃宗偉則是給說得啞口無言，連反駁的話也說不出一句。

天狼站起身，拍了拍身上的塵土：「所以說，黃左使，你的修為還是差了點，在這英雄門裡只能當老二，你們大哥才是真正沉得住氣的豪雄。是不是呢，赫連門主？」

天狼衝著幾十丈外趴在地上一動不動的哈不里微微一笑，露出一口白牙。

一直靜靜趴在地上不動的哈不里慢慢地爬了起來，面對著眾人，搖了搖頭，全身的骨骼發出一陣炒豆子似的「劈哩啪啦」聲，原本已經算很魁梧的身形一下子又膨脹了一大塊，足有八尺多高，而那身本來緊緊裹在身上的灰色弟子服，更是給撐得全部脹開，露出裡面鋼塊似的肌肉。

而在他的臉上，一張精緻的人皮面具無風自落，露出一張五十多歲，滿面滄桑，如同一張雄獅般的臉龐來。

碧綠眼珠，高鼻深目，嘴角微微有些上揚，臉上的稜角和線條分明地就像刀削斧鑿出來似的，配合著那一頭黃色的垂肩長髮，以及兩頰橫生的黃色絡腮鬍子，雖一言不發，而那霸王般的氣場卻盡顯無疑，**可不是正是英雄門尊主「大漠獸王」赫連霸？**

天狼嘆了口氣：「赫連門主就是赫連門主，你的二弟雖也是難得的英雄，但跟你相比，還少了這份領袖氣質，難怪無論是武功還是智謀，都跟你比起來有所不及。」

赫連霸一步步地走了過來，步子很穩，步幅的大小也是分毫不差，每一步都在地上留下了一個深及寸餘，分毫不差的腳印，他沒有提氣，但是那種壓迫感卻能讓天狼也感覺到自己的心跳都有些不穩。

張烈驚喜地叫了一聲「大哥！」，而黃宗偉則是腦門上已經沁出了汗珠，嘴都不敢張一下。

走到離天狼五尺之處，赫連霸停了下來，他的臉上看不出有任何表情，遠遠看去只是唇上的鬍鬚動了動，而一個低沉粗渾的豺聲卻清清楚楚地鑽進了囚洞內三人的耳朵裡：

「天狼，你真的很棒，本座縱橫江湖四十多年，還沒有見過像你這樣出色的年輕人。如果你肯來英雄門，副門主之位就是你的。」

天狼微微一笑：「赫連門主，你現在好像應該擔心英雄門過了明天還能不能繼續存續下去，而不是為在下畫這麼一個誘人的大餅，對不對？」

赫連霸的臉色平靜如常：「天狼，本座現在不跟你鬥嘴，本座之所以一直如此有耐心聽你跟二弟和三弟對話，就是想知道**你精心設計這麼一個局**，**到底想要什麼**，剛才你跟二弟說，他不夠資格和你談這個交易，那現在本座有這個資格嗎？」

天狼點了點頭：「不錯，赫連門主自然是有這個資格的，因為你不僅是英雄門的門主，也是蒙古的大將，就是俺答可汗，也要認真考慮你所說的話，所以涉及軍國的大事，我只能和你說。」

赫連霸眼中的精光一閃，透出一股懾人的寒芒：「那你又是南朝的什麼官職，軍國大事什麼時候又輪到你說話了？」

天狼挺了挺胸膛，變戲法似地從褲子裡摸出一塊金牌，正面刻著「**北鎮撫司**」四個大字：「**錦衣衛副總指揮**，**內閣次輔徐階徐閣老特使**，**代號天狼**，與赫連門主交涉，請問夠資格嗎？」

赫連霸的臉色微微一變，上下又多打量了天狼兩眼：

「原來你真的是前幾年江湖上那個掀起片片腥風血雨的錦衣衛殺手，只是本座沒想到，你居然還是副總指揮。」

他嘆了口氣，眼中突然流露出了一絲嫉妒：「陸炳好福氣。」

天狼的語氣中透著一股自信和堅定，他淡淡地說道：「陸炳是陸炳，我是我！錦衣衛不是陸炳一個人的，它只不過是朝廷的一個部門罷了。就像你赫連門主，也不敢說英雄門就是你赫連霸的，而不是俺答可汗的。」

赫連霸微微一愣，轉而笑了起來：「年輕人，你現在是在嘲諷本座現在的處境嗎？氣太盛了對你沒好處。也罷，本座對你在錦衣衛的身分沒有興趣，不過你有這道金牌在，本座信你這個南朝命官，你現在可以和本座談談你的條件了。不過在談交易前，本座想知道，你是怎麼看出本座的身分？」

天狼剛才一直緊繃著的眉頭舒緩了一些：「第一，我曾經探查過哈不里和脫兒哈這兩人，他們雖然地位不高，卻是張烈的親兵護衛，平時欺行霸市，收些市面上的黑錢，幾乎都是這兩人做的，我既然要假扮成攤販，自然要把這二人底細查清楚。」

赫連霸眼中綠光一亮：「所以你發現這哈不里其實比脫兒哈更貪錢財？」

天狼的嘴角勾了勾，露出一絲微笑：「是的，脫兒哈其實是小貪心，但真要他下黑手殺人搶錢，他還猶豫半天，下不了決心。反觀那哈不里卻是真正的心狠手辣，前幾個月張烈在門口打傷一個扮成攤販的華山弟子時，就是哈不里去滅的口。赫連門主，你可能事情太忙，顧不到這兩個小角色，以為扮成哈不里就沒事了，這實在是你的一個失誤。」

赫連霸點了點頭：「這點本座是疏忽了，可你為何就認定哈不里是我呢？」

天狼繼續說道：「我當時也不能確定就是你，我能確定的只是哈不里是個真正的高手假扮，連隱藏自己和裝樣子的功夫都不比我差，英雄門裡有這本事的，也無非是你們兄弟三位，黃左使應該那時候去給我設局了，所以這個哈不里，只可能是你赫連門主或者張右使了。」

天狼說到這裡，突然笑了笑：「所以我也不敢真的給你吃什麼毒藥，在身上隨便搓了一個泥丸子餵你吞下，反正大家都是在演戲，得罪得罪。」

赫連霸無奈地搖搖頭，轉而笑了起來：「知道嗎天狼，沒人敢這樣捉弄本座，當時本座還真的想殺了你，不過還是忍住了。後來當你看到三弟扮成老張頭時，就認定了哈不里是我？」

天狼點頭：「基本上確定了，還有個細節，那就是你不經意間露出的那種自我防範的能力，雖然你沒有用內息，但是我今天連番打鬥時，你落下的位置總是恰到好處，身為一流高手的逐風蒼狼兄弟都被我們打鬥時的真氣震得撞上岩壁而死，而哈不里的武功遠不如這四位，卻能躲過一劫？」

赫連霸跟著點了點頭，濃密的黃鬚動了動：「其實我也感覺到你已經識破我的身分了，有些話只怕是你故意說給我聽的吧，只是**你又何來的自信，你在和二**

弟三弟動手時，我會繼續視而不見？」

天狼回頭看了一眼黃宗偉和張烈，嘆了口氣：「因為你赫連門主的器量和手段比你的兩個兄弟強得太多，張右使只想殺了我這個混進英雄門的奸細，而黃左使卻總以為我的目標只在展慕白。**只有你赫連門主才會知道我真正想要的是什麼**，你會跟我坐下來平等地談這個交易的。所以你不會認為只有拿下我才能談判，自然更是不會出手。我還有什麼好擔心的呢？」

赫連霸的臉上突然閃過一陣冷酷的殺機：「天狼，有件事你弄錯了，我確實現在不會出手，因為現在你是南朝使者，我是蒙古大將，我們現在是代表兩個國家在談事情，可是**我赫連霸同樣是英雄門主，同樣是武林中的王者，你今天戲弄本座，殺我屬下，傷我兄弟，拒我招攬，此事一了，我必殺你！**」

天狼嘿嘿一笑，神情依然是鎮定從容：「這才是我印象中的赫連門主，北方的霸者，永遠是這麼氣勢十足，不過現在我們的交易還沒完成，我應該還可以多活上一段時間，赫連門主，你這麼快就能回來，看來是和俺答大汗已經商量好條件了，對不對？如果我沒猜錯的話，大汗就在三十里外的軍中。」

赫連霸的臉色也恢復了平常：

「天狼，你很聰明，可是未免自信過了頭！其實昨天夜裡本座就回來了，當時大汗一提到那個侍衛力吉說是你指使他這樣做的，本座就猜到是你設了這個局，就連之前和我們英雄門的絲綢交易，都是為了這個局做鋪墊。大汗是我們草原上的一代雄主，他當然也知道這些事情，不會被你的毒計所打動的。所以你不用費力挑撥我們英雄門和大汗的關係，更不用自以為是地說什麼我們活不過明天這樣的廢話。」

天狼嘆了口氣：「赫連門主，自信過了頭的恐怕是你吧，雖然說談判就跟做生意一樣，在殺別人價之前總要把別人貶低一番，可你這樣說，也未免把我當成你的三弟了，**如果大汗真的對你完全信任，還會親自帶兵前來？還會到了現在也不撤軍？**你是想說他帶兵來是想攻進關內，親自去捉小王子嗎？」

赫連霸一下子給戳穿了謊言，眼中神光閃爍，卻是不再說話。

天狼繼續說道：「草原之上，**強者為王，不要說屬下，就是夫妻，父子，都是不能信任的**，這次俺答汗丟了這麼大的人，又不敢拿放走了孫子的可敦出氣，就只有怪你們英雄門辦事不力了。再說，這幾年下來，你們英雄門勢力大漲，又頻繁進入大明，拿著大汗的錢去招攬了一大批身為漢人的各派叛徒，換了你赫連門主是大汗，會放心嗎？」

赫連霸冷冷地說道：「你們漢人有句話，叫狡兔死，走狗烹。現在狡兔還沒死呢，大汗就算對本座有戒心，也不可能在沒有入主中原的時候就對我下手，你也太小看大汗的胸襟了。」

天狼笑著搖了搖頭：

「不，我不小看俺答汗的胸襟，但是我也不低估他懼內的程度。他對伊克哈屯可敦的那種畏懼，不，我還是說尊敬吧，草原上人盡皆知，這幾年他屢次攻擊宣府大同不成，草原上的那些部落對他的不滿也越來越厲害，所以他才被逼得扔出孫女去找人聯姻，鞏固自己的勢力。

「在這種情況下，他更不敢和自己那個有強大部落背景的可敦翻臉，這次他帶兵出來，想必也是可敦逼他出來把孫子帶回去，不然以俺答大汗的脾氣，怎麼可能親自帶兵來討伐你這小小的英雄門？

「如果帶不回把漢那吉小王子，至少也要滅了你這個英雄門，因為在此事上，**你們就是勾結天狼，讓小王子叛逃的幫凶**，這可是那個侍衛力吉親口招供的，只有滅了你們，俺答大汗回去後才能對可敦有交代，對不對？」

赫連霸雙眼中精光暴射，卻是無法反駁，顯然已經默認，而黃宗偉和張烈看到他這情形，心都快碎了。

第六章

七步斷魂

天狼一笑：「鬼聖，你中了我的天狼嘯蒼穹，
這招還有個名字，叫七步斷魂，
就是說你七步之內一定會全身爆裂而死，
有這時間先懺悔一下自己這輩子的罪惡吧，
想想你殺過的人，做過的孽，也好當個明白鬼。」

張烈長嘆一聲：「想不到我們為大汗出生入死這麼多年，還是逃不出這結果。」

赫連霸立即發話，打斷了張烈進一步的感慨：「三弟，別說這話，大汗有他的難處，而且身邊也有小人挑唆，**我們都是蒙古人，是草原上的雄鷹，生是大汗的人，就得一輩子忠於他，現在正是我們為他分憂的時候。**」

赫連霸說完後轉向了天狼：「本座的話，你聽明白了吧。」

天狼哈哈一笑：「赫連門主果然聰明，果然爽快，那我也不用多廢話了，現在我要帶著展慕白回平安客棧去，三天之後，在那裡，我和赫連門主具體商量這次聯手行動的事，到時候，希望你能有個完美的行動方案。」

赫連霸從鼻孔裡重重地「哼」了聲，算是同意。

天狼伸了個懶腰，自言自語道：「肚子餓了，不知道你們這裡有什麼好吃的，赫連門主，你既然答應聯手了，是不是也該招待我一頓呢。再者，展大俠被你們困了大半年，這臨走時也應該表示一點意思吧。」

赫連霸冷冷地說道：「展慕白就在地牢外，你現在可以帶他走，至於這頓飯，我看就免了吧，本府現在還有很多事要辦，你走吧。不送。」

天狼無奈地搖了搖頭，從赫連霸的身邊走過，走到兩邊都是鐵籠子的那些囚室時，天狼向裡面瞄了一眼，只見那些被關押在這裡的囚徒們，已經個個口鼻流血，臉色青紫，竟然已經全部斷了氣。

天狼心中暗暗嘆了口氣，想必是赫連霸不想讓這些人聽到他跟自己說的話，所以早早下了殺手，在給他們送飯的時候，就暗中在飯菜中下了毒。

天狼繼續邊走邊想：也難怪今天自己在和逐風蒼狼、黃宗偉、張烈等人連番打鬥時，外面居然沒有半點反應，**霸氣如雄獅，心狠如蛇蠍，看來這人面獸心的赫連霸還真的與傳言無二**。

出了地牢的大門，天狼只覺得一陣火光閃得眼睛疼，已經入夜，天空中月朗星稀，而在這牢門外，足足有兩百多名身穿英雄門制服的高手，有漢人也有蒙古人，男女僧道皆有。

這些人裡，多數是凶神惡煞，滿臉橫肉，一臉邪氣，天狼一眼掃去，至少認出了一百多個熟人，不少都是中原黑道上的高手和各派被逐出師門的叛徒。

穿著一件髒兮兮的灰色中衣，在這大漠的夜風中瑟瑟發抖的展慕白，形容憔悴，一張俊美的臉上顏色慘白，全然不見昔日的奕奕神采，從他衣服上的幾處破口還能看到裡面的傷疤，顯然在這段被關押的時間裡吃了不少苦頭。

這會兒展慕白被幾個留著辮髮的彪形蒙古大漢生生架著，他的個子本就只是中等，經過了大半年的牢獄之災後更是身體虛弱。這下給封了內力，連站也站不穩，被那幾個壯如熊羆的蒙古力士一襯托，簡直就像是大人抓著小孩子。

天狼冷冷地掃了一眼這些對自己怒目而視的英雄門人，運起丹田之氣，把威嚴而平緩的聲音清清楚楚地送到在場每個人的耳朵裡：

「各位英雄門的朋友，在下天狼，剛剛和你們的赫連門主談好了一宗交易，想必赫連門主也跟你們交代過，如果在下出來，就讓在下帶著展大俠離開。」

一個枯瘦的老者站在展慕白的身前，他的臉用針尖也抄不出四兩肉，一張瘦得跟個骷髏似的，兩道壽眉有氣無力地垂掛在臉頰上，整個人也裹在一襲黑袍之中。跟其他穿著紋狼繪鷹之類標準英雄門裝束的人不太一樣，他看起來三分像人，倒是有七分似鬼，左手缺了一隻小指，格外地顯眼。

天狼一出來就注意到了他，此人他認識，乃是當年**魔教四大護教尊者之首的鬼聖，以殭屍功和陰風掌，搜魂爪獨步武林**，當年跟自己也有過一段淵源。

鬼聖成名已有四十多年，當年魔教內亂，鬼聖所在的一派失勢，為了保命才叛出魔教，加入英雄門。即使在各派投靠英雄門的叛徒裡，鬼聖也算是頭號高手了，現在也是位居英雄門三兄弟之後，排在第四，那三位不在時，這英雄門上下便全權由他作主。

鬼聖仔細地打量著面前這個上身精赤的漢子，他認識天狼，前幾天大漠交易的時候，鬼聖也隱身於商隊之中，當時就對他的強勢作風印象深刻，這會兒看天狼這架式，更是在地牢中和英雄門的幾大高手經歷過一番惡鬥。

儘管鬼聖不相信以天狼的年紀，真有可能勝得了赫連霸，畢竟赫連霸的武功他自己親身見識過，百招之內便將自己打得吐血不起，自己縱橫江湖四十多年，能與赫連霸在武學上一較高下的，也不過數人而已。

這天狼就算打從娘胎開始練武，也不可能勝過赫連霸，更不用說看他身上的傷，分明還中了黃宗偉的金針掌和張烈的天鷹爪。英雄門三大高手聯手，天下只怕無人能擋，而且天狼身上並沒有赫連霸留下的傷痕，這也證明了赫連霸並沒有出手，天狼能這樣出來，**顯然是已經和赫連霸達成協議了**。

可是鬼聖不甘心就這麼在自己手上放走天狼，於是他陰森森地怪笑兩聲，眼中綠芒一閃：「天狼，你確實有膽，前幾天在大漠裡就覺得你小子挺狂，卻沒想到還敢來我英雄門救人，今天這麼多高手在這裡，你以為自己還走得了嗎？」

天狼看也沒看鬼聖一眼，他的注意力只集中在臉色蒼白的展慕白身上：

「鬼聖，你只需要聽赫連霸的命令行事就好，他應該跟你說過，要是我出來，就把展慕白讓我帶走，要不然你也不會把他帶出來，對嗎？」

鬼聖那枯瘦的老臉一紅，被一個後輩這樣當面打臉，實在這老臉有些掛不住：「小子，你別太狂，尊主只說你要是留了條小命出來，可以放了展慕白，他可沒說不許動你。」

天狼的眉毛一挑，嘴邊露出一絲輕蔑的微笑：「怎麼，鬼聖，你是不是不太服氣，想要比劃比劃？」

鬼聖眼中殺機一現，正要開口，赫連霸那渾厚威嚴、霸氣十足的豺聲像是從地底傳了出來：「本座說過，放他們走，別的事情以後再說！」

鬼聖快要到嘴邊的話，硬生生地被淹沒在了嗓子眼裡，他恨恨地剜了天狼一眼，站到一邊，黑袍中枯瘦的手伸了出來，按在展慕白的後心，稍一用力，便把展慕白推向了天狼，順便解開了他身上的穴道。

天狼回頭向地牢的大門一抱拳，道了聲：「多謝赫連門主，三天後，平安客棧恭候大駕！」

展慕白揉著自己的雙手，他被封住要穴和經脈已經有大半年了，每天都受到英雄門的拷打逼問，卻是咬緊牙關沒有吐露一個字，幾個月下來，他漸漸地察覺到英雄門並不是真的想從自己身上得到什麼武功秘笈，**純粹只是想把他作為一個誘餌，用來捕殺上門營救的正派門人。**

展慕白不知道有多少武林同道已經為了自己命喪大漠，現在看到眼前的天狼，心中終於生出了一絲欣慰，試著運行了一下周身的內力，全身卻是軟綿綿地很難發力，只能苦笑著對天狼行了個禮：

「這位英雄，多謝搭救，請問閣下高姓大名？」

天狼看著展慕白的臉，雖然憔悴不堪，卻難掩他的風采，多年來展慕白一向以俊美得近乎絕色女子的形象傳遍江湖，甚至在江湖上還得了一個「玉面煞神」的外號。

展慕白在華山派這二十年來歷經人世間的滄桑坎坷，行事也早變得狠辣，與魔教和英雄門苦鬥時出手絕不容情，死在他劍下的敵人足有數百。

只是展慕白和他的師兄司馬鴻同時與魔教和英雄門開戰，超過了其力所能及，這幾年來，華山派被兩大邪派聯手重創，幫中精英一個個戰死，整個門派也是江河日下。

去年的全真岩一戰，華山慘敗於英雄門，不僅四大弟子盡數死於逐風蒼狼刀下，展慕白也被英雄門所擒，連華山總舵也陷落於英雄門之手，若不是出身峨嵋的楊瓊花這半年多來苦苦支撐，守住了作為華山分舵的恆山一片基業，華山派算是要在展慕白手上終結了。

天狼想到這裡，嘆了口氣，回禮一抱拳：「展大俠，苦了你，是楊女俠託我來救你的。」

展慕白的臉上閃過一絲難以察覺的疑惑，很快，他便笑了笑，看著天狼道：「大恩不言謝，他日定當厚報！」

展慕白的這個表情變化被天狼看在眼裡，其實他對這位華山掌門的底細一清二楚，除了哀其不幸外，只能一聲嘆息，同情的成分居多。

當年自己還沒有成為天狼時，跟此人也算是一起戰鬥過的朋友，所以即使楊瓊花不上門求助，本來在他的計畫裡，也想趁著這次的任務將展慕白一併救出，只是他並不是頭腦發熱的傻瓜，不會傻乎乎地在沒有任何偵查和把握的情況下，就匆匆來救人，和展慕白的關係也沒鐵到這一步，值得他豁命來救。

天狼搖搖頭：「展大俠不必多禮，這裡不是說話的地方，你我還是先離開得好。」一轉頭對鬼聖冷冷地道：「鬼聖，展大俠現在功力未復，難以施展輕功，勞煩你給我們兩匹馬，一天的乾糧。」

鬼聖鼻子裡重重地「哼」了一聲，抱著臂，兩眼向天，一副愛理不理的樣子。

天狼朗聲說道：「赫連門主，你我三日後有約，在下可不想在這路程上浪費時間，反正我不急，慢慢走上十天半個月的到客棧也行，只是不知道那位貴人有沒有這個耐心。」

赫連霸的聲音再度響起，這回帶了幾分慍意：「沒聽到本座剛才說的話嗎？天狼是本門的貴客，展掌門也在我們這裡做客了很長時間，要禮送他們回去。鬼護法，麻煩你給他們找四匹好馬，帶上兩天的乾糧和飲水。」

鬼聖不情願地向地面拱手稱是，回頭向身後的幾個低階弟子努了努嘴，那幾人匆匆奔去，不一會兒，便牽了四匹上好的駿馬過來，鞍上兩側各掛著兩個碩大的牛皮革囊，沉甸甸的，顯然是水囊和乾糧袋。

天狼看了一眼這四匹馬，沉吟道：「還請赫連門主給我們兩把劍防防身。」

鬼聖身邊一個眉宇間透著一股淫邪之氣的黑衣道人開了口：「天狼，這大漠南北都是我們英雄門的天下，尊主既然開了口讓你們走，你們就是絕對安全的，根本不會有人敢打你們的主意，還要劍做什麼？」

天狼看了一眼這個道人，正是白天對黃宗偉獻媚的那個壞東西，而他也算是老熟人了。

天狼笑道：「火松子，你也該知道，現在這居延海外面並不安全，赫連門主肯讓我們走了，難保外面的散兵或者盜匪會動什麼歪心思，所以還是有些武器防身的好，你說對不對？」

同樣身為英雄門護法的火松子冷冷地回道：「天狼，你既然有本事從這地牢裡走出來，想必區區幾個散兵游勇也不是你對手。」

天狼嘆了口氣：「不瞞火護法，在下剛才在那地牢裡受了不小的傷，而展掌門更是功力未復，要穿越這大漠回平安客棧，手裡沒傢伙，心裡還真是沒有底，反正赫連門主發了話，你也就好人做到底吧。」

鬼聖聞言，枯瘦的爪子一伸，從身邊兩名壯漢的腰裡連著鞘抽過兩把佩劍，「嗆啷」兩聲，長劍出鞘，寒光閃閃，鬼聖的手一運氣，「叮」地一聲，長劍劍身微抖，發出一陣龍吟之聲。

鬼聖還劍入鞘，陰森森地說道：「天狼，這劍你覺得如何？」

天狼笑了笑：「是兩把好劍，我要了。」

鬼聖「嘿嘿」兩聲怪笑，那表情比哭還難看，遠遠地把兩把劍丟給天狼：「小子，這兩把劍可要拿好了，我會親自取回的。」

天狼雙手接劍，順便把其中的一柄交到了展慕白的手裡，眼中閃過一絲意味深長的神色，對著鬼聖沉聲道：「定當雙手奉上！」

言罷，天狼也不再管眼前的這些人，攙著展慕白上了馬，回頭向地下拱了拱手：「赫連門主，後會有期！」

雙腿一夾馬腹，便向外奔去，展慕白則緊隨其後，二人四馬轉瞬間便奔出了英雄門，只留下原地這兩百多名高手，個個一臉陰沉地站在馬蹄揚起的塵土之中。

出了居延海，天狼和展慕白頭也不回地狂奔了二十多里，這才稍稍停下，天狼的上身依然不著寸縷，身上的那些傷口早已經凝結，不再出血。

他打開馬鞍左邊的革囊，掏出兩塊肉乾，放到嘴裡大嚼起來，右手則舉起水囊，往自己的嘴裡灌了一大口，然後向自己的頭上淋起水來。

展慕白一言不發地看著天狼這樣喝水吃肉，這一路上，他沒有和天狼說過一句話，他也無數次地在記憶裡尋找此人，可是想了半天，還是記不起曾經在哪裡見過這張臉，只是那種感覺讓他真的非常熟悉。

天狼把一囊的水澆完，哈哈大笑：「痛快，喝水吃肉，人生幾何！展大俠，你何不試試？」

展慕白微微一笑：「天狼大俠，不用了。你我畢竟不是一路人，這次楊女俠能請得動大駕，不知道她出了多少錢，展某回華山後，一定會把這錢雙手奉上的。」

天狼臉上的笑容一下子消散了，他看著眼前的展慕白，彷彿像看著一個陌生人，良久，才嘆了口氣：「這些年你變得太多了，換作十年前，你至少會在我喝水吃肉前，提醒我一句：當心這裡面有毒！就算我天狼名聲不好，不算你們正道中人，你也不會這樣薄情寡義的，更不用說是救你的恩人。」

展慕白搖了搖頭：「**正邪不兩立**，天狼大俠，雖然聽你的話好像以前跟展某很熟，可是展某記不得在江湖上什麼時候跟閣下打過交道。不過，閣下的恩情我一定會奉還，展某不會欠你的人情，但也不會和你牽扯上什麼關係，你也殺過我們華山派的弟子，這筆帳，展某遲早也會跟你算的。」

天狼盯著展慕白，眼中目光炯炯：「展大俠，你不覺得現在就向我這個邪魔外道吐露心聲太早了點？萬一我不高興，立時就取你性命，你不是虧大了麼？」

展慕白昂首傲然道：「死又何妨?!匡扶正義，除盡邪魔外道，這才是我正派俠士所為，如果不敢挑明了說，那和魔教奸邪又有什麼區別？」

天狼的話中帶了幾分譏諷：「是啊，這十多年來展大俠斬妖除魔，辣手過處，全家老小都不留活口，這種行為才是和魔教奸邪沒什麼區別呢。**道不同不相為謀**，你現在最好去平安客棧，然後跟你的楊師妹早早回華山去，好好恢復你的功力，如果天蠶劍法不突破第八重，你怎麼可能打得過赫連霸？」

展慕白驚得差點從馬上摔下，連聲音也變了調：「你，你又是怎麼知道天蠶劍法的？」

天狼嘆了口氣：「展大俠，聽我的話，你已經被仇恨蒙蔽了本性，想想你的師兄司馬鴻吧，這些年來，你跟著他聯手殺人殺到爽，可又能如何？魔教的勢力還不是越來越強，你華山現在沒有能單獨跟魔教或者英雄門開戰的實力，更不用說同時招惹兩家了，這不是一兩個人武功高就能解決的問題。」

展慕白的頭又昂了起來：「天狼大俠，你救我的好意，展某心領了，可是你並不是我正道中人，當然不明白我等捨身取義的覺悟，就是司馬師兄，雖然與魔教力戰身死，但也在武林中正氣長存，展某不覺得有什麼錯。」

天狼冷冷地說道：「展大俠，要是人都死光了，這個長存的正氣又有什麼用？不是說你不應該和魔教對抗，而是說**你沒這個本錢，卻又特立獨行**，在沒有支援的情況下就四處出手，而且你們華山派出手狠辣，絕不容情，所過之處，婦孺皆不放過，**你不覺得這些年你的敵人越殺越多嗎？**」

展慕白厲聲喝道：「夠了，天狼，展某不想聽你的說教，邪魔外道本就應該斬盡殺絕，難道他們對付我們正道中人就手下留情過？天狼大俠，我知道你黑白兩道通吃，兩邊都混得開才會這樣說，如果你經歷過全家、恩師、愛人、同門全部都被魔教惡賊殺光的事，還會說得這麼輕飄飄嗎？」

天狼暗嘆一聲，想不到多年不見，展慕白的脾氣比當年的司馬鴻還要倔強，想來除了他身逢劇變外，跟練那天蠶劍法也有關係，以後還是找個機會讓他放棄那門歹毒邪惡的劍法才是王道。

於是，天狼冷冷地對著已經鬚髮皆張，大口喘著粗氣，人也變得有點癲狂的展慕白道：「展大俠，想必你也不需要別人的同情和可憐，你只想用手中的劍來說話，既然如此，天狼無話可說，既不同路，你就先上你的大道吧。」

展慕白臉色一變：「怎麼，天狼，你想殺我？」

天狼搖了搖頭：「你想到哪兒去了？我費這麼大勁把你從英雄門弄出來，然後殺了你？我又不是腦子進了水！」

展慕白眼中光芒閃爍，手不自覺地按住了劍柄：

「這可不好說，展某自認並不認識尊駕，你的言語間卻彷彿跟展某很熟似的，是不是展某曾經在斬妖除魔的時候跟閣下結過什麼梁子，比如殺過你的朋友或者親屬，所以你才會想著找我報仇？」

天狼沒想到展慕白竟會往這方面去想，一時給噎得說不出話來，半晌才幽幽地道：「展大俠，你的思維能力太強了，我認輸。好吧，我跟你說實話，你的楊師妹現在正在離這裡三十里的平安客棧等你，跟她在一起的，還有裴文淵、歐陽可、錢廣來這三人，你信不過我天狼，應該不至於信不過他們吧，尤其是你那個師妹，為了救你，可是付出了不小的代價。」

展慕白的雙眼在月夜下閃閃發光：「既然如此，你為什麼不跟我一起走，而要展某自己先上路？『布衣神相』裴文淵，『虛無公子』歐陽可，『義也行賈』錢廣來這三人，在江湖上確實都是受人尊敬的人物，雖然亦正亦邪，但名頭都很響，又怎麼會和你天狼成了一路人？」

天狼笑笑：「你應該知道，我雖然殺人，但我跟你不一樣，多少還是留有餘地和分寸。本質上，**我是為別人解決麻煩，而你，是在為華山派不斷地製造麻煩！所以我殺人之餘，朋友也不少，而你展大俠卻是朋友越來越少，仇家越來越多。**」

展慕白想了想，搖搖頭：「不對，就算他們幾個是你的朋友，可是你為什麼要我一個人走，你又準備去哪裡？」

天狼的臉色變得嚴肅起來：「展大俠，你是聰明人，應該能聽出我最後在英雄門時說那些話的用意吧。」

展慕白冷笑一聲：「你終於承認了呀，嘿嘿，天狼，你的一舉一動別想瞞過我的眼睛，當著鬼聖的面，你說什麼在這大漠裡有可能會碰到敵軍的散兵游勇，這不就是跟鬼聖說，如果他殺了你，可以把責任推到那什麼散兵游勇上嗎？」

天狼的表情和他的語調一樣平靜：「不錯，正是如此，在英雄門裡我不能殺老鬼，所以我就在這裡等他。英雄門現在碰到大麻煩，赫連霸他們這時候根本沒心思管這些事，也料不到鬼聖居然敢來殺我。」

展慕白突然露出微笑：「這樣的好事，為什麼要落下我呢？」

天狼沒有料到展慕白不僅看出了自己的意圖，居然還有意親自出手，微微一愣，搖了搖頭：「不行，你現在功力未復，留在這裡幫不了我。」

展慕白哈哈一笑：「天狼，你也未必太小看展某了，其實這一個月來，展某已經衝開了他們的封穴手法，內息也早已行走自如，只不過手中無劍，加上幾個大狗天天在英雄門裡，我即使衝出去了還是會被抓到，所以不如留在那裡，多查探一下他們的虛實。」

天狼冷冷地「哦」了一聲：「這麼說來，我這次出手救你是多此一舉了？」

展慕白搖了搖頭：「那倒也不是，如果沒有你的仗義出手，我還下不了這個決心出來；而且我很好奇，天下應該沒有人能敵得過英雄門那三條大狗的聯手，**你又是用了什麼辦法，可以從地牢中走出來的？」**

天狼的嘴角微微上揚：「**不是所有事情都要用武功才能解決**，展大俠，你什麼時候如果能明白了這個道理，華山派的復興就有希望了。」

展慕白的臉再次閃過一絲不悅：「天狼，我不想跟你繼續在這個問題上糾纏！現在我只想問你，鬼聖也看到了你能力挫英雄門三大頂尖高手，從那地牢裡走出來，他應該也不至於這麼托大，難道他會以為自己的武功還要強過三條大狗嗎？你又是怎麼會認定鬼聖會來追殺我們？」

天狼嘆了口氣：「展大俠，你只知其一，不知其二，鬼聖開始看我從地牢裡出來時確實有些心驚，所以那時候他只強調自己身邊的人多，想要倚多為勝，但是我在英雄門裡幾次示弱，又是向赫連霸要馬，又是向他要劍，還有意無意地透露出我跟他之間有某種約定。那鬼聖一來被我在英雄門時對他的無禮所激怒，二來在我做了這些示弱的舉動後，誤以為我不是靠自己的真本事打出地牢，而是靠著和赫連霸作了某種交易才讓他放過我，至於我身上受了黃宗偉和張烈的傷，這並不能代表我就贏了他們兩個，也許是適得其反。」

天狼的眼光望向了北方大概十里處空曠的沙漠，在這皎白的月色下，可以很清楚地看到一道飛揚的煙塵離著自己越來越近。

天狼微微一笑，繼續說道：「而且鬼聖一定會想，天狼已經被重創，連施展輕功都困難了，所以才需要馬來代步，另一個展慕白，更是功力未復，任人宰割的魚肉而已，此時不出手，這輩子怕是也不會再有機會了。」

展慕白那張俊美的臉上逐漸變得有了些神采，連眼神也開始帶了幾分殺意：「這廝當年在我手下被打得屁滾尿流，使出殭屍功耗了十年的功力才逃得一命，在英雄門內就幾次想殺了我報仇，只是三條大狗嚴禁他們這些魔教叛徒接近我，這才沒讓他得逞，現在也是他殺我的最後機會了，怎麼會放過？」

展慕白的眼光投向了天狼：「天狼，我知道你對付老鬼不在話下，但是今天這個機會可以留給我嗎？受了這大半年的折磨，我今天也想好好發洩一下。」

天狼看了展慕白一眼，從他眼中瀰散的殺氣和周身隱隱聚起的紫色真氣來看，展慕白的功力至少恢復到了八成，對付一個鬼聖應該夠了，如果此時出手阻止，顯然會傷了他的自尊。

於是天狼點點頭：「好吧，你先出手，我給你掠陣，不過請記住，千萬別勉強，要是你出了事，我這個委託可就失敗了。」

展慕白的眼中閃過一絲疑慮：「其實展某一直很奇怪，楊師妹並不是很有錢，就算她有個當官的爹，也在多年前因為她拒絕父命，沒有嫁給當朝首輔嚴嵩的兒子嚴世藩當小妾，父女間早就斷絕關係，多年沒有往來了，所以她也不可能拿出多少錢來，你又怎麼可能接她的委託？」

天狼「嘿嘿」一笑：「以後你會知道的，而且她現在還沒有把帳付清，只付了一半，我只有把你完好無損地帶回平安客棧，才能跟她去把剩下的帳給結了。」

展慕白的臉上閃過一絲不快，還是忍住了，二人談話間，遠處的煙塵已經到了離自己不到一里處，在月光下，為首的鬼聖那張骷髏似的鬼臉上，兩點綠芒一閃一閃，離得遠了還會以為是鬼火呢。

天狼看了展慕白一眼：「速戰速決吧，我不想在這裡拖太久，平安客棧那裡還有不少事情等著我去處理。」說完便下了馬，換了另一匹備用的馬騎上，打開乾糧袋和水囊，繼續往嘴裡塞起肉乾。

十餘騎轉眼間奔到了近前，全身裹在黑袍裡的鬼聖為首，後面十幾人則都是跟著他一起逃到英雄門的一些魔教高手，武功算不得很高，尋常的江湖二流高手而已，一個個長得也是奇形怪狀，手裡的武器則都是些判官筆、雙鉤、鋸齒刀、哭喪棒這樣的外門兵器，統一穿著紅色的英雄門弟子服。

鬼聖打量了一眼遠處的天狼，又看了看正陰沉著臉盯著自己的展慕白，得意地笑了起來：「你們兩個，是傷得連逃命的勁也沒有了嗎？看你們的樣子，在這裡待了也有很久了吧。」

展慕白的眼珠子一轉：「老鬼，在動手前，我先問你一個問題，咱們倆的帳就不用提了，你跟這位天狼大俠又有什麼不死不休的仇怨，需要這樣從英雄門趕來下手呢？」

鬼聖陰森森地說道：「老夫不認識這個天狼，以前只聽說這小子夠狠，夠狂，卻一直沒有機會見他一面。今天這小子強闖我們英雄門，門主不知道什麼原因放了他一馬，可是要讓他就這麼走了，我們的臉往哪擱？再說，這小子今天在英雄門裡對老夫再三出言相激，憑這些，還不夠死嗎？」

展慕白嘆了口氣：「原來如此。」他的語氣中難掩失望之情。

展慕白本想從鬼聖的嘴裡知道天狼的身分，只是**看來這鬼聖也和自己一樣，對天狼的底細一無所知**，但是看天狼的架式，跟這鬼聖也有不死不休的死仇，要不然也不會故意設這個局引鬼聖上鉤，展慕白的心頭一時疑雲密布，眉頭也擰成了個川字。

遠處的天狼冷冷地說道：「老鬼，這些年你手上功夫一點也沒有進步，臉皮的厚度倒是增了許多，明明就是想趁我受傷、展大俠功力未復之機過來趁火打劫，非要說得自己多有本事似的，真不要臉。」

鬼聖的眼中頓時凶光四射：「小子，儘管罵，你說話的機會不多了。」他跳下馬，身邊泛起一股淡淡的黑氣，向遠處的天狼走去。

展慕白冷笑一聲，身形一動，那些鬼聖的手下們只覺眼前一花，展慕白竟然一下子失去了蹤影。

鬼聖畢竟是老江湖，立時感覺到了不對勁，趕緊全力提起真氣，一張本就沒多少生氣的臉上，更是慘白得如同一張白紙，一點血色也沒有了，兩隻枯瘦的手伸出了黑袍之外，右手上不知什麼時候多出了一支沉甸甸的鬼頭杖，橫在胸前守緊門戶。

展慕白的面容一下子出現在鬼聖的面前一尺左右，嘴角邊掛著一絲微笑：「老鬼，這回你別指望再用殭屍功逃命了。」

鬼聖心頭大駭，他萬萬沒有料到，展慕白居然已經功力恢復了這麼多，能使出配合**天蠶劍法的頂級輕功——無影迷蹤步**來。

他之所以敢前來追殺二人，就是欺負他們一個有傷在身，一個功力未復，早知道展慕白這樣，打死他都不會過來的。可是事已至此，只有咬牙硬上了，鬼聖很清楚展慕白既然能使出這無影迷蹤步，那自己即使逃命，只怕也逃不出他手心。

鬼聖的身形向後暴退，左手打出一記陰風掌，帶著撲鼻腥臭味的黑氣順著掌風將展慕白的身形湮沒，而右手的鬼頭杖則使出「巴山夜雨」這一招，舞得密不透風，瞬間在自己的周身形成了一道黑色的氣牆。

展慕白冷笑一聲，雙足一動，整個人影在撲面而來的陰風掌前消失不見，只聽到「轟」地一聲，陰風掌的那道黑氣打了個空，直接擊中展慕白剛才所站的地面，泛起一陣碧綠的磷光，如同鬼火。

鬼聖就是需要通過這個結果來判斷當前展慕白的實力，他和展慕白曾經交手過三次，第一次是十餘年前，展慕白的劍法初成之時，當時自己還略占上風，只覺得展慕白的劍法雖快，充滿著陰險惡毒的殘忍招式，但自己還能應付。

過了五年後第二次交手，自己已經很難獨自抵擋展慕白的單人攻擊了，只是那時展慕白內力還不夠強，招式雖奇，卻也不敢和自己的陰風掌當面硬抗，四五百招內想勝過自己也是不易。

兩年前自己到了英雄門後，第三次與展慕白交手，已經是既無招架之功，也無還手之力了，展慕白的那套邪門劍法已經大成，加之修煉華山派的紫雲神功也有進展，可以完全不懼跟自己正面硬抗，一百五十招內，自己便被逼得使出殭屍功，損耗十年功力才逃得一命。

不過鬼聖這一掌倒也試出展慕白現在功力還沒有完全恢復，尤其是紫雲功這門極耗真氣的玄門正宗內功，展慕白還無法使出，不然剛才也不會閃身躲開自己的那記陰風掌，而會硬碰硬地頂上一掌，然後直接追著自己後退的身形攻擊了。如此一來，自己一交手就會被壓制得死死的，加上速度上遠不如展慕白，只怕撐不了百招就要落敗。就像最近的那次交手一樣。

一想到展慕白的功力最多只恢復了九成，鬼聖的心稍微安定了些，大吼道：「都去宰了那天狼，快！」

身後那些弟子們如夢方醒，一個個抽出兵刃，跳下馬來，向著遠處的天狼奔去。

剛才閃到右邊三丈處的展慕白冷冷地道了句：「不自量力！」身形一動，紫光一閃，身形如鬼魅一般，在月光下的沙漠中掠過。手中的那柄長劍如死神那邪惡的雙眼，閃出點點寒光，所過之處，給人一種了無生機的感覺。

天狼的嘴裡嚼著肉乾，手上的水囊卻停在了半空中，他也有好幾年沒看過展慕白出手了，以前只覺得展慕白的劍法狠毒邪惡，速度極快，跟峨嵋派的幻影無形劍有類似之處，都是追求速度到極致的劍法，只不過一正一邪而已。

現在看來，展慕白的紫雲神功也有了一定的根基，這使他的劍法又多了一些可以與對手正面硬碰硬的選擇，出手的速度也快了不少，比起幾年前顯然進步了許多。

舉手投足間，那群英雄門弟子中有四人已經中劍倒地。

其中一人被斬斷左臂，一人被一劍穿心，一人被一記暴裂的劍氣斬直接在空中分屍，五臟六腑流了一地，最後一人則是被前面那人死的慘狀嚇得呆在原地，直接被展慕白一劍劃過脖頸，鮮血從傷口飆射而出，發出一陣風吹過樹葉般的「嘶嘶」聲。

展慕白的身上沒有沾血，右手持劍，劍尖下垂，劍身上也只有淡淡的幾抹血跡，順著血槽流到劍尖，再一滴滴地落到沙漠中，他的嘴角邊掛著一絲邪惡的微笑，似乎很享受這種血腥的味道，而一個個木立在他面前，已經嚇得沒了魂的對手，在他眼裡已經是一堆死人了。

鬼聖的臉色越發地慘白，他沒有料到，展慕白的武功似乎比起半年多前被擒獲時還要高了一些，看來這半年內他雖然身陷英雄門，但功力應該早就恢復了，而且有時間參悟一些劍法內功方面的東西，反而讓他對武學的領悟更上層樓，至少半年前，他是做不到像剛才那樣十招內就殺掉四名好手的。

展慕白冷冷地舉起劍，看都不看那幾個站在自己面前的英雄門弟子一眼，直指鬼聖，一滴血珠子停在劍尖上，竟然像是凝固了一樣，動也不動，那冰到極致的話語再次響起，不帶一分感情，也沒有一絲憐憫：

「鬼聖，**明年今天，就是你的忌日！**」

鬼聖的嘴角抽動了兩下，他看到站在自己面前的九個手下都在發著抖，展慕白的超高武功和殺人時的殘酷無情，讓這些刀頭舔血的前魔教高手們也心生懼意。

鬼聖定了定神，哈哈一笑：「大家不要害怕，也就是一個展慕白而已，那個天狼已經不行了，暫時不用管他，展慕白內功未復，剛才就不敢硬接老夫的陰風掌，他的身形雖快，可是只要大家不要散得太開，照顧好側翼就沒事。」

鬼聖的這番話起了作用，剛才還像篩糠一樣抖個不停的九人互看了一眼，三人一組地並肩站到一起，頓時覺得身邊有同伴保護，膽氣一下子又壯了起來。

鬼聖看遠處的展慕白沒有任何動作，繼續道：「剛才此賊用了不少真氣，大家別忘了，此賊在我英雄門這半年多，天天都要受刑，剛才是強撐著用上所有的真氣，裝裝樣子罷了！我們大家一起上，只要纏住他一時半會兒，他真氣一用完，就只能任我們宰割啦！大家衝！」

鬼聖右手的鬼頭杖舞起一陣罡風，向展慕白衝了過去，那九個手下一看老大衝在前面，膽氣一壯，也揮舞著兵刃向前衝，兵器帶起一陣風沙，飄向展慕白。

他們全然沒注意到鬼聖的臉上掛著複雜的表情，先是停下了腳步，緊接著暗自向後退去。

展慕白的眼中閃過一陣殺意，周身的紫氣暴漲，臉上也浮現出一陣淡淡的紫氣，長劍一震，發出一陣清脆的劍吟，身形再次一閃而沒，鑽進了那風塵之中，三四聲兵刃相交的聲音後，一聲慘叫伴隨著一隻握著鬼頭大刀的前臂一下子飛到了半空中。

鬼聖的手微微地發著抖，看這架式，展慕白的內力足夠支持他跟自己至少打上兩百招，而他很清楚，在現在這個殺紅了眼的展慕白面前，自己絕對走不過一百五十招，好漢不吃眼前虧，自己雖然叫鬼聖，但也不能真在這大漠裡成了孤魂野鬼，那可一點也不好玩。

一個「逃」字印在了鬼聖的腦海裡，心動不如行動，想到一定做到，這一向是他的做人原則。

鬼聖那寬大的黑袍如同一隻大鳥的兩翼在空中張開，整個人也跟著飛到了自己的坐騎上，趁著展慕白這會兒還給自己那幾個短命手下纏著的功夫，三十六計走為上策，跑出五里也就安全了。

想到這裡，鬼聖不由露出一絲得意的微笑：**知道進退，才是江湖上保命的第一要務**。老子能混到現在，不是因為自己武功比別人強到哪裡，而是因為自己懂得什麼時候該拔腿開溜，無論是在魔教還是英雄門，都是如此。

鬼聖頭也不回地跑出了兩百多步，突然胯下的駿馬一聲悲鳴栽倒在地，鬼聖匆忙間一個平步登雲，身形凌空鶴起，在落下的時候，他清楚地看到自己的馬肚子被開了一道長長的口子，肚破腸流，馬的嘴裡吐著血沫，四肢則是無力地在空中劃拉著。

身後十幾步處，從沙子裡鑽出了一個人，上身赤膊，滿是傷痕，手裡拿著一把帶血的長劍，虎目中殺氣四溢，周身籠罩著一層淡淡的紅光，可不正是天狼！

鬼聖心頭稍稍寬慰了些，幸虧不是展慕白那個殺神追上，只要自己迅速打倒了天狼，還是有逃命機會的。

想到這裡，鬼聖二話不說，功力提到十成，鬼頭杖一招來者往生，直點天狼左臂的那個血洞傷處，而左手則是作爪狀，使出成名絕技搜魂爪，帶著淒厲的風聲，直接向天狼那受過傷的右肩抓去。

天狼微微一笑，劍身發出一陣龍吟之聲，眼中突然變得一片血紅，左爪箕張，迅速地從右手長劍的底部抓過，直撫劍身，陣陣紅氣被強行注入劍身，而那本來雪亮的寶劍，一下子變得通紅，遠遠看去就像是一根燒紅了的烙鐵條。

天狼猛的一抬頭，大吼一聲「嗷」，聲音淒厲慘烈，彷彿蒼狼夜嚎，震得鬼聖的這一下雷霆萬均的前衝也不免為之一阻。

天狼手中那柄通體火紅的劍，散發出一股足以熔金化玉的熱量，讓遠隔四五丈的鬼聖都感受到一股撲面而來的灼熱；天狼血紅的雙眼則緊盯著鬼聖，手中的劍化出風雷之聲，一招「天狼嘯蒼穹」，右臂一勾一拉，斬出一道半月形的紅色劍氣，勢如驚雷地向著鬼聖捲來。

鬼聖人在半空中，無法改變方向逃逸，而這道灼熱的劍氣來得如此之快，讓他避無可避，他終於明白過來，**這一連串的動作都在天狼的計算之內**：先是潛伏地上偷襲他的坐騎，然後逼自己起身上天，而自己在空中時有居高臨下的優勢，肯定會選擇就勢攻擊天狼，這時候他再把內力注入劍身，打出這種灼熱的斬波，自己在空中是完全無法閃避的，只能硬碰硬地對抗。

鬼聖不及多想，那道紅色劍氣已經殺到，自己身上的衣服像是要著起火來，鬼聖大吼一聲，運起十二分的氣勁，雙手同時緊緊地抓住手中的鬼頭杖，一股黑色的寒氣暴起在身邊，而強烈的黑氣順著鬼頭杖的那隻惡狼之口噴射而出。

兩道紅黑真氣在空中相遇，只聽「轟」地一聲，黑氣像是被蒸發掉似的，瞬間消失不見，而那道紅色的半月斬也縮小了至少一半，但仍然不減去勢，直接斬到了鬼聖的那支鬼頭杖。

只聽「叮」地一聲，純精鋼打造的這支鬼頭杖，被這道駭人的劍氣砍得直接斷成了三截，紛紛落地，而一同被斬斷的，還有鬼聖左手緊握著杖身的一根無名指和右手的半截小姆指。

伴隨著一聲悶哼，鬼聖在空中仰天噴出一口黑血，像顆迅速墜落的隕石似的，一下子掉到了地上。

饒是他算是頂尖高手，情急之下使出千斤墜的功夫勉強站住，可是這一下重創也讓他幾乎支持不住，以手按胸，搖搖晃晃的像是隨時都會摔倒。

漫天的沙塵中，天狼那高大魁梧的身影緩緩走出，兩眼的紅光已經褪去，周身的氣息也消失不見。

他看了眼狼狽不堪、雙手斷指處血流不止的鬼聖，搖搖頭：「你不是說要取回這把劍嗎？我也說過會雙手奉上的。」

鬼聖的嘴角流著血，按著胸口，面目猙獰，本來是三分像人，七分像鬼，這會兒看上去幾乎完全就是個地府黑無常了，他的眼中綠光閃閃，咬牙切齒地道：

「你怎麼會使天狼刀法的！難不成……難不成你就是那傳說中錦衣衛的殺手？」

天狼「嘿嘿」一笑，說道：「鬼聖，你已經中了我的**天狼嘯蒼穹**，這招還有個名字，叫**七步斷魂**，就是說你七步之內，一定會全身爆裂而死，有這時間先懺悔一下自己這輩子的罪惡吧，想想你殺過的人，做過的孽，也好當個明白鬼。」

鬼聖的臉色一變，吼道：「放你娘的狗臭屁，老子現在就給你走一萬步看看！」

鬼聖嘴上放著狠話，腳下邁開步子，向天狼大踏步地走了過來。

「一，二，三，四，五！」天狼饒有興致地數著步子，鬼聖的第六步伸出去一半，腳停在空中，竟然不敢落下。

展慕白的聲音從另一側冷冷傳了過來：

「鬼聖，你始終只是個怕死鬼，剛才讓手下送死，為你自己逃命爭取時間，現在嘛，呵呵呵，你難道這輩子都不再走路了嗎？要是你這兩條腿不打算用了，展某可以幫你砍掉，這樣你就不用怕給那什麼天七步斷魂炸死了。」

天狼不以為然地道：「展兄此言差矣！是天狼刀法，只不過我手上只有這劍，所以以劍代刀，也許因為刀換成了劍，鬼聖能多活兩步也說不定呢，你看他走了五步，啥事也沒有嘛。」

鬼聖咬了咬牙，第六步重重地落了地，與前五步不同，這一次鬼聖感覺肚子裡一陣翻江倒海，只覺得連苦膽都要吐出來，但他根本不敢趴下來嘔吐，害怕只要再挪動一小步，就會真的像天狼所說的那樣爆裂而死。

天狼眼中閃過一絲戲謔的神情：「老鬼，你不是還有個什麼殭屍功麼，用出來可以原地復活，我看你也別等下一步了，先用起來，沒準能把這七步斷魂給扛過去。」

第七章

蒙古王子

天狼冷冷道：「把漢那吉，你最好弄清楚，
從你離開那一刻開始，你就不是什麼蒙古王子了，
只不過是一隻背叛了自己族人的喪家之犬而已，
不用在我面前擺這個譜，惹毛了我，
把你雙腿打折了送回去見你爺爺！」

鬼聖的臉青一陣白一陣，他這殭屍功乃是湘西鬼宮的不傳秘武，每使用一次要消耗十年的功力，但可以換來六個時辰內功力暴漲，而且無論受多重的內外傷，只要不是殘肢斷體，都可以瞬間恢復。

只是由於此功夫一旦使用，需要損耗十年修為，六個時辰後則是全身脫力，三天內武功全失，因此非到生死關頭，鬼聖是絕對捨不得使用這門功夫的，終其一生，也不過用過三次而已。

天狼看了看鬼聖那猶豫不決的模樣，嘆了口氣：「老鬼，用一次就折十年的功力，你現在武功已經這麼差了，以後再少十年的功力，在江湖上也就是二流貨色的水準，比起剛才你的那幫雜魚手下也強不了多少，在英雄門裡也只會給打發去看門，與其那樣，不如現在死了好，也能保住這高手的名聲。」

鬼聖再也受不了這個刺激了，怪吼一聲，全身骨骼「劈哩叭啦」地一陣作響，臉色一下子從剛才的慘白變成了金黃，像是突然蒙上了一層金紙。

而鬼聖那乾枯瘦長的手也在瞬間變得孔武有力起來，身上的黑袍鼓滿了風，像是個膨脹的氣球，而原來乾瘦矮小的體形也一下子漲了起來，瞬間從一米六八變成了一米八六。

天狼吐了吐舌頭：「乖乖，還真用上殭屍功了！」

遠處的展慕白臉色變得嚴峻起來，他跟鬼聖交過手，也親眼見他使出過這門邪功，當時自己差一點就折在他手上，即使過了幾年，回想起來仍然是心有餘悸，他的身形一晃，長劍震出龍吟聲，渾身騰起一陣紫氣，以最快的速度向鬼聖衝來。

天狼很瀟灑地回劍入鞘，看著已經不成人形的鬼聖還在繼續地膨脹，很快，他的個頭就超過了天狼，而那身本來很寬大的黑袍，卻一下子暴裂了開來，露出了裡面氣球般浮腫的龐大身軀。

鬼聖哈哈一笑：「無知小輩，剛才不趁老夫變身的時候逃命，現在你們也沒機會了！」右腳重重地踏了一下地面，周身的黑氣再次湧現，而腳邊的沙子卻被他這一踩震得飛到半空中，足見此時他功力的駭人。

天狼冷冷地說道：「七步斷魂！」說話間長劍出鞘，刺眼的寒光一下子照亮了鬼聖的臉。

只聽到「噗」地一聲，鬼聖的身上突然出現了許多細細的紋路，渾身的真氣就像是氣球裡的氣體找到了出氣口，開始飛速地散出。

先是黑氣，繼而是已經變黑的鮮血，從鬼聖身上成千上萬個破口中噴湧而出，讓他的身軀以比剛才的膨脹速度至少要快兩倍的程度迅速扁了下去，活像一個被放了氣的充氣道具。

鬼聖低著頭，不可思議地看著自己身體的變化，甚至已經感覺不到疼痛，因為他的七竅也開始流起黑血。

他抬起了頭。

在這個世界上，鬼聖留下的最後一個印象，就是對面的天狼慢慢走到自己面前，雙手把那支長劍深深地插進自己的胸口，緊接著，自己的脖子一緊，感覺輕飄飄地向上飛，便再也沒有任何知覺，空中依稀傳來天狼的一句話：

「我說過，**這劍一定雙手奉還**。」

鬼聖那顆醜陋凶惡的人頭被正好趕來的展慕白一劍從脖子上搬了家，斷頸處迸發的鮮血和黑氣，像噴泉似的直接讓這顆頭顱順著劍勢飛上了半空，被展慕白凌空躍起，直接在空中拿下。而鬼聖那驚愕的表情還停留在那張臉上，到死也不信自己為什麼使了殭屍功還沒躲過七步斷魂。

天狼瀟灑地一轉身，任由鬼聖的屍體無力地倒地，而那把劍也留在了鬼聖的體內一動不動。

展慕白一手拎著鬼聖的人頭，與天狼並肩而行，他的心情很好，能親手殺了鬼聖，實在是讓他一出在這英雄門受罪半年的怨氣，連腳下的步子也輕快起來。

天狼自始至終一言不發，兩人就這麼走回了各自的坐騎。

展慕白走到原來天狼最開始騎的那匹馬前，鞍上的乾糧袋和水囊都已經空了，他把鬼聖的首級扔到水囊裡緊緊地紮上。

天狼不解：「這傢伙長得這麼醜，殺了也就結了，為什麼還要一路上帶他的腦袋？難不成你還想掛到城門口去宣告天下，是你親手殺了鬼聖？」

展慕白跨上了馬背，冷冷地回道：「當年司馬師兄被魔教妖徒們的奸計算計，就是這鬼聖引他進的黑風林。結果魔教自冷天雄那狗賊以下，東方亮，司徒嬌，上官武，這四條大狗一起圍攻我們師兄弟，鬼聖也在一旁出手偷襲，最後害得我師兄慘死。當時我就發誓，一定要親手取下這些魔狗的首級，去祭奠我師兄，還有師父，師娘他們。」

天狼知道展慕白說的事，點點頭：「應該的。原來這就是你這麼執著一定要親自殺了鬼聖的原因。友情提醒你一下，現在是六月天，很熱，就是現在趕回華山也要十天左右的功夫，路上別忘了把老鬼的首級用鹽醃了，不然帶到司馬大俠的墳前，估計他也認不出。」

展慕白長嘆一聲：「天狼，你忘了我們現在連華山也丟了，司馬師兄的墳在別的地方，師父師娘的墳在華山，我這不肖的徒兒卻是沒本事去祭奠他們了。」

展慕白說到這裡，眼圈有些發紅，讓一旁的天狼看得都有些心中不忍，本想開口說你的師父師娘也只是個衣冠墳而已，想想還是閉上嘴，默默地騎上了馬。

展慕白平復了一下自己的情緒，對天狼道：「今天還真的要謝謝你，多虧你截住了鬼聖這狗東西，不然我還真的追不上他，他娘的，沒想到這傢伙再次出賣隊友，把手下忽悠上來送死，為自己的逃跑爭取時間。」

天狼微微一笑：「這不就是他最拿手的把戲嗎？魔教裡論資歷，他算是數一數二的了，**之所以能活這麼久，不是因為他武功最高，而是因為他最擅長逃命**，當年慕容劍邪和冷天雄火拼之際，這傢伙都事先看出不妙，逃到了英雄門，可見他對危險的預判能力。所以其實我本來是不準備出手的，因為很顯然你殺掉他們是很有把握的，唯一的變數就是鬼聖的逃跑，因此我一直冷眼旁觀，悄悄地轉到他們的來路上，鬼聖一上馬，我就伏身於沙子中，直接廢了他的馬。」

展慕白臉上閃過一絲不快：「天狼，你說好不動手的，把那鬼聖攔下就可以了，為什麼還要出手殺他？而且，你早已經算到鬼聖在空中無法閃身，又不可能放棄對你居高臨下凌空飛擊的機會，卻一出手就是那個七步斷魂的殺招，連讓我趕過來的機會也不給。」

天狼搖搖頭：「你滿心只想著殺鬼聖，卻不想想這裡還是在英雄門的勢力範圍以內，而且蒙古大汗俺答的軍隊也在附近虎視眈眈，拖久了會出什麼事，誰也說不準，要是鬼聖提前使出殭屍功，我們能不能這麼順利地幹掉他還不一定呢。」

展慕白「哼」了聲：「我又不是沒見過殭屍功，沒啥好怕的，最多跟他轉圈子就是，六個時辰以後他就成廢人一個，想怎麼弄他都行。」

天狼冷冷回道：「這六個時辰不會有變數嗎？英雄門的人看他一夜不歸就不會出來尋找？我說得很清楚，**遲則生變**，而且，他的頭是你斬下的，這不等於他就是你殺的？非要計較這個有意思麼？」

展慕白搖搖頭，恨聲道：「不一樣，我只不過是取下了鬼聖屍體的首級而已，**真正殺他的人是你**，我們都清楚，他是死在你的那個七步斷魂上面，這不算是我報了仇。」

天狼雖然清楚這展慕白喜歡較真，但沒料到他鑽牛角尖鑽成這樣，心念一轉，哈哈笑道：「殺你師父和師娘還有司馬大俠的可是冷天雄，鬼聖也只是個幫凶而已。你如果真的想報仇，以後有的是機會，只是你要是繼續跟我在這裡糾纏不清，引來英雄門那三條大狗，那以後還有沒有機會報仇可就說不準了。」

展慕白怒道：「你以為我會怕了他們？」

天狼的臉上堆著笑：「展大俠何曾怕過誰來著，只不過雙拳難敵四手，這是他們的地盤，你我又連場惡戰，實在不是動手的好時機，先回去從長計議吧，再說你可別忘了自己是一派掌門，不能這麼意氣用事，你要是再出事，華山派可怎麼辦，你師父和司馬師兄九泉之下能瞑目嗎?!」

展慕白聽到這裡，臉色稍稍緩和了一些，略一沉吟，抬頭說道：「天狼，不管怎麼說，我還是謝謝你幫我殺了鬼聖，畢竟如果沒有你，可能我今天還真的殺不了此賊呢，剛才展某心中不平，有些話說得過分了，還請見諒。」說著，在馬上鄭重其事地向著天狼行了個禮。

天狼笑了笑：「好說，好說，我們現在趕緊回平安客棧吧，已經耽誤了一個時辰了。」

展慕白卻搖搖頭，正視著天狼的雙眼：「展某還有一事請教，問完了再走不遲。」

天狼心中一陣不爽，但臉上還是掛著笑容：「展兄請說。」

展慕白的臉上漸漸地浮上一股紫氣，手也不知不覺地按上了劍柄：「我師妹楊瓊花給了你什麼條件，讓你肯答應來救我？」

天狼早就料到他遲早會問這個問題，面不改色地回道：「展大俠，這個問題你應該去問你的楊師妹，行有行規，我們是不能透露雇主的開價和內容的。」

天狼直視展慕白的雙眼：「展大俠，你就是想對我天狼出手，我也不會對你透露半個字，如果你的楊師妹自己願意告訴你，那是她的事，但對我來說，我必須要守住這個底線，我在赫連霸面前也沒透露過是誰委託我來救你，對你也是一樣。」

展慕白的臉色隨著天狼的話不斷地變換，最後終於長嘆一聲，臉上的紫氣盡數消退，那隻緊握著劍柄的手也放了下來。

他的眼光看向別處，幽幽地說道：「天狼，這事我會弄清楚的，如果你做了什麼對不起瓊花的事，我不會放過你。」說完之後，展慕白重重地一拍馬臀，向著南邊絕塵而去。

天狼看著展慕白的背影，那飄逸的長髮被風吹得風中凌亂，訴說著他心中的怒火萬丈，天狼嘆了口氣，搖搖頭，也一拍馬臀，向著平安客棧的方向奔去。

第二天早晨，辰時一刻，平安客棧。

今天是個好天氣，大漠裡很平靜，沒有起風，連屋頂的風車也只是微微地轉著，二十多匹馬被拴在客棧外的馬廄裡，而十幾頭駱駝身上背著大大小小的箱子和行李，蹲在客棧的院牆外，嘴裡悠閒地咀嚼著食物。

十幾個夥計在奔來奔去，給馬兒和駱駝餵著草料，客棧內燈火通明。大廳裡坐著幾個人，上次的打鬥過後，只有三張桌子是好的，桌子前都坐著人，可是一個個都一言不發。

又過了一會兒，一個穿了身棉袍，戴著皮帽的年輕人不滿地嚷嚷了起來：「喂，一個個都不說話，想啥呀？那個天狼到哪兒去了，怎麼現在都不來見我？」

他穿的是一身標準的侍從打扮，可是口氣中盡顯人上人的那副腔調，正是蒙古韃靼部小王子把漢那吉。

把漢那吉身邊站著的一個四十多歲，一直彎腰低頭，像是個貼身奴僕的中年男人開了口：「王子，您少安勿躁，天狼既然把我們接了出來，一定會趕來這裡的，就衝著我們能給他帶來的好處，他也不會不來的。這些人都是他的手下，跟他們發火也沒有用。」

上次在客棧裡出現過的那個貴公子跟道士和胖子坐在同一張桌子邊，聽到這話後，向把漢那吉望了過去，語調中透出一股寒冷：

「小王子，我再說一遍，我們都是天狼的朋友，不是他的什麼手下，你若是以為能像使喚外面的僕役一樣地使喚我們，那可打錯了算盤。」

把漢那吉從小在部落裡養尊處優，一向頤指氣使慣了，哪曾受過這種氣，一聽這話，當即臉色一變，就要發作，卻被那中年奴僕輕輕按住了肩頭，低聲勸道：「王子，這已經不是可汗本部了，這些漢人不會像部落裡那些奴才們聽話，您先忍著點，等天狼回來後再跟他談。」

把漢那吉嘆了口氣，拿起隨身攜帶的酒囊，打開塞子就向著嘴裡灌。

那中年奴僕抬起頭，以手按胸，對著貴公子方向行了個禮，恭敬地說道：「剛才是我說話不注意，冒犯了各位英雄，還請不要往心裡去。」

貴公子「哼」了一聲，轉過了頭，那道人則衝著中年奴僕點頭致意，胖子哈哈一笑，對中年奴僕還了個禮：「好說，好說。」

道人對胖子道：「錢兄跟他們這麼客氣做什麼，這一路上受這小韃子的氣還少嗎？要不是看在他的份上，依我的個性早就拔腿走路了。」

貴公子附和道：「我可不像裴兄，光是一走就了事，少不得還要教訓教訓他，讓他長點記性。」

胖子的臉上仍是一副嘻嘻哈哈的表情：「和氣生財嘛，每天想這些事，起碼少活三年，你們看我，他的話我左耳進，右耳出，不就結了？沒必要鬥嘴，你真的拿他的話當放屁，最後他不也照樣只能自己動手？」

貴公子「哼」了一聲：「他動手了？現在在外面餵馬餵駱駝的，好像是我的人吧，真要是他學會自己動手，我還會這樣對他嗎？一個蒙古的叛徒罷了，到了這兒還擺譜，真不知道他何來的自信。」

胖子的臉色微微一變，提醒道：「歐陽，現在天狼沒有回來，我們也別跟他鬧得太僵，好不容易才把人給帶到這裡，別弄得他發起脾氣來不肯走路了，這裡也不是久留之地，到了關內才安全。」

貴公子看了一眼正獨自喝酒吃肉乾的把漢那吉，小聲嘟囔道：「有什麼了不起的，真要不肯走，綁了往駱駝上一丟，不也弄到關內了嗎？還怕他跑了不成。」

道人搖搖頭：「不好不好，這小子脾氣倔得很，沒準真的一下子氣死了，要是壞了天狼的大事，我們可就對不起朋友了。」

貴公子不再說話，拿起自己面前的酒碗一飲而盡。

胖子看了眼坐在另一張桌子上焦躁不安，不時地走到門外遠眺的楊瓊花，嘆道：「也難為楊女俠了，天狼現在也沒救回展慕白，你們說會不會出什麼意外？」

道人笑了笑：「他的命硬得很，我早就給他看過，不會有事的。就是那展慕白，依我看來也絕非司馬鴻那樣早夭之人。」

道人說到這裡時，嘆了口氣，眼神中閃過一絲迷茫，道：「只是我萬萬不曾想到，他什麼時候還有個倭寇朋友呢？」

三個人的眼光不約而同地落在了一個人身上，這人穿著一身灰色粗布衣服，腦後紮著一個很大的沖天馬尾，腦門上的那塊被剃得光光，直到頭頂中間的地方，看上去三十七八歲。

他的五官頗為端正，只是有一道長長的刀疤從右角額頭一直延伸到左嘴唇邊。倭寇神色平緩，沒有一般倭寇的那股凶悍之氣，兩頰間有一些連鬢的虬髯，下巴上則只有一些鬍碴，就像岩石一樣堅硬，一臉的滄桑。

他的腰間插著一長一短兩把刀，刀鞘顯得很一般，褲腳捲到了膝蓋的位置，小腿上淨是黃沙，腳上卻穿著一雙草鞋。

那人盤著雙腿，在客棧的一角閉目打坐，嶽峙淵渟一般，對客棧中發生的事情不聞不問，而那股沉靜凜然的氣勢，卻在不經意間散發了出來，雖然他沒有鼓起任何內息，但在場的人都清楚，這位是真正的高手。

胖子看了一眼倭寇，低聲說道：「雖然一路上從沒見這人出過手，他說過的話也不超過五句，可是我相信，**他的武功是現在這客棧裡最高的一個。**」

貴公子點點頭：「這點在下也同意，扶桑武功我略有所聞，是從唐時的唐手和陌刀術傳過去的，被他們加以實戰化的改編，出手狠辣，不留餘地。看看這人就跟傳說中的倭寇一樣，沉默寡言，但要是動手殺起人來，那眼皮也不帶眨一下的，真不知道天狼什麼時候會認識這樣的人，還做了朋友。」

道人微微一笑：「我們應該相信天狼的人品，如果真的是那種傳說中無惡不做，燒殺淫掠的倭寇，想必天狼也不會和他做朋友的，倭寇裡未必沒有好人，也許這個就是其中之一吧。」

胖子又仔細看了看那倭寇，笑道：「也許是天狼花錢雇來的呢，這傢伙這兩年應該也賺了不少，請個東洋高手也不奇怪。嘿，要是這傢伙辦事牢靠的話，回中原後，我也雇他當商隊的保鏢。」

道人搖搖頭：「錢兄，我勸你還是別打這個主意了，這可是倭寇啊，要在中原，你不怕自己落個通倭的罪名？」

胖子的臉上閃過一絲失望的神色，轉而笑了起來：「讓他把那髮型改了不就行了，他臉上又沒寫著倭寇二字。」

角落裡的那名倭寇突然睜開了眼，向胖子這桌看了過來，眼神凌厲如劍，帶著濃重的鼻音，聲音如金鐵相交，抑揚頓挫地說道：「我不是倭寇，我是武士，我不收錢。」

三人被他這舉動嚇了一跳，一下子都說不出話，連正倚著門向外張望的楊瓊花也被他的話所吸引，看了過來。

今天楊瓊花的臉上沒有戴面紗，雖然形容有些憔悴，但仍然難以掩飾那絕世的容顏，除了胖子等三人，還有這個不睜眼的東洋浪人外，把漢那吉那雙色瞇瞇的眼睛幾乎就沒離開她的臉蛋過。

與楊瓊花同一桌的還有兩人，一個是一名三十多歲，黑瘦精壯，看起來有點木訥的和尚，穿的僧袍破破爛爛，最引人注意的是兩道眉毛，至少比正常人的眉毛要多一倍。

坐在邊上的一人，則是個面色紅潤，身材高大的花甲老者，穿了一身羊皮襖子，腦後紮了一根小辮，鬚髮皆白，方面大耳，一對手掌顯得比別人大了不少，而手掌心的那厚厚老繭，以及變得有些發黑的掌心顏色，則表現出此人乃是以一雙鐵掌縱橫江湖的高手。

這兩人和楊瓊花坐在一桌，一直目不斜視，只是自顧自地喝著酒，連話也沒怎麼多說，這會兒那倭寇一睜眼，兩人感受到房中的氣氛有變，不約而同地扭頭向倭寇看了過去。

胖子最先反應過來，哈哈一笑：「武士先生，是我說話不中聽，冒犯了尊駕，你可別往心裡去啊。我剛才只是開個玩笑而已，實際上，**我們這六個人都是天狼請來的朋友**，想必也沒有哪個是為了錢而來！同行一路了還不知道你的名字，不知道能否見告？」

那個東洋武士上下打量了胖子兩眼，點點頭，迸出一句話：「**柳生雄霸**，來你們這裡後我就改叫**雄霸天**了。」

胖子「噢」了一聲，鄭重其事地向他拱了拱手：「在下**錢廣來**，**廣來錢莊**的那三個字。大家都認識，嘿嘿。」

道人微微一笑，向雄霸天行了個禮：「在下**裴文淵**，江湖上人稱『**布衣神相**』的就是區區了。」

貴公子冷冷地回道：「在下**歐陽可**，西域人士，在中原不過是無名小卒而已。」

那個濃眉和尚突然笑了起來：「甘州大俠，你可不是無名小卒，當年貧僧也去過你開的那個大會呢。」

歐陽可慨嘆道：「**不憂大師**，**甘州大俠**這個名號，早在十多年前就隨著奔馬山莊一起灰飛煙滅了，現在我只不過是個活死人而已。以前的事情，不提也罷。」

濃眉和尚搖頭：「不憂這個名字也已經不在這個人世了，歐陽施主，如果你現在只想當那虛無公子的話，貧僧自然沒有意見，不過，貧僧現在也早已改叫不憂和尚了，不憂這個名字，以後不提也罷！」

胖子錢廣來哈哈一笑：「不憂大師，你說你這個不憂改成不憂，又有什麼不同呢？還不是一樣？」

不憂還是搖了搖頭：「不一樣，差別大多了，**以前不憂是因為不需要擔憂，沒考慮過煩惱，而現在，煩惱的事情太多了，索性不聞不問，也就不憂了。**」

道人裴文淵拍了拍手，笑了起來：「好名字，好禪機，不憂，貧道真的羨慕你，能這麼灑脫自如。」

不憂苦笑了一下：「裴道長不必這樣過謙，你我知根知底，年少的時候不知道愁滋味，現在嘗遍了人間的酸甜苦辣，也只能起些名字聊以自嘲了。」

一直沒開口的那個鐵掌老者突然開了口：「**若論人間的酸甜苦辣，世間的悲歡離合，我們在座的這些人加起來，比得上天狼嗎？**」

此話一出，包括柳生雄霸在內的六個人全部低頭黯然，而楊瓊花則好奇地問道：「你們都認識天狼？」

胖子錢廣來正色道：「不錯，跟他都是過命的交情了，老實說，我們最少也有六七年沒見到他了，這次接到他的信，談及了當年的往事，我們才知道確實是他在召喚我們，老實說，我都以為他早就不在人世了。」

裴文淵也說：「我跟他分開的時間可能是六人裡最長的一個，上次見到天狼還是十多年前的事，其實其他五位，裴某都認識，可是除了歐陽公子和不憂大師外，我真不知道他們三位居然也都是天狼的朋友，剛坐到一起的時候，貧道也是吃了一驚。」

歐陽公子冷冷說道：「我閉關十年才出來，就是想向當年滅我全莊的那些狗賊討個公道的。但在這之前，我得先還了天狼的人情，就這麼簡單。反正接下來我自己能不能活下來都很難說，這些身外之物要了也沒用，不如送天狼做個人情好了。」

錢廣來「嘿嘿」一笑：「歐陽公子，那天狼也是個視金錢如糞土的人，所以金錢一向視他也如糞土。你的錢要是給了他就等於打水漂，我看不如給我好了，我肯定會讓那些錢生出一堆小錢錢的。」

歐陽公子無奈地搖了搖頭：「你滿腦子都是錢，怪不得給塞得跟個球似的，我真的沒法想像你是怎麼和天狼成了朋友的。」

錢廣來哈哈一笑：「這還不簡單，當年他最缺錢的時候，也正好是我最需要個保鏢的時候，所以就認識嘍，後來他一沒錢就來找我，我也讓他幫我做了不少事情，這次他說在這關外有錢可賺，我信他的話，就來了！」

裴文淵看著錢廣來，臉上寫滿了嘲諷：「錢兄現在可還覺得這回賺到了？好像這一路下來，基本上都是你和歐陽兄在倒貼錢吧。」

錢廣來的兩眼放出了光，看了一眼把漢那吉，笑道：「那些不過是先期投入的成本罷了，做生意哪有捨不得本錢的？現在有了這蒙古小王子在，不怕我這些投入會真的打了水漂。」

楊瓊花一直緊緊地咬著嘴脣，聽著他們在這裡高談闊論，卻是一句話也不說。

那名老者看她一直站在門邊，開口說道：

「楊女俠，你還是先進來吧，外面有歐陽公子的夥計在，要是天狼和展大俠真的回來了，他們會告訴我們的。」

把漢那吉也跟著嚷嚷了起來：「喂，你們這些漢人，說來說去都是些沒意義的廢話，就不能想想今後怎麼辦，要是天狼真的回不來了，難道我們就在這裡坐以待斃不成？」

這話說中了每個人心頭的那片陰雲，人人都為之臉色一變，就連柳生雄霸也睜開了眼，犀利如刀的眼神直接衝著把漢那吉而去，四目相交，嚇得這位蒙古少年一哆嗦。

錢廣來一改平時那副玩世不恭的表情，正色說道：「萬一天狼真的陷在英雄門了，我可不能不管他，勞煩各位兄弟帶著這把漢那吉先回大同，我去跟赫連霸談談。」

歐陽可歪了歪嘴：「你去有什麼用？你是武功比天狼高，還是腦子比他來得活？」

錢廣來「嘿嘿」一笑：「我有錢啊，到時候可以跟赫連霸討價還價，把人先買回來再說，反正有把漢那吉在手上，大不了換人就是。」

把漢那吉聽到這句話一下子急了，叫了起來：「喂，你們可不能把我弄回去，我要是回大汗那裡，非給他剝了皮不可！」

沒有人理會這個小王子，裴文淵沉吟了一下，開口道：「錢兄說得有道理，只要把漢那吉在手上，天狼和我們就是安全的，赫連霸不敢違背俺答汗的命令，只能跟我們談判的。錢兄，我跟你一起去。」

歐陽可也冷冷地說道：「我是西域人，對塞外的事比你們熟悉，少不了我的。」

濃眉僧不憂和尚喝了一口酒，抹了抹嘴，把碗重重地放下：「我這條命早就交給天狼了，貧僧跟你們一起去，英雄門要是來硬的，貧僧也不怕！」

一旁的那名鐵掌老者哈哈一笑：「你們這幫小子都不怕死，我『**神掌振嶽**』**鐵震天**還會不如你們嗎？同去同去！」

五個人都已經表了態，所有人的眼光便都落在一直沒吭聲的柳生雄霸身上，他的臉色依然平靜，似乎是心裡在飛快地盤算著，半晌，才搖搖頭道：「我得先送王子回去。」

五個人的臉上都閃過了一絲混合著不屑與鄙夷的失望，歐陽可更是冷冷地「哼」了一聲：「東洋人果然靠不住。」

柳生雄霸緩緩地站起了身，目光如炬：「如果我是赫連霸，一定會派人來劫持王子，你們都走了，誰來保護他？就靠那個女人嗎？」

楊瓊花氣得渾身發抖，差點拔出劍來：「你敢說我保護不了這個小王子？」

柳生雄霸平靜地說道：「赫連霸，黃宗偉來任何一個，你都對付不了，就是張烈，如果帶上十幾個手下過來，你也抵擋不了。剛才裴道人說得對，把漢那吉在手上，你們就安全，反之，去了也救不了天狼。」

大廳裡的人一下子陷入了一陣沉默，良久，錢廣來才嘆了口氣：「柳生說得有道理，我們等到天黑，要是天狼還不回來，我們就先回大同，再作計較。」

柳生突然說道：「不，要回去你們自己回去，我留在這裡。」

錢廣來不悅地問道：「這回又是為什麼，你打算一個人去逞英雄？」

柳生的臉上居然露出了一絲笑容：「這裡需要留個人接應一下，也好知道出了什麼事，小王子有你們五個加上那女人守著，夠安全了。」

裴文淵點了點頭，開口問道：「柳生，剛才我們談話的時候你一直沒插話，老實說，**你跟天狼有什麼交情，值得這樣為他不惜性命？**」

柳生的神情很平靜，摸了摸自己臉上的那道長達三四寸，斜跨了整個面龐的刀疤，說道：「這道疤就是天狼留下來的，我還要等著找他算帳呢，所以他可不能就這麼死了！」

柳生雄霸的語調不高，但是清清楚楚地鑽到了每個人的耳朵裡，正在喝著酒的錢廣來幾乎一口酒差點沒噴出來，其他人也都個個臉上先是疑惑不解，繼而下意識地摸向了各自的兵器。

柳生雄霸看了大家的樣子，微微一笑：「各位不用擔心，我跟天狼有一場架沒打，當年我比武輸他，才答應過要幫他一次，這次的人情還了以後，我正好可以再跟他打一場，看看他比以前進步了多少。」

鐵掌老者鐵震天沉聲道：「柳生，你應該知道我們大家都是天狼的朋友，怎麼會看著你去傷害天狼？我勸你還是打消這個念頭，此事一完，拿著你的報酬回東瀛的好。」

柳生雄霸臉上仍然平靜如初，隨著口齒的啟動，那道刀疤也在微微地跳動：「鐵老英雄，你可能誤會了，我跟天狼的比武之約是十幾年前就定下的，當時我欠了他一個人情，所以這次要幫他做一件事來回報，這十多年來我勤學苦練，為的就是這次的比武，不過你們放心，我會等到這次天狼的事辦完。」

門外突然傳來一個冷冷的聲音：「大家不要為這事爭了，我早就跟柳生約好了，此事一結束，我也會跟他較量一番的。」

天狼的身形出現在門口，身上裹著門口的那面大旗，望向了柳生雄霸：「柳生，我也很想知道這些年裡你到底進步了多少。」

楊瓊花第一眼看到天狼時微微一愣，張口想說些什麼，話到嘴邊，看到一臉陰沉的展慕白從天狼的身後走出，馬上怔在原地，轉而眼裡噙滿了淚水，喊了聲：「展師兄！」

楊瓊花想要撲上前去，才衝出去兩步，一下子意識到周圍的人都看著自己，趕忙停下腳步，轉泣為笑，看著展慕白的雙眼裡除了激動，便是綿綿的情意。

展慕白卻仍是一副好像別人欠了他多少錢的模樣，也不看楊瓊花，直接向客棧內的眾人拱了拱手，算是行了禮，然後轉頭看著天狼：

「天狼大俠，我說過，這次展某欠你的情，一定會想辦法回報你，展某還有要事在身，先回中原了，回去安排好門派中的事情後，一定再回這裡。」說完，也不徵求天狼的意見，轉身就向門外走去。

歐陽可重重地「哼」了一聲：「什麼華山掌門，白道大俠，連基本的人情都不講了，真是見面不如聞名！」

展慕白像是給施了定身法，在門口停住了，也不回頭，但手已經握成了拳頭。

裴文淵笑道：「歐陽公子何必嘴上不饒人呢，展大俠大半年沒回去了，這時候自然要去看看門派嘛。」

錢廣來搖了搖頭：「只怕未必啊，天狼這次的要價想必不低，展大俠那樣子看起來是出不起這錢的，先回去籌錢才應該。」

不憂和尚笑了笑：「錢施主，你怎麼口口聲聲都離不開一個錢字啊。」

錢廣來意味深長地看了展慕白一眼，道：「其實錢乃身外之物，但要是做人不講義氣，不知報恩，那就是連畜生也不如了！」

鐵震天說話的聲音中氣十足：「錢老闆，你們說的原因都不對，展大俠是白道大俠，嫉惡如仇的，自然不想跟我們這些亦正亦邪的傢伙攪在一起，以免壞了他展大俠的名聲。對吧，展大俠？」

展慕白的臉青一陣白一陣，瘦削的雙頰也隨著牙齒的緊咬而不停地抽動著，聽到鐵震天的話後，他轉過頭來，目光掃了一遍堂中的眾人，唯獨沒有看楊瓊花一眼：「你們說得都不錯，慕白一來不願意與各位為伍，二來確實想回門派看看，三來也想早點籌了錢還了天狼的人情，有何不可？」

錢廣來哈哈一笑：「錢？如果是為了錢，天狼會放著正事不做，一個人孤身犯險去救你？難不成你回華山，高大人給你的錢還會超過二十萬兩銀子不成？」

展慕白的瞳孔猛的一縮，瞪著錢廣來，低吼道：「錢老闆，你說什麼，二十萬兩！」

錢廣來臉上肥肥的兩堆肉跳了跳，心中暗叫糟糕，他眼珠子一轉，打了個哈哈：「天狼做事收錢沒有少於十萬兩銀子的，至於展大俠你嘛，至少也值二十萬，對不對？」

展慕白狠狠地剜了錢廣來一眼，終於扭頭看向心亂如麻的楊瓊花：「師妹，到底怎麼回事？你給了天狼二十萬兩銀子？」

楊瓊花咬著嘴脣，輕輕地點了點頭。

展慕白恨恨地看了天狼一眼：「天狼，你還真會趁火打劫啊，獅子大開口，當我師妹好欺負麼？」

天狼冷冷地回道：「我沒要那二十萬兩，你不必心疼那錢了。楊女俠答應了我別的事，現在你已經脫困了，我的事也做完了，接下來我要向楊女俠算算帳，你請便吧！」

展慕白的身軀微微一震，眼中燃起一陣怒火，瞪向天狼，那表情像是要將對方生吞活剝一般，臉色開始慢慢地泛紫，手也不自覺地按上了劍柄，在場的人都能感覺到他心中的怒火和強烈的戰意。

天狼平靜地站在原地，毫不示弱地回看著展慕白，卻沒有運氣戒備，倒是錢廣來等人全都站起了身，只有柳生雄霸仍然盤腿坐在原地，甚至還把眼睛微微地眯了起來。

楊瓊花急得汗都冒出來了，連忙擋在展慕白和天狼中間，對展慕白說道：「師兄，別這樣，天狼大俠畢竟救了你。」

接著她轉過身，對著天狼，眼中閃過一絲哀怨：「天狼大俠，我們師兄妹都感謝你的大恩大德，我師兄性子一向比較急，這次他在英雄門吃了不少苦，難免有怨氣，你千萬別跟他一般計較。」

天狼「嘿嘿」一笑：「怎麼會呢，現在展大俠已經自由了，只要你能遵守承諾，還掉你欠我的帳，咱們就兩清。」

展慕白的眼裡像是要噴出火來：「天狼，你給我說清楚，楊師妹究竟欠你什麼？」

天狼冷冷回道：「我昨天晚上就跟你說得很清楚，我不會透露交易的細節，如果你要問，自己問你師妹好了！你要是現在想動手，我奉陪到底。」

展慕白剛要發作，卻又轉念一想：客棧內的這些人，天狼的武功比起自己只高不低，其他如「布衣神相」裴文淵、「虛無公子」歐陽可、「義也行賈」錢廣來、「黑旋風」不憂和尚、「神掌斷嶽」鐵震天，個個都是頂尖高手，每個人的武功都不弱於楊瓊花。

至於那個一直不說話的倭寇，自己一進客棧時就一直在留意他，雖然察覺不到任何氣息，可是直覺告訴展慕白，此人的武功只怕不在自己之下，比起那幾位還要略高一些。

展慕白咬了咬牙，**還有太多的事情等著他去辦，天狼今天對自己的羞辱，改天他一定會加倍奉還！**

想到這裡，展慕白哈哈一笑，對天狼拱了拱手：「天狼大俠，剛才慕白一時意氣用事，還請你千萬不要放在心上，你對展某的恩情，展某銘記於五內，一定會儘快回報的。青山不改，綠水常流，展某就此別過！師妹，我們走！」

他放完話後，直接轉身大步向外而行，恨不得馬上飛離此地。

天狼的聲音冷冷地響起：「慢走不送，只是楊女俠還要留在這裡。跟我結完帳後，她自然會回去。」

展慕白走到門外的身體驟然停住，所有人都能看到他的背在微微地顫動，顯然是在做一番激烈的內心交戰，很快，展慕白便回過頭，道：

「師妹，天狼大俠幫我們這麼大的忙，咱們也應該有所回報，你既然答應了他，不妨就去照做，我安定了門派的事後，再來找你。」

楊瓊花聽了這話，如遭雷擊，兩行眼淚一下子從眼眶中流了出來：「師兄，你，你說什麼，你要把我一個人丟在這裡？」

她說著，激動了起來，一下子撲了上去，對著展慕白哭道：「你怎麼可以這樣對我？我可是為了救你的啊！」

展慕白向後退了一步，讓開了楊瓊花，和顏悅色地說道：「師妹，別這樣，讓人看了笑話。做生意嘛，就應該言而有信，你反正已經付了一半給天狼大俠了，這幾天就儘快把另一半給付了，咱不用欠他人情。」

展慕白說完，狠狠心一回頭，也不管楊瓊花在後面哭得如梨花帶雨，頭也不回地上馬絕塵而去。

客棧裡陷入了一陣死寂，就連把漢那吉也不復一開始時的囂張，不知為何，一看到天狼，尤其是接觸到他每次掃向自己時的眼神，總感覺裡面除了冰冷，還帶著股難言的殺意，這點讓他背上寒毛直豎，哪還敢頤指氣使？

天狼對著裴文淵等人點了點頭：「兄弟們辛苦了！」

裴文淵等人都笑了笑，他們知道，以天狼的個性，現在還有更重要的事要做，而柳生雄霸依然盤腿而坐，眼皮都沒有抬一下，似乎外面發生的一切都與他沒有關係。

天狼看了一眼柳生，走到把漢那吉的桌前，大馬金刀地坐了下來，眼神犀利如劍，直刺把漢那吉：「你就是把漢那吉？」

把漢那吉的身子微微地發著抖，那種面對自己爺爺時該死的壓迫感在好不容易消失了幾天後，又再度回來，他裝出一副滿不在乎的表情：「我就是，天狼，你怎麼到現在才來拜見本王？你不知道這裡很危險嗎？」

天狼冷冷地說道：「把漢那吉，你最好弄清楚，從你離開俺答部的那一刻開始，你就不是什麼蒙古王子了，只不過是一隻背叛了自己族人的喪家之犬而已，不用在我面前擺這個譜，惹毛了我，把你雙腿打折了送回去見你爺爺！」

把漢那吉氣得渾身發抖，卻是說不出話來。站在他身邊的那個中年奴僕挺直了腰，對著天狼罵道：「天狼，不要以為你救了我們，就可以對我們家王爺如此無禮，我們早就有言在先，你把我們放進關，然後把我們家王爺引見給宣大總督楊博，那楊博自然會重重賞你的！你並不是白幹，搞清楚這點！」

天狼不屑地道：「楊大人又能拿出多少錢給我天狼呢？他的棺材本都拿出來給自己的女兒去救心上人，也不過就二十萬兩銀子，你以為他現在還能給我多少錢？」

眾人的眼光都望向了倚門坐在地上的楊瓊花，只見她仍然是一副失魂落魄的模樣，已經停止了哭泣，但臉上卻到處是淚痕，螓首無力地倚著門框，風吹亂了她的劉海，彷彿周圍的一切都不再與她有關係。

中年奴僕的臉脹得通紅，繼續叫道：「天狼，難道你們漢人都是邊關的守將自掏腰包做這種事？你看清楚了，這可是我們草原的雄鷹，蒙古的王子。我們的俺答大汗這些年打得你們漢人是聞風喪膽，就是你們皇帝所在的北京城郊外都成了我們蒙古戰馬吃草的地方！要是小王子過去，你們的皇帝必會親自迎接，還會少了你的賞賜？」

第八章

一山不容二虎

赫連霸冷笑道：

「天狼，你應該知道一山不容二虎的道理。

魔教不是我的盟友，只是我爭奪武林霸主的敵人，

即使我不找上冷天雄，他也會主動找我的，

從鬼聖來這裡的那天起，其實臉早已經撕破。」

天狼的眼睛裡突然泛起一道紅光，一頭摻著沙子的亂髮突然無風自飄，連裹在身上的大旗也一下子滑落了下來，露出了傷痕累累的上身。

天狼的右胸已經腫得比昨夜在沙漠時還要大了一圈，幾乎已經快高出左胸有一寸了。

他的肌肉本就發達，這一下，連右胸處皮下的血管都纖毫畢現，加上肩頭和臂上那兩處皮肉外翻，觸目驚心的傷口，連一向刀頭舔血的客棧內眾人也看了無不動容，一直閉著眼睛的柳生睜開雙眼，向天狼望了過去，輕輕搖了搖頭。

錢廣來一改平時的玩世不恭模樣，表情變得焦急而嚴肅，第一個開口，說出了所有人的心聲：「天狼，怎麼這回傷得這麼厲害？」

天狼頭也沒扭一下，彷彿那些傷不在他身上似的，淡淡地回了句：「無妨，一會兒談完了說。」

天狼對著驚得目瞪口呆的把漢那吉主僕二人，聲音冷得就像天山頂上的寒冰一樣：

「實話告訴你們，阿力哥，這身傷，就是剛才我去你們英雄門總舵那裡救展大俠時落下的。哼哼，不過，別以為老子吃了什麼虧，這右胸的一掌是黃宗偉的金針掌，你應該認識，肩頭的這下是張烈的鷹爪子，你也該認識。可是姓黃的和姓張的現在比我慘一百倍都不止，他們現在都站不起來了，而我卻能救了人以後笑著離開英雄門。

「不要跟我吹你們的那個大汗有多厲害，離了赫連霸的保護，我想取他性命也不是太難的事。俺答一死，你們蒙古又成一盤散沙，到時候把漢那吉的兩個伯父便會互相攻殺，我看你們還怎麼繼續襲擾我大明！」

那名中年奴僕名叫阿力哥，乃是伊克哈屯可敦的貼身奴僕，而那個易容頂替把漢那吉的侍衛，則是他的親生兒子力吉，當初來客棧裡找天狼談判的，也正是這個阿力哥。

阿力哥眉頭一皺，他知道天狼所說的都是事實，可是自己也沒有太好的反制天狼的武器，畢竟把漢那吉現在不過是個蒙古叛徒，萬萬不能被俺答汗擒獲，只有把漢那吉安全了，自己的兒子才有可能作為交易籌碼被換回來，反之，把漢那吉也許還有可能被他奶奶保下一條命，而自己父子卻是必死無疑了。

想到這裡，阿力哥哈哈一笑，表情也一瞬間轉怒為笑：「天狼，這是何必呢，開個玩笑罷了，我們既然出來了就沒想再回去，蒙古已經容不下我們，以後大明才是我們的容身之處，別動氣嘛，有話好好說。」

天狼冷冷地回道：「不必了，你們現在沒有和我討價還價的資格，本來留你們在這裡，就是預防我萬一陷在英雄門時，要有一個把我換出來的籌碼，而現在我已經好好地回來了，你們對我來說也沒有了利用價值，阿力哥，你剛才說你的王爺是草原上的雄鷹，可是在我眼裡，他現在連隻草雞也不如。」

阿力哥就算是泥人，也有三分土性，正要開口大罵，卻不留神身邊的把漢那吉一下子蹦了起來，抓起自己頭上的皮帽向桌上一扔，脹紅了臉，對著天狼吼道：「天狼！本王忍你很久了，從小到大敢這麼對我說話的，你是第一個，就連大汗也……」

阿力哥的話還沒說完，只聽「啪」的一聲，臉上狠狠地挨了一個巴掌，頓時出現了五個血紅的指印，右半邊臉一下子高高地腫了起來，耳邊卻傳來天狼那冷冷的聲音：「大汗也不敢打你是不是？我今天就打你了，你不服麼？」

把漢那吉先是給打得七暈八素的，緊接著回過神來，本能地想要跳腳，但看到天狼眼裡那一閃而過的殺機，一下子嚇得氣焰全消，開始發起抖來。

阿力哥挺身而出，閃在把漢那吉的前面，沉聲道：「天狼，你要是再敢動王爺一下，除非從我阿力哥的屍體上踩過去！」

天狼的臉上掛著一絲嘲諷的冷笑：「阿力哥，你還算條漢子，我天狼不殺你，但是這孩子太狂了，在蒙古的時候他可以為所欲為，但他最好弄清楚，現在是在我天狼的地盤上，那套頤指氣使的作派最好給我先收起來，乖乖聽我話，自然不會吃什麼虧。」

阿力哥點了點頭，扶著眼中已經淚光閃閃，卻強咬著嘴脣沒有掉淚的把漢那吉坐下，再也不敢多說話。

天狼這時候才站起身，走向了錢廣來等人，臉上露出一絲溫暖的笑容，肌肉也鬆弛了下來：「兄弟們，這次真的辛苦你們了！」

錢廣來哈哈一笑：「小事，小事，再說有錢賺，下次還有這種好機會千萬別忘了我啊。」

歐陽可埋怨道：「你應該帶我們去英雄門的，至少不憂和鐵老英雄可以幫上你忙。」

裴文淵則走了過來，仔細看了看天狼的傷勢，回頭打開隨身的藥箱，摸出兩個藥瓶，遞給了天狼：「這是我特製的行軍補氣散，專治各類外傷，你懂的。你肩上和臂上的傷抹抹應該就沒事了，至於這胸口的傷，還得靠你自己運氣調息，逼出毒素才行。」

天狼點點頭，接過那兩個上好的青花瓷瓶，打開塞子聞了聞，嘆道：

「好多年沒用這東西了，黃宗偉和張烈確實厲害，想來我還是托大了點，不過這次我可不想再捱第二刀了。」

裴文淵和天狼相視一笑，這行軍補氣散可是號稱「捱了一刀還想讓你捱第二刀」的神藥，天狼多年前和裴文淵聯手行走江湖時曾用過，現在提起這個，多年前的往事一下子變得恍如昨日，甚至還生出了些感慨。

一直坐地不語的柳生雄霸也終於站起了身，抱著雙臂走上前兩步：「你的功夫好像沒怎麼進步，還會給人打成這樣？」

天狼搖了搖頭：「傷我的兩個人都是頂尖高手，不比你差，柳生，有機會你可以跟他們好好較量較量。」

柳生雄霸的臉上閃過一絲不快：「哦，這麼說來，你現在可以一個人對付兩個我？」

天狼笑著擺了擺手：「不是的，我對付他們時是採用了突襲的手法，先打倒一個，然後才跟另一個正面交鋒的，一出手時落了下風，好不容易才逆轉了過來。」

柳生雄霸目光如炬，緊緊地盯著天狼身上的創傷，良久，才點點頭說：「你右胸那掌，應該是中了內家高手的反擊所致，以你的功力，不太可能給人這樣打中要害，想必是你為了突襲而硬拼了這一下吧。」

天狼佩服地說：「不錯，讓你看出來了。」

柳生雄霸繼續說道：「你身上的這些小口子是明確的劃傷，不是被高手擊中所致，那另一個高手傷你應該是在你的背後，再就是肩頭和左臂上的傷勢，顯然是極厲害的外家高手用鷹爪手之類的武功所傷，你所說的那第二個高手，就是這個人吧。」

天狼微微一笑：「看來你的武功也進步了許多，只看傷勢就能看出這些來。」

柳生雄霸嘆了口氣：「你說得不錯，從這些人出手的武功看，我自問比那個鷹爪高手要稍強一點，但比不上傷你的內家高手，即使有兵刃在手，但想必他也不可能只會肉掌不擅兵刃，真打起來的話……」

天狼馬上打斷了柳生的話：「真打起來的話，如果是切磋，柳生兄會在千招以後小敗，但如果是搏命，死的一定是他。」

柳生雄霸緊皺的雙眉一下子舒展了開來，臉上居然露出了一絲笑容：「還是你瞭解我，此事了結後，我們的決戰是一定要進行的，到時候你是要切磋還是要搏命？」

天狼哈哈大笑起來：「不搏命怎麼對得起柳生兄這十年來的勤學苦練呢，如果你的刀法都留有餘地，那自然也發揮不了威力，**柳生，你最厲害的不是你的刀**

法或者鬥氣，而是你那種一往無前的死意！作為武者，只有做到置自己生死於度外，才能最大限度地激發自己的潛能。」

柳生雄霸嘆了口氣：「可惜上次你和我交手的時候，你還沒有做到這點，你心裡還有個女人，所以出手只在我臉上留了這條疤，不然當時我就已經死了。」

天狼拍了拍柳生雄霸的肩膀：「幸虧我當年沒有下死手，不然我今天不是要少一個好兄弟了？」

兩人相視大笑，而周圍的其他五人也都跟著笑了起來。

笑畢，天狼轉頭對著眾人說道：「這次蒙各位朋友賞臉，肯和我一起做這件大事，現在事情已經成功了大半，我們要做的，就是先跟赫連霸談判，有各位在，不怕赫連霸動手明搶。」

鐵震天的臉色微微一變：「天狼，不用把這韃子王子先轉移進關嗎？」

天狼搖搖頭：「不可以，赫連霸只有看到他的人，才會放心和我們聯手做下一步的事，不然人一進了關，那他也許會認為我們就控制不了這小王子了，因為邊關的守將很可能會搶了他，當成自己的功勞，接下來未必會跟我們合作。」

眾人都恍然大悟地點了點頭，裴文淵卻仍然在思考著，天狼注意到了他的表情，問道：「裴兄還有什麼疑慮嗎？」

裴文淵邊思考著邊說道：「赫連霸如果接到的任務是明著搶這韃子王子，那就算他的兩個兄弟現在被重傷不能戰鬥，傾英雄門總舵的幾百名高手，也不是不能對付我們這些人，何必要和我們談判呢？」

天狼微微一笑：「是的，如果他傾巢而出，確實我們難以抵擋，但我們可以做到先殺了這小王子，讓他什麼也得不著。這次我孤身去救展慕白，一方面是為了展示一下我的武功和膽色，讓他別小看了我；另一方面也算是體現一點誠意，畢竟我沒帶上你們，最後時的出手也留有餘地。」

歐陽可悟道：「所以**你認定赫連霸一定會孤身前來？**」

天狼看了一眼歐陽可，道：「赫連霸心高氣傲，自認天下無敵，在英雄門時，他看著兩個兄弟給我制住也沒有出手，就是因為他有充分的自信可以勝過我，而現在他是進退兩難，我用計讓俺答汗和他互相猜忌，奪不回小王子，他的英雄門就會被俺答汗剷除，所以由不得他不來和我們談判。」

不憂和尚突然開口道：「天狼，那赫連霸是何等的驕傲與歹毒，他會這麼甘心和我們合作嗎？我們又能給他什麼條件？就讓他白白地把這小王子給帶走？」

天狼搖搖頭：「當然不是，赫連霸如果真的肯跟我們合作，那也不會是因為受我們的脅迫。要是換作黃宗偉，會因為頂不住俺答汗的壓力而被迫做這事，但是赫連霸心比天高，就算是俺答拿刀架在他脖子上，**他不肯做的事情還是不會去做的，這才是真正的大漠獸王。**」

鐵震天撫了撫自己的雪白長髯，眼神中充滿了疑惑：「既然如此，你又如何認定他肯跟我們合作？而且到現在你也沒說他肯跟我們合作什麼啊。」

天狼看了一眼遠處正伸長了耳朵聽著自己談話的把漢那吉，笑道：「這個合作嘛，很簡單，就是**我把小王子交給他，他幫我去拿下趙全。**」

錢廣來驚得失聲道：「什麼？**趙全？就是白蓮教主，號稱北地魔尊的那個趙全？**」

天狼冷冷地說道：「還有第二個趙全嗎？這個狗賊，為了一己之私，不惜背叛國家和民族，裹脅數萬百姓北逃蒙古，在塞外種田墾荒，他本人更是成了俺答汗的狗頭軍師，多年來一直引蒙古兵入寇。各位這次一路行來，應該見多了邊關上我漢家百姓被蒙古鐵騎連年殺掠的慘狀，一大半都是拜趙全這狗漢奸所賜！」

不憂和尚面色嚴峻，濃濃的眉毛一揚，宣了聲佛號：「阿彌陀佛，貧僧雖然是出家之人，但是對趙全這種狗賊，只有讓他下了地獄，才是對黎民百姓的福音，殺一賊以救萬民，正是佛祖讓我輩在這世上斬妖除魔的使命。」

天狼笑了起來：「不憂，你雖然改了個名字，但我看你現在憂心的事也是越來越多。斬妖除魔就算了，白蓮教自從來了漠北之後，一路招降納叛，而蒙古人在邊關擄掠的漢人百姓，也都交給他們。趙全和白蓮教副教主『血手人屠』李自馨就驅使這些百姓中老弱婦孺種田，選其精壯之人加入白蓮教，服食各種邪藥，練他們的那些邪門武功，還幫著蒙古人打造攻城的器械與材料。俺答汗每次犯境，都用這些白蓮教的低等教眾衝在前面為蒙古人打頭陣。幾年發展下來，已經隱隱有凌駕於英雄門之上的趨勢。」

天狼說到這裡，突然抄起手上的一雙筷子，大喝一聲，扔了出去，直接把正偷偷地架起牆邊的一扇窗戶，想要幫著把漢那吉爬窗而出的阿力哥那右邊袖子釘到了牆上，把漢那吉嚇得癱倒地上，身體如篩糠一樣地抖了起來。

「阿力哥，別做這種無謂的嘗試了，對你沒好處。就算你逃進了關，只怕沒見到守將，就會給憤怒的邊民直接打死，你信不信？」天狼一副憐憫的表情看著狼狽不堪的把漢那吉主僕二人，話語裡帶了一絲戲謔與調侃。

阿力哥恨恨地拔下把他袖子釘在牆裡的那雙筷子，回頭吼道：「天狼，如果換了你是我，聽到別人這樣商量要把自己送回大汗那裡，你會不跑？別以為你功夫高就是真理，總有比你功夫高勢力大的，你自己不也怕英雄門來這裡搶人，才天南地北的招了這麼多幫手嗎？」

天狼點點頭，神情冷峻：「不錯，**我這是謀定而後動，一切都在我的計畫裡，而你那是走一步看一步，所以現在只能任我宰割**，這個道理把漢那吉不明白，你兒子都有他這麼大了會不知道？這麼多年真是白活了。送你一句話，好好待著，別再打什麼歪心思，下次我再出手就不會這麼客氣了！」

收拾完了把漢那吉主僕，天狼看也不看他們一眼，轉過頭對著眾人說道：

「所以這幾年下來，俺答對趙全為首的白蓮教越來越倚重，而讓原來自己的心腹大將赫連霸出來建立英雄門，實際上是種變相的流放和排擠。赫連霸對此也是心知肚明，知道只有做出成績才能壓過趙全一頭。」

錢廣來嘆了口氣：「天狼，我等畢竟是江湖武人，對這些事情知道得不多，只是看到這幾年英雄門突然崛起，又大肆地收買中原正邪各派的叛徒，有染指中原武林的趨勢，與華山派一戰，也是因為展慕白主動殺掉了十幾名加入了英雄門的華山棄徒，對於此事，連少林和武當都意見分歧，沒有援救。」

天狼點點頭：「不錯，正是如此，英雄門進入中原武林的手法和魔教不一樣，收各派棄徒也是一個毒招，一般來說，沒有哪個門派會允許這種事情發生，穩重一點的如少林武當會先禮後兵，而性子急一些的，像華山峨嵋這樣的，就會直接清理門戶，這樣英雄門就有藉口可以攻打這些門派了。」

歐陽可正色道：「是的，這些年我在西域閉關，但對此事也有耳聞，當時聽了英雄門的這些手段就覺得厲害，他們不像魔教那樣，為了擴張勢力直接就滅莊奪派，而是先製造口實，再慢慢蠶食大小門派的分舵，這樣的擴張方式讓人很難指責，也不可能形成合力而對付。」

鐵震天接口道：「還有，這英雄門收各派叛徒也是有選擇的，正邪的頂級大派如少林武當和魔教，還有丐幫，英雄門收這些門派的人時很謹慎，只是收些周邊的弟子。而對於實力較差的二流門派，如華山峨嵋，則是收一些重要弟子，然後借這些弟子被殺的理由，去蠶食華山和峨嵋的各處分舵。」

天狼笑了笑：「鐵大哥說得一點不錯，這些年來他們就是以這種方式擴張的，至於那些實力不濟的小門派，則要麼直接收服，要麼挑動自己名下的小門派去跟別的小門派爭鬥，再以助拳幫忙的名義去滅門，與魔教的那種急速擴張相比，他們這種是殺人不見血，但實際效果卻一點也不差。」

不憂和尚嘆了口氣：「貧僧總覺得這些年**英雄門才是中原武林最大的威脅**，也跟不少同道中人討論過，可是伏魔盟首腦們的意思卻還是先對付魔教，畢竟這二十年下來和他們的仇結得太深。去年華山派被英雄門攻打得厲害，當時一直不同意和英雄門開戰的少林本來也勉強準備去救援。可是魔教那時正好也內亂，總護法慕容劍邪一夥人被教主冷天雄所滅，但鬼聖卻逃到了英雄門並被收留。因為此事，少林的態度再次動搖，甚至認為英雄門是可以用來對付魔教的助力，這也導致了武當和少林大吵一場，當年為了對付魔教而建立的伏魔盟也名存實亡。」

裴文淵聽到這裡，嘆了口氣：「可惜了中原三大正派，少林武當和丐幫一直不和，丐幫不用說了，當年那事，使他們跟少林到現在還是面和心不和，而少林武當在對英雄門一事上又是態度迥異，也難怪這些年來魔教越打越強，英雄門和大江會又能橫空出世。」

天狼擺了擺手，阻止了各人的進一步感嘆：

「現在說這些已經沒用了，再說魔教和英雄門也不是鐵板一塊，就好比英雄門，在蒙古內部也有白蓮教的妖人和他們爭寵，赫連霸在中原的進展不錯，但畢竟只限於武林，對俺答汗的作用遠不如可以幫他攻城掠地的白蓮教。

「現在的趙全，已經有了自己的一大塊地盤，在蒙古那裡被稱為板升，招來大批漢人屯田種地，造房蓋屋，可以說除了沒有城池外，已經和關內的漢人沒有區別。人數十萬上下，在蒙古各部裡也算是大部落了。這種情況也不可避免地會引起俺答汗的猜忌，這些年，俺答連年進攻大同，因為宣大總督楊博防守得當，尤其是加強了對趙全派過去奸細們的搜查，所以俺答連著幾年無功而返，趙全的作用也大大下降。」

說到這裡時，天狼長舒一口氣，雙眼閃閃發光：

「可是這趙全為了自保，選擇了成天在俺答的耳邊說赫連霸的壞話，赫連霸在中原武林勢力進展很快，卻在俺答率軍南下時幾乎毫無作為，也給他落下了話柄。俺答汗這幾年拉上小部落去搶劫，每每得不償失，在蒙古這裡也是威望大減，不得不要拿出聯姻的方式來籠絡那些強大的部落，讓他們不至於攻擊自己。所以說這一次，俺答給他的可敦逼著帶兵出來，其實就是要在趙全和赫連霸之間做個選擇，搶不搶回小王子是小事，堵住那些草原上對他不滿的人的嘴才是大事，到時候把小王子叛逃的責任推給滅掉的那一邊就行了。衝著這點，赫連霸為了保住英雄門，滅掉趙全，也會和我們合作。」

一直不吭氣的柳生雄霸突然開了口：「**那你為什麼不選擇和趙全合作？**」

天狼笑了笑，轉過來直面柳生雄霸：「我為什麼要和趙全合作呢？」

柳生雄霸沉聲說道：「赫連霸畢竟是俺答的同族，俺答汗對趙全這個外人的信任是有限的，而且趙全只想著在關外當他的漢奸，掌控一個部落而已。可是赫連霸卻是野心勃勃，為了給蒙古入侵你們中原，自己組建英雄門，想先奪取中原武林，到時候俺答犯境時再裡應外合，對你們漢人的威脅更大。」

天狼點了點頭：「你說的不錯，柳生兄，按常理分析，確實是赫連霸未來的威脅更大一點，不過換了你的話，你這次如果只能消滅一個，那會去消滅誰？」

柳生雄霸不假思索地回答：「我如果是漢人，要消滅的一定是趙全，因為我最恨這種民族的叛徒！」

天狼「嘿嘿」一笑：「這不就結了？趙全只想在關外逍遙自在，如果離了這次機會，我們再想殺他很困難，因為關外不是大明的勢力，他現在也成了氣候，如果有俺答汗的援助，即使大明出兵也奈何他不得。所以**這次是弄死他的唯一機會**，過了這村可就沒這店了，要想等下個不開眼的蒙古王子叛逃，還不知道要到猴年馬月！」

鐵震天哈哈一笑：「天狼，你恐怕也是吃準了赫連霸將來一定會來中原，你也有信心在中原對付他，是吧？」

天狼滿意地笑道：「不錯，正是如此，只是我一個人勢單力孤，恐怕到時候還需要各位的幫忙才行。」

眾人聽到後，全都哈哈一笑，只有柳生仍然是一臉的平靜，沒有說話。

天狼對著柳生雄霸笑道：「如果比武之後，我們兩個都有命在的話，你會幫我嗎？」

柳生搖了搖頭：「這個沒問題，只是要實現你所說的那個結果怕是很難，真打起來以命相搏的話，我收不住手，你也知道。」

天狼嘆了口氣，眼中的神光變得有些黯淡：「各安天命吧，先解決了眼前的麻煩再說。」他突然抬起頭對著屋頂朗聲喝道：「赫連門主，來了這麼久，不下來坐坐嗎？」

眾人臉色全都微微一變，就連剛開始還倚著門哭，後來已經漸漸地豎起耳朵聽天狼他們說話的楊瓊花也抬頭看向了房頂，只有柳生雄霸平靜如常，彷彿一切都在他的意料之中。

屋頂響起一聲冷冷的「哼」聲，赫連霸那低渾粗吼的豺聲鑽進了每個人的耳朵裡：「天狼，你明知我來了，還把你們的計畫說與我聽，這算是什麼？料定了我聽了以後也會跟你合作？」

這聲音虛無縹緲，一會兒像是在眾人頭頂正上方，一會兒又像是移到了遠方，一會兒又像是站在你面前和你說話似的。

天狼冷冷地回道：「赫連門主，如果想合作，就請從正門進來，要是想打，帶上三里外你的大批手下攻過來就是，我剛才說得很清楚，後果是什麼你自己掂量著辦。」

赫連霸那高大魁梧如同鐵塔的身影在門口出現，整個大廳都暗了下來。楊瓊花的個子在女子中本已算是高挑的了，可是在這個巨人面前，也只剛剛到他的胸口，身形更是只有他的一半寬。

饒是楊女俠闖蕩江湖多年，見多識廣，仍然不自覺地在他這逼人的威勢下後退了兩步，手也緊緊按在了青霜劍柄之上。

赫連霸今天算是全副武裝，蒼黃的頭髮梳著小辮，從頭頂的四周垂下，右耳戴了一個巨大的耳環，大紅披風，虎皮戰袍，豹尾腰帶，犀皮馬靴，一身塊狀的肌肉在袍子下面若隱若現，隔著十丈遠就能感受到這大漠獸王的沖天氣場。

天狼伸手把身邊一張桌子上的酒杯酒罈抹了個乾淨，抄起桌子角就扔了過去，那桌子在空中旋轉著飛向赫連霸，最後平衡地落在赫連霸面前一丈左右的大廳正中央。

赫連霸伸出兩隻蒲扇般的大手，運勁一吸，原來把漢那吉坐的那個位置的兩張板凳橫空飛來，穩穩地落在了桌子的兩端，他則大馬金刀地上前坐了下來。

天狼神情凝重，坐到了赫連霸的對面，包括楊瓊花在內的八名高手，都不經意地走到了大廳中的各個位置，把赫連霸可能的各條退路一一封死。

武功最高的柳生雄霸抱著雙臂，左手抓著那把長刀，站在赫連霸身後六尺左右的門口附近。而把漢那吉主僕，則連滾帶爬地躲到了一個角落裡，大氣都不敢喘一口。

赫連霸沒有看客棧裡的高手們，只是輕輕嘆了口氣：「天狼，現在我知道你為什麼在地牢的時候會拒絕我的招納了。如果我是你，有這麼多厲害的手下，也不會願意被人驅使。」

天狼搖搖頭，直視著赫連霸的臉：「第一，他們不是我的手下，只是我的朋友。第二，你手下的高手數量更多，但不照樣給俺答汗驅使嗎？可見你剛才的說法並不準確。」

赫連霸微微一笑：「那不一樣，我是蒙古人，大汗待我如兄弟。我這條命都是他的。」

天狼平靜地說道：「可是現在你的大汗準備要你的命，不然你為什麼要來跟我談合作呢？赫連霸，老實說我有點意外，你居然一個人來，我原本以為你會跟著俺答汗的使者一起來的。」

赫連霸搖搖頭：「大汗的使者沒來，說明他已經作出了選擇，你剛才分析得很對，大汗還是念在我們兄弟多年的份上選擇了我，只要你肯放把漢那吉回去，我們就可以去聯手滅了趙全。」

天狼笑了起來：「趙全現在不僅是白蓮教的教主，更是漠北板升漢人們的首領，就我們這些武林人士去捉他，有點可笑了吧，如果俺答汗的本部兵馬不去攻打趙全，我們又有什麼辦法去捉他？」

赫連霸正色道：「天狼，大汗的兵馬已經出動了，把趙全的部族給包圍住，趙全和李自馨已經逃進了大漠深處他的白蓮教總壇那裡，大汗說了，趙全畢竟跟了他不少年，還為他求醫送藥，治過他的腿疾，捉他的事情不忍心自己下手，就交給我們了。」

天狼「哦」了一聲：「你的意思是說，**這回我們聯手去捉趙全**，對嗎？」

赫連霸點了點頭：「正是如此！你傷了我們英雄門的兩大使者，又殺了鬼聖，現在我們人手不是太足。趙全在漠北經營多年，總壇內部高手如雲，機關重重，需要頂尖的高手才能一舉深入，我英雄門分舵的高手來不及調回，只有你們是最近的一支力量，可以幫上忙。」

天狼的眼神中透出一絲嘲諷：「難道縱橫西域中原兩界武林，有著一統天下武林雄心的英雄門，居然連個趙全的白蓮教也對付不了？」

赫連霸平靜地說道：「天狼，激將法這種把戲還是用來對付小孩子吧。你傷我兄弟，殺我手下，要不是這次大汗的命令在，讓我一定要救回小王子，以我的個性早就先滅了你們，再去殺趙全。」

天狼哈哈一笑：「所以你就想來個**調虎離山**，先把我們騙離這客棧，再讓你其他手下們來搶了把漢那吉，最後在白蓮教那裡把我們和趙全一起滅了，對不對？」

赫連霸笑了笑：「不錯，你說得很對，我就是這麼想的，天狼，你既然猜到了，還敢和我一起去白蓮教嗎？」

天狼收起了臉上的笑容，意味深長地問道：「如果我不去，那又會如何？」

赫連霸不屑地「哼」了一聲：「你不去，我自然也沒有去的必要，我的兩個兄弟傷了，又死了五個護法級的高手，現在英雄門內人心惶惶，我不離開英雄門，大汗也不能說我什麼。」

天狼微微一笑：「俺答汗會這麼看著你老虎不出洞，磨洋工？」

赫連霸點了點頭：「大汗跟我已經說好了，這事由你天狼所引起，如果你自己不表示點解決問題的誠意的話，那跟你也沒什麼好說的。到時候大汗寧可派兵突襲你這裡，就算小王子死了，他回去後也可以跟伊克哈屯可敦說他盡力了，而且有阿力哥在，就證明了可敦也幫助小王子叛逃，諒她也不會鬧得太過分。」

此話一出，客棧內人人皆臉色一變，只有天狼和柳生雄霸仍然面無表情，鎮定自若。

天狼嘆了一口氣：「看來我是沒有別的選擇了，早知道應該讓我的兄弟們直接進關，這樣就不用受你的脅迫，到時候可以逼你自己動手殺趙全。」

赫連霸冷笑一聲：「天狼，你這叫**聰明反被聰明誤**！大汗何等精明，一看到力吉就知道是怎麼回事了，**你以為你的那些挑撥離間之計能用得上**？你怕入了關這小王子就會給楊博搶去報功，到時候你什麼好處也撈不到，所以寧可冒險在這平安客棧裡賭一把。可惜，你賭輸了。」

天狼突然笑了起來，看著赫連霸的眼裡殺機一現：「赫連門主，你既然把形勢分析得這麼清楚，就不怕我惱羞成怒，先殺了你，再強行帶著把漢那吉逃進關內？」

赫連霸搖了搖頭：「你沒這麼傻，我既然敢一個人來，說明這周圍已經有可汗的兵馬斷了你們的歸路了，帶著一個不會武功的把漢那吉，你們是逃不掉的。如果你們圍攻我，確實可以取我的命，可是你們自己卻是一個也活不成。天狼，你這些朋友不遠萬里來幫你，你忍心害他們和你一起死嗎？」

歐陽可冷冷地說道：「赫連霸，你不用說這種話！我們幾個這次肯來，早就沒打算活著回去了，為了朋友而死，是件光榮的事情，沒什麼好怕的。」

裴文淵等人也連聲附和，而柳生雄霸則向後倒退了幾步，走到門口向外望了望，轉過頭來向天狼使了個眼色，點了點頭，示意赫連霸所言非虛，外面遠處已經滿是蒙古騎兵。

天狼的臉色微微一變，聲音也有點發起抖來：「赫連霸，你當真不怕小王子送命，可敦回去饒不了你？」

赫連霸哈哈一笑，震得整個房梁上的黃沙和塵土紛紛落下，囂張與霸氣盡顯無疑：「可敦？只怕她要想想自己怎麼才能交代阿力哥幫助把漢那吉逃跑這件事，就算是她的娘家部落也沒法幫她說話。而且天狼你記住，我不需要阿力哥活著做人證，只要把他的腦袋帶回去就行了。」

天狼的額頭開始微微地冒汗，連呼吸也變得有些急促起來，他定了定神，勉強擠出一絲笑容：「赫連門主，如果我跟你一起去殺趙全的話，你是不是就肯和我完成之前的那個提議了？」

赫連霸不假思索地回答道：「不錯，正是如此。」

天狼的眼中光芒閃爍：「可是這回是你占了絕對的優勢，按你剛才所說的，完全可以不用殺趙全，甚至不用救這個小王子，也能給大汗，給可敦一個交代，而且還能殺了我為你的兄弟和手下們報仇，可為什麼在這種條件下，你還要選擇和我合作呢？」

赫連霸「嘿嘿」一笑：「因為**我很愛才**，天狼，你昨天親口承認自己就是多年來一直在中原為錦衣衛辦事的那個神秘殺手，而且我在錦衣衛裡的手下告訴我，你好像和陸炳已經鬧翻了，你這個錦衣衛副總指揮是內閣次輔徐階幫你要的空銜，上次跟我們交易後，你又傷了陸炳的手下，對不對？」

天狼的臉色一寒：「那是我的私事，無可奉告，現**在我天狼是自由的，除了幫徐閣老這次以外，不為任何人賣命**。赫連霸，我再說一遍，天狼這輩子不會居於人下，你如果想讓我當你的手下，別做夢了。」

赫連霸的黃色鬍鬚動了動：「天狼，那我們各退一步好了，**我看中的不是這次的合作，而是以後長久的交情！**你既然不肯居於人下，又有這麼多高手朋友，想必也想在中原做番事業，這回策劃了這麼大的行動，恐怕也是想獨佔擒獲趙全之功，這樣可以結交朝中的一些重臣，讓他們支持你開宗立派吧。」

天狼的眼中閃過一絲驚訝的神情，轉瞬即沒，強顏笑道：「你好像什麼都知道啊。」

赫連霸的雙目炯炯有神：「天狼，聽好了，這是我的提議，**你我就此結**

盟，以後聯手在中原武林打天下，先滅華山崑崙，再除大江幫和丐幫，然後消滅魔教與少林武當，一統天下，事成之後，以大江為界，北方歸我，南方歸你，如何？」

天狼歪著腦袋，一手托著下巴，仔細地想了想，還是搖了搖頭：「不好不好，這樣我太虧了，你反正是靠近北方，到時候先打下來的地方全歸了你，我什麼好處都撈不到。現在大江以南，基本上全是魔教的勢力範圍，而他們又是最強大的敵手，只怕到時候你赫連門主也不一定會和他們開戰吧。」

赫連霸冷笑道：「天狼，你應該知道**一山不容二虎**的道理，魔教不是我的盟友，只是我赫連霸爭奪武林霸主的敵人，即使我不找上他冷天雄，冷天雄也會主動找我的，現在我們中間隔著少林、武當、丐幫這幾個正道大派，沒有直接衝突便罷了，但從鬼聖來我們這裡的那天起，其實臉早已經撕破。」

天狼微微一笑：「可是你就不怕打垮了魔教，又把我給養肥了？赫連霸，你這樣的聰明人會扶持一個公開拒絕了你招攬的人嗎？我不太相信，**只怕是滅掉魔教之時，也是你動手消滅我之日。**」

赫連霸臉色平靜，語氣也非常平緩，而那豺聲則震得每個人的耳膜嗡嗡直響：「也許吧，那要看你到時候的表現如何，如果你想學趙全那樣反客為主，不按約定的辦，起了和我爭霸主之心，那對不起，我只能動手消滅你。反過來，你如果肯承認我的霸主地位，安心當我的盟友，該你的一樣也跑不掉。」

天狼嘆了口氣：「說了半天，**我是你名義上的盟友，還是你的屬下啊**。」

赫連霸笑了起來：「**這是你唯一可以當我名義上盟友的機會了**，過了這村就沒這店，你想當我的盟友也不可能。其實這是我們蒙古人的生存方式，**強者要向更強者臣服**，大汗也會保證每個盟友部落的利益和好處。」

天狼仔細想了想，笑道：「看來我是沒有別的選擇了，只能跟你合作。」

裴文淵急忙說道：「天狼，赫連霸不可信，別上他的當。」

歐陽可冷冷地說道：「不如大夥兒並肩一起上，做了他，也別管什麼小王子，憑我們的本事，逃回關內還是有希望的。」

不憂哈哈一笑：「天狼，我們這次來就沒打算回去，沒必要當這些韃子的走狗，先宰了赫連霸，然後我們兄弟一起衝出去，就算死在一起也值了！」

鐵震天冷哼一聲：「死之前能殺了赫連霸，人生也不虛此行，天狼，不用顧忌我們，動手吧。」

錢廣來臉上的肥肉也抖了抖：「天狼，老哥我這次出來前已經把遺產都交代好了，就算死了，我的萬貫家財也不怕沒人繼承，別在意我，嘿嘿。」

天狼搖搖頭，眼中似有淚光閃動：「各位兄弟肯以命相助，我天狼又怎麼能只顧自己的面子呢？赫連霸，**我答應和你合作了**，你別為難我的兄弟。」

眾人一聽，異口同聲地叫道：「天狼！你……」

天狼一舉手，示意大家噤聲：「我已經做了決定了，眾家兄弟要是信得過我天狼，請勿多言。」

五個人的臉上都浮上了深深的失望，緊接著就是一聲聲長嘆。

柳生雄霸的眼中光芒閃爍：「赫連霸，天狼受了傷，幫不了你的忙，我跟你去白蓮教就是。」

赫連霸搖了搖頭：「東洋人，這件事跟武功的關係不是太大，我主要是想看看天狼的膽色和合作的誠意。」

柳生雄霸不假思索地說道：「那我也去。」

天狼衝著柳生雄霸笑了笑：「柳生，這次不行，我需要你在這裡幫我看著把漢那吉，他要是想逃跑或者蒙古人來救他，就一刀殺了他，絕了這些人的念想，另外把阿力哥殺了，臉上劃花或者散上化屍粉。」

柳生雄霸的眼中神光一閃：「很好，這事就包在我身上了。」

赫連霸哈哈一笑：「天狼，你夠狠，只是如果這樣一來，你就不用受制於我了，你既然想得到這招，為什麼還肯跟我合作？」

天狼臉上的笑容消散得無影無蹤，眼中殺機一現：「很簡單，光靠我們這幾個人，殺不了趙全，而我這次來，就是要弄死他的，為了這個，我也可以跟你合作。」

赫連霸的眼中閃過一絲意外：「天狼，如果說我和趙全是多年積怨，必欲除之而後快，這個很好理解，可你跟他又有什麼深仇大恨？」

天狼冷冷地說道：「赫連門主，如果有個蒙古人逃到我們大明，然後把你們蒙古的內情跟我們大明的皇帝說得一清二楚，連你們每個部落四季換營地的位置都告訴我們，帶著大明的軍隊來滅你部落，殺你族人，掠你妻兒，你會不會想殺了這個蒙古叛徒？」

赫連霸沉聲道：「會，當然會，因為我是蒙古大將，追殺叛徒，為大汗征戰，是我分內的事。但你不是明朝的官員，也不是明朝的將領，現在你又離開了錦衣衛，只不過掛了個虛銜罷了，甚至可以說在被朝廷追殺，**像你這樣的人，犯得著賠上一條命來殺這趙全？**」

天狼反問道：「赫連門主，如果你不是蒙古大將，也不是英雄門主，只是一個普通的蒙古高手，要是碰到這樣的叛徒，你會出手去殺他嗎？」

第九章

桃色交易

天狼的臉上閃過一絲難以名狀的笑容，
又打開了那罈七月火的封口，
濃郁的酒香一下子瀰漫了整個房間。
天狼摸了摸自己的右胸，一手按到楊瓊花的香肩上，
眼裡騰起一陣紅光，道：「現在該你還帳了。」

赫連霸從沒考慮過這種問題，他愣了一下，開口道：「你說得不錯，換了我也會去殺掉這個叛徒的。天狼，我有點理解你的做法了。但是理想不能代替現實，難道你是準備除掉趙全，然後到皇帝那裡謀求個官職，讓錦衣衛以後也不敢再為難你？」

天狼的眼中泛出一陣紅光：「明朝皇帝？那個喜歡當道士更勝過當皇帝的傢伙不配我為他做什麼。如果我求的是高官厚祿，榮華富貴，那現在也不必離開錦衣衛。」

赫連霸「哦」了一聲，顯然天狼的這個回答有點讓他意外。他沉思了一下，開口問道：「你如果連皇帝也不放在眼裡，又何苦為了普通的草民和趙全做對？」

天狼的語氣變得堅決如鐵：「因為**這是我天狼對一個真正男人的承諾**。」

赫連霸的眼中精光一閃一閃，神情嚴肅地點了點頭：「天狼，我明白你的意思了。我早應該猜到的，你和那人有關係。老實說，雖然是敵人，但我赫連霸對那人也只有一個服字，只可惜他是漢人，我在蒙古。」

天狼不耐煩地打斷了赫連霸的話：「我和那人的事情，你就不要發表意見了，**遵守對他的承諾，是我天狼這幾年一直在做的事**，終於讓我等到了這個機會，我怎麼會放過？所以為了殺掉趙全，我都可以跟你赫連門主合作，你還有什麼好說的？」

赫連霸笑了笑：「那好，就這麼說定了，你現在受了傷，我給你一天的時間恢復，明天早晨太陽升起的時候，我的人會執英雄令來這裡找你，你可以一個人來，也可以帶你的兄弟們來，我赫連霸會和你一起去收拾趙全的，這一點上，我們目標一致。」

天狼點點頭：「不送。」

赫連霸站起了身，魁梧高大的身軀像小山一樣，緩緩地移向了門口，柳生雄霸依然擋在他的面前，一步不讓，冷冷地盯著他的雙眼。

赫連霸的鬚髮無風自飄，客棧內的每個人都能感覺到柳生雄霸身上那濃濃的殺意，只聽他一字一頓地說道：「赫連霸，我不管你武功有多高，也不管你身邊有多少人護衛，要是你敢害天狼，無論天涯海角，我必取你性命！」

赫連霸臉上的肌肉跳了跳：「東洋人，氣勢很不錯，你的話我記下了。」

柳生雄霸重重地「哼」了一聲，站到一邊，讓開了赫連霸出門的通道，赫連霸那雄獅一樣的背影漸漸地消失在眾人的視線之中。

客棧裡陷入了死一般的沉寂，天狼獨自坐在桌邊，眉頭擰成了一個川字，而其餘眾人則一個個低頭沉思，一言不發。

許久，還是鐵震天打破了沉寂：「天狼，你實在不應該答應赫連霸的，太危險。」

錢廣來的兩隻眼睛被臉上的肥肉再次擠成了兩道縫，縫的寬度隨著他嘴巴的張合程度成反比：「天狼，你老實說，這是不是你的緩兵之計，我們要入夜後逃離這裡？」

歐陽可冷冷地說道：「錢兄，我看天狼不像是緩兵之計，他應該是真的想殺趙全，而且也不想我們這些人有危險。」

不憂和尚濃濃的眉毛動了動：「既然如此，我們明天一起陪你去白蓮教的總壇吧，多些人也多些照應。」

裴文淵笑了笑：「我剛才算了一卦，明天出行北方的話，大吉，天狼，這次你應該不會有事。」

裴文淵在江湖上一向有布衣神相之稱，他當年所學的奇門遁甲，醫卜星相之術在江湖上首屈一指，就連俺答汗也對此深信不疑，要不然也不可能給把漢那吉製造出易容潛逃的機會。聽他這樣一說，眾人都鬆了口氣，緊繃著的表情也變得鬆弛了一些。

天狼卻搖搖頭：「裴兄，**我一向不信命，我只相信自己的命運只能由自己掌握，即使是上天，也沒有資格主宰我天狼。**」

隨著這句極有氣勢的話，天狼站起了身，眼光投向了站在他面前，一臉陰沉的柳生雄霸：「謝謝你，明天我走以後，這裡就麻煩你了。」

柳生雄霸張了張嘴，似乎想說些什麼，話到嘴邊又咽了下去，改口道：「好好活著，我不許你用死掉來逃避你我的比武之約。」

天狼哈哈一笑：「一定。」

天狼的目光最後落到了站在屋內一角，一直悄悄地盯著自己看，卻一言不發的楊瓊花身上，眼中突然燃燒起一團熊熊的欲火：「楊女俠，該把咱們的帳給結了，你也看到啦，也許到了明天，我就沒機會再跟你收帳了。」

楊瓊花緊緊地咬著嘴唇，一言不發，頭也不回地就向著二樓走去。

天狼讚許地道：「熟門熟路了嘛。」他看了一眼歐陽可，問道：「七月火還有嗎？給我一罈。」

歐陽可的臉上閃過一絲疑慮：「天狼，你不會是來真的吧，我可是記得……」

天狼馬上打斷了歐陽可的話：「都是過去的事啦，不提也罷。古人有詩云，醉臥沙場君莫笑，古來征戰幾人回！明天我就要去龍潭虎穴了，今天晚上不想留什麼遺憾，上次跟大家都喝過了酒，今天嘛，嘿嘿。」

天狼詭異地衝著歐陽可笑了笑，拎起他身邊的一個密封酒罈，讚道：「胖子這商隊還是很管用的，居然又弄來這麼多七月火。」

胖子猥瑣地笑了笑：「一會兒敗火的時候動作不要太大，尤其是不憂和尚，你這是撩他呢！」

不憂的臉居然微微一紅：「錢施主，口下積德。」

天狼也不管這幫人在那裡沒心沒肺地繼續開著玩笑，向後擺了擺手，便拎著酒罈逕自上了樓。

歐陽可輕輕地嘆了口氣，瞪了在角落裡探頭探腦向樓上張望的阿力哥一眼：「你們兩個最好老實點，不然，我一定會讓你們死無全屍的。」

推開房門，天狼發現楊瓊花已經把門口的燭臺點上了，平靜地坐在床沿。她今天穿了身淺黃色的衣服，在燈光的照耀下更顯得嫵媚動人，可是臉上卻是沒有任何表情，就那麼靜靜地坐著。

天狼轉身關上門，就聽到楊瓊花那銀鈴般的聲音響起：「天狼，你是不是有事要我去做？」

天狼轉過身，滿臉都寫著驚訝：「你為什麼會這麼想？」

楊瓊花幽幽地嘆了口氣，擦了擦粉臉上的淚痕：「是不是在你的眼裡，我就那麼笨？天狼，你是好人還是惡徒，有眼睛的人都能看得明白，就算你是個真正的淫徒，在明天就要去決戰的時候，今天晚上又怎麼會有心思來碰女人呢？」

天狼的眼中閃過一絲異樣的神情，走到楊瓊花的面前蹲了下來，正好視線與楊瓊花的那雙星眸齊平，他仔細地看了楊瓊花幾眼：

「幾天不見，智力見長啊！」

楊瓊花沒好氣地向地上啐了一口：「玩笑開多了就沒意思了。你今天故意氣走展師兄，又留下我，剛才我一直在想這原因，論武功，我跟裴文淵他們差不多，略遜於那個東洋人，留下來幫你，好像用處也不大，不然你完全可以留下武功更高的展師兄。」

天狼笑了笑，一屁股坐到了地上：「繼續。」

楊瓊花秀目流轉，嘴角邊勾起一絲微笑：「天狼，如果我沒猜錯的話，**你應該是想找我爹幫忙，讓他發兵來這裡救我們，對不對？**」

天狼苦笑道：「如果我真這麼想的話，就會早早讓你和展慕白一起走了。」

楊瓊花臉色微微一變，聲音也略有些顫抖：「天狼，難道這一回你沒計畫好？可是在我的印象裡，你一向是算無遺策，深謀遠慮的啊。」

天狼長嘆一聲：「我不是諸葛亮，也沒有預知未來的能力，有些事情的發展超過了我的想像，第一，俺答汗和赫連霸的關係這麼好，居然這麼快就做出了選擇，這是我沒想到的；第二，阿力哥跟把漢那吉一起出逃，我也是沒有想到的，老實說，今天我一看到他，心裡就一沉。」

楊瓊花終於明白了過來：「你的意思是說，那個什麼可敦的親信參與了小王子的叛逃，所以可敦現在是自身難保，根本不可能再對俺答汗形成壓力了？」

天狼點了點頭：「看來你很聰明嘛，可是我真的挺奇怪，這麼聰明漂亮的楊女俠，為什麼會一直對展慕白這個好歹不分的傢伙情有獨鍾。」

楊瓊花的俏臉微微一紅，螓首低垂：「這就是命，當初我剛出江湖時被展師兄救了，從此我的心就一直是他的，吃飯睡覺時，眼前都是他的身影。天狼，我**不知道你有沒有愛過一個人的感覺，如果你有過，應該能體會得到。**」

天狼的眼中的光芒突然黯淡了下來，他喃喃地自語道：「**這世上真的有這樣的愛情嗎？**不管你信不信，我反正是不信。」

楊瓊花聞言一愣，疑惑地看著眼前的這個男人，似乎想從他的眼中看出他的內心。

天狼的感慨只是一瞬間的事情，很快便又哈哈一笑：「楊女俠，我有個問題，你既然和展大俠情投意合，這麼多年了，為什麼沒有結為連理呢？」

楊瓊花似乎一下子給電擊了似的，柳眉倒豎：「天狼，我警告你，永遠也不要再問我這個問題，不然別怪我翻臉無情！」

天狼微微一笑，他的心裡早有答案，所以楊瓊花的反應他完全可以理解，換了個話題：「好了，我也不跟你繞圈子了，現在我要跟你說一件很重要的事情，**這事不僅有關我們這些人的生死，也跟你的展師兄，還有你的父親關係重大，你現在要好好地聽清楚我所說的每一個字。**」

天狼的臉上閃過一絲難以名狀的笑容，變魔術似的從身後掏出一塊乾淨的絲帕，又打開了身邊那罈七月火的封口，濃郁刺鼻的酒香一下子瀰漫了整個房間。

楊瓊花本能地皺了皺眉頭，她不太喜歡酒味，尤其是男人身上的汗味混著酒味的時候，更讓她不舒服，而對面這個赤著上身的天狼，現在就是散發著這樣的味道。

天狼站起身，摸了摸自己高高腫起的右胸，一手按到了楊瓊花的香肩上，眼裡騰起了一陣紅光，對著楊瓊花說道：「**現在該你還帳了。**」

客棧裡，六大高手一個個坐在桌子邊或者角落裡，面沉如水，一言不發，只有柳生雄霸仍然微微地閉著眼睛，抱著刀，盤腿打著坐，從表情上看不到任何的喜怒哀樂。

最先忍不住的是把漢那吉，他叫了起來：「都什麼時候了，你們這幫人還在這裡無動於衷！你們沒聽到那個赫連霸說嗎，他要打進這客棧，到時候就是玉石俱焚，天狼反正跟那個女人逍遙快活去了，他不愁赫連霸會對他下手，可是我可不能在這裡送命！」

鐵震天不耐煩地罵道：「閉嘴，煩著呢，再囉哩巴唆的，直接割了你舌頭，反正你現在也沒什麼用了。」

配合著他那不怒自威，鬚髮皆張的氣勢，嚇得把漢那吉縮回了角落蹲著不敢再說話。

阿力哥皺了皺眉頭，說道：「各位，我家小王爺雖然說話急了點，但是道理並沒錯，我們總不能在這裡等死啊，離南邊的大同也就五十里，快的話半天就能到，不如等明天天狼出發後，我們派個高手先殺出去，到楊博楊大人那裡說明情況，請他發兵來救，這樣天狼和我們都能安全。」

歐陽可「呸」了一聲，罵道：「安全個屁，你是安全了，可這樣不是把天狼要坑死了嗎？楊大人的兵可保不了他！再說了，就算楊瓊花是他的女兒，他也不可能為了這個事擅自出兵與蒙古交戰，這叫妄開邊釁，懂不懂？」

阿力哥涎著臉，陪著笑：「歐陽大俠，如果我們到了你們明朝那裡，赫連霸所說的取我首級讓可敦閉嘴的招數就不好使了，到時候天狼自然就安全了，還需要他往返大明和蒙古之間傳信呢，你說是不是？」

裴文淵重重地「哼」了一聲：「阿力哥，你不用花言巧語，我們不會上當的，要真是像你說的那樣，那時就成了大明官方和蒙古之間兩個國家的事，**天狼肯定第一個會被殺了讓赫連霸和俺答汗出氣**，你想自救我們可以理解，但要是再敢這樣害人，嘿嘿，我認識你，我的雙手可認不識你。」

阿力哥被一語戳破，老臉一紅，悻悻地退了下去。

一直沒開口的錢廣來嘆了口氣：「天狼一向足智多謀，難道這一回是真的被赫連霸算計到了，沒有後招了嗎？」

不憂和尚搖了搖頭：「應該不會，多少次他都逢凶化吉了，這次我想也不會例外。」

鐵震天長嘆一聲，恨恨地一拍面前的桌子：「可惜我們這些人現在只能乾坐在這裡，一點忙也幫不上。」

柳生雄霸突然睜開了眼睛，緩緩地說道：「不，我們只要能守住這兩個人，就是對天狼最大的幫忙，我相信這傢伙。」

柳生雄霸的話讓在座的每一個人都精神一振，錢廣來哈哈一笑：「柳生，你是不是知道些我們不知道的消息？還是天狼另外給了你任務？」

柳生雄霸搖了搖頭：「沒有，我知道的和你們一樣多，但我相信天狼讓我們留在這裡守著這二人，而不是選擇突圍，**肯定留有後招**。他這個人做事一向謀定而後動，不可能判斷不出俺答汗和赫連霸的關係，讓自己真的落到這麼被動。」

柳生雄霸的話音未落，樓上突然傳來楊瓊花的一聲驚呼，緊接著就是撕扯衣服的聲音，配合著楊瓊花帶著哭腔的求饒聲：

「求你，不要，不要啊，天狼，你明知道我和我師兄……」

天狼惡狠狠的聲音裡帶著一絲淫邪，大罵道：「他娘的，都是聽了你這賤人的鬼話，害得老子要去救那個姓展的白眼狼，人救出來了，他倒是拍拍屁股走了，嘴上說得好聽，不知道老子需要他現在幫忙嗎？既然他不肯出力，老子只好找你要報酬了！」說完又是「嘶」地一聲。

楊瓊花淒厲地吼道：「天狼，你殺了我吧，別這樣！」

天狼哈哈大笑，樓頂一陣灰土搖落，似乎樓上在劇烈地震動著：「殺你之前，你得先讓大爺爽夠了，反正明天過後，老子和兄弟們都要死了，你這個秘密可以永遠保持下來。」

楊瓊花突然大吼一聲：「我跟你拼了！」

樓上傳出一陣巨響，連那扇厚重的門也幾乎被震開，屋頂的沙子更是灑得人滿頭滿臉都是，巨響過後，只聽到天狼哈哈大笑一聲，而楊瓊花則再也沒了任何動靜，二樓的樓板聲開始有節奏地搖晃起來。

歐陽可的臉色微微一變，站起了身，喃喃地說道：「怎麼會這樣？」

他環視四周，除了鐵震天也面帶不解外，其他四人都是神色平靜如初，彷彿什麼也沒發生過，柳生繼續閉著眼睛打坐，而不憂和裴文淵，錢廣來則一碗接一碗地喝著酒，一言不發。

鐵震天也站了起來，奇道：「不至於吧，以前也沒聽說過他好這一口啊。」

歐陽克坐了下來，不以為然地道：「鐵莊主，你可能忘了，十多年前他不叫天狼的時候，可是在這方面大大的有名，只是我奇怪，當時他有自己的女人，為什麼現在沒帶在身邊，還要和楊瓊花做這種事呢？」

錢廣來哈哈一笑：「男人嘛，這種時候也許需要發洩，這本就是楊瓊花欠他的，你看看展慕白那個死樣，換了我也會動他女人的。」

鐵震天也跟著坐了下來，他搖了搖頭：「這和我認識的天狼不太一樣，**這些年究竟發生了什麼事，讓他變成這樣？**」

裴文淵放下了手中的酒碗，嘆了口氣：「不用多說了，天狼經歷過的事情，是我們做夢也想不到的，**現在我們只需要知道我們來這裡是為了幫他，而不是壞他的事，這就行了**。楊瓊花本來就欠天狼這個，要不然展慕白也不會發那麼大的火，要不是我們在場，只怕早就動手了。」

不憂和尚默默地喝了碗酒，嘆了口氣：「只是天狼現在傷得不輕，又來這麼一齣，明天他的身體能吃得消麼？」

歐陽可冷冷地說道：「你沒見他拎了一罈子七月火上去嗎，只要喝掉，加快內息運轉，那內傷自然可以化解。」

裴文淵搖了搖頭：「歐陽，你別老是給他喝酒找理由，他那身體你也知道，這種烈酒喝了對他沒好處。」

錢廣來的表情突然變得黯然，聲音也低了下來，完全不復平時的那種爽朗樂觀：「**有些事情，清醒的時候想著太痛苦**，也許醉了反而能好點吧。」

裴文淵微微一怔，張嘴想要說些什麼，千言萬語盡都化成一聲嘆息，抄起面前的酒碗一飲而盡。

眾人不再說話，各懷各的心思，一碗碗地喝著悶酒，阿力哥則緊緊地抱著把漢那吉，兩人縮在客棧的一角，眼神中滿是驚恐。

天不知不覺的黑了，氣溫也開始下降，外面二十餘名商隊夥計也進了客棧，關上大門，集體蹲在客棧的另一個角落，生火取暖。

二樓的震動停止了，門「吱呀」一聲緩緩地打開，天狼的身上已經重新裹上了一層羊皮襖子，露在外面的胳膊上，左臂那個血洞已經上了藥，他出門的一瞬間，長長地呼了一口氣，一副志得意滿的樣子，渾身上下都散發著一股酒味，客棧裡的每個人都能聞得清清楚楚。

天狼回頭望了一眼房內，從裡面似乎傳來一陣低低的抽泣聲，他冷冷地說道：「我們兩清了，你現在可以去找你的展師兄去了。」

一個酒罈子狠狠地砸了出來，擊中了門邊的黃土牆，碎得滿地都是殘片，伴隨著楊瓊花聲嘶力竭，充滿了仇恨的怒吼：「你給我滾，我這輩子都不要再看到你！」

天狼重重地「哼」了一聲，一把帶上了房門，走下了樓梯，一向腳步沉穩，內息綿長的他，這會兒臉色有些發紅，腳步也微微地有些混亂起來。

天狼在眾目睽睽之下走下了樓，看到每個人看著自己時那複雜的眼神，笑了笑：「沒什麼，收回了一筆帳而已。」接著就大剌剌地坐在了下午和赫連霸談判時的那張桌子上，意氣風發地叫道：「酒來，肉來！」

兩個雜役手腳麻利地把一罈子七月火和一包牛肉乾送到了桌上。

裴文淵嘆了口氣：「你今天晚上最好別再喝酒了，肉倒是可以多吃。」

天狼哈哈一笑：「只吃肉，不喝酒，未免太無趣了些，老裴，你這不也是在喝酒嗎？」

裴文淵冷冷地說道：「你已經喝了一罈了。現在你應該做的，是好好運功療傷，外傷可以抹藥，內傷卻是不能不運功的，金針掌在你體內造成了大塊的瘀血，今天不治，怕是終生會有殘疾。」

天狼搖搖頭：「來不及了，就這樣吧！要是明天能活著回來，再治不遲，現在這樣也不太影響運氣，今天晚上如果勉強治療，大耗真氣，反而會影響明天的大戰。」

裴文淵知道他說的也是實情，一聲嘆息，不再接話。

不憂和尚的臉上閃過一絲不安：「天狼，明天我們還是跟你一起去吧，至少讓柳生跟著你，有他在，也好讓大家放心。」

柳生的眼睛一直是閉著的，聽到這話後，還沒等天狼開口，就說道：「不憂，你應該知道天狼決定的事情就不會再更改，我下午跟他提過這要求，他拒絕了，別人再勸也是一樣的結果。」

說到這裡，柳生睜開了眼睛，看著天狼的眼神中帶了一絲笑意：「對吧？」

天狼笑了笑：「還是柳生兄瞭解我。這事我已經決定了，明天還有勞各位兄弟們好好看守住這裡，這兩個人在手上，諒那赫連霸也不敢害我，至於我要是沒本事殺趙全，反被他殺，那也怪不得別人。」

天狼話音未落，樓上的大門被重重地一腳踹開，楊瓊花披頭散髮，絕美的容顏上盡是淚痕，而黃色的粉裙下擺，卻是殷紅點點，一雙水靈靈的大眼睛已經變得黯淡無光。

只聽她咬牙切齒地對著客棧內的人吼道：「你們這些混蛋，都跟這天狼一樣狼心狗肺，我記下你們了，這輩子只要有口氣在，必取你們性命！」

楊瓊花說著，兩行清淚不自覺地從雙眼中流下，她瘋也似地奔下了樓梯，衝出門外，跨上一匹駿馬，頭也不回地向外面奔去。

大廳裡又陷入了一陣死寂，裴文淵忍不住開了口：「天狼，就讓她這麼走了，不會出什麼事吧。」

天狼冷冷地說道：「生死有命，富貴在天，她如果能向南殺出一條血路，那是她的本事，反之，若是被韃子抓了或者殺了，也是她自己的命。我跟她生意結束後就此兩清，不欠她什麼，也沒必要去救她。」

裴文淵長嘆一聲，坐回了座位。而天狼則面不改色地喝酒吃肉，彷彿什麼也沒發生過。

錢廣來眉頭微微一皺：「你實在是沒必要那樣對她的，其實不妨把楊女俠留下，也好有個照應。畢竟她的劍術極高，真要是赫連霸打過來，也絕非弱者。」

天狼搖了搖頭：「你們都擋不住的敵人，加她一個又有什麼用？放心吧，想來她不會有事的，蒙古人是衝著我和把漢那吉來的，只要不是我們兩個突圍，應該也不會全力攔阻楊瓊花的。」

歐陽可忍不住說道：「天狼，就算她衝出重圍，回到中原了，以後又怎麼去面對展慕白？天狼，你如果要了她的人，就應該對她負責到底才是，至少我記得的李滄行是會這樣做的。」

天狼馬上開口道：「**李滄行在那一年的武當山就已經死了，世間只有天狼，**你們都是我的兄弟，應該清楚這點，以後這個名字請不要再提。」

天狼扭頭看著歐陽可，聲音中透出一股寒意：「如果她真的橫劍自盡，我還能改變一下自己的看法，承認也許這世上真的有肯為了愛人而死的女人，可是她不是，她以為我們這些人都活不下來，這樣她的醜事就不會傳揚出去。以後她還可以繼續跟她的展慕白卿卿我我，好像什麼事也沒有發生過。哼，這就是女人，口蜜腹劍的動物，只會欺騙男人的感情罷了。」

天狼說這些話的時候，雙眼放出一股難言的恨意，表情也是變得咬牙切齒，滿臉脹得通紅，說到後面，不自覺地舉起了手，似乎想要向著桌子拍下，舉到一半還是放了下來，抓起面前的一碗酒一飲而盡。

歐陽克的嘴動了動，嘆了口氣。

天狼一碗酒下肚，眼中閃過一絲落寞：「女人都一樣，上一秒山盟海誓，轉眼見了別的男人，又會說變心就變心，**我原以為天下女子都是癡情的動物，可現在，我只相信兄弟間的感情才是真實可靠的。**」

天狼說到這裡，眼圈突然有些發紅，他舉起了酒碗，嘴角邊勾起一絲笑容：

「為了兄弟，乾了這碗。」

裴文淵等人都舉起了面前的酒碗，一飲而盡，而柳生雄霸則摸出了身邊的酒葫蘆，向嘴裡灌了兩口。

天狼對著柳生雄霸笑了笑：「我記得你不喝酒的。」

柳生雄霸的臉也有些微微發紅，顯然是不勝酒力，但他的回答卻很清醒：「今天為了你破個例。」

天狼笑了笑，也不說話，繼續喝酒吃肉，眾人默默地看著他把一罈酒和一大盤牛肉吃得乾乾淨淨後，抹了抹嘴巴，大笑一聲：「痛快，**有酒有肉，有情有義，也不枉我天狼此生！**」他站起身，回頭走上了二樓，沒有再說一個字。

這一晚特別漫長，所有的人各懷心事，在大廳裡打坐運氣，卻沒有一個人睡得著，就連那些歐陽可的僕役們，也感覺到了氣氛的不對勁，吃飽喝足後就相互偎依著睡在了一起，卻是個個不能入眠，因為平時如雷鳴似的呼嚕聲今晚卻沒有出現，就在這種難以言述的沉悶中，天漸漸地放亮了。

天邊的第一抹日光透過門縫射進平安客棧的大廳內，正好落在了正對著門打坐的柳生雄霸的臉上，他的眉毛微微一挑，牽引著臉上的那道刀疤動了動，緩緩地睜開了眼睛。

與此同時，裴文淵等人也幾乎同時睜開了眼，鐵震天長嘆了一口氣：「天亮了。」

裴文淵認真地點了點頭：「不錯，天亮了，不知道明天的太陽，我們是不是還能看得到。」

歐陽可冷冷地說道：「趙全的**板升漢人部落**在離此兩百里的地方，他的白蓮教總舵，不出意外的話，也應該是在距離那裡五十里之內。天狼就算今天出發，到那裡也要一天，我們在這裡至少要待上三天。」

歐陽可此言一出，眾人都點頭稱是。

樓上的房門再次打開，天狼那魁梧挺拔的身形出現在門口，所有人的目光都不約而同地向樓上望去，最先映入眼簾的，卻是他那一身烏黑油亮的貼身護甲，護甲正中的一個狼頭張著大嘴，面目猙獰。

和昨天白天他一直赤著上身，晚上出來時裹了件羊皮襖子不同，今天的天狼身上所穿的黑色寶甲，胸股和腹肌處都特意製成了突起形狀，緊緊地貼在他的上身，而他的腹部，纏著一根虎尾腰帶，左側綁著一個百寶袋，小腿上綁著兩片脛甲，腳上也換了一副長筒鋼釘馬靴。

天狼的神情冷峻，頭髮這次弄得乾乾淨淨，一條獸筋頭帶把額前的亂髮紮起，腦後的長髮則紮了一個小馬尾，眼神中透著一股堅定與自信。

他的背上背了一把黑布包裹著的兵刃，從天狼寬闊的後背一直垂到了膝蓋處，遠遠的看不出是什麼，只覺得一股寒氣混合著死亡的氣息撲面而來，配合著他胸甲前的那個恐怖的狼頭，讓人汗毛直豎。

錢廣來看到以後，哈哈一笑：「天狼，以前從沒見過你穿護甲，你一直說穿了影響靈活性，今天怎麼破例了？」

天狼微微一笑，突然一個沾衣十八跌，整個人仰天倒在地上，緊接著上身一下子彈起，直接就做了幾個仰臥起坐。令人驚異的是，那身看起來烏黑油亮的寶甲，居然也能隨著他的動作而彎曲自如，完全不像看起來的那種鋼硬。

歐陽克微微一怔，失聲道：「天狼，你這身就是**傳說中的冰蠶天甲**嗎？」

天狼直起身，點點頭：「歐陽兄果然好眼力，這正是冰蠶天甲，此甲取自嶺南大藤峽的千年古藤，以油浸泡，再放到通風之處陰乾，三年後取出曝曬半年，繼續浸油，然後再放進去風乾，如此這般，九十年後方可取出，這就是當年三國時蜀漢丞相諸葛亮南征時碰到的藤甲。」

不憂的濃眉動了動：「貧僧聽師父說過三國演義，這藤甲號稱刀槍不入，強弓硬弩都不能將之射穿，蜀兵開始與這藤甲兵交戰時也是連戰連敗，只是後來……」

不憂突然收住了嘴，臉上露出一絲不安的神情。

天狼哈哈一笑：「後來諸葛亮用火攻，大破這藤甲兵，對不對？」

裴文淵沉聲道：「不錯，此甲的堅固程度和韌度都無以倫比，本是最好的護身寶甲，可惜由於浸油的關係，極怕火攻，而且這火只要一著，根本連滅也滅不了，因為甲上浸的油太多，瞬間就能讓你變成一個大火團。」

錢廣來的臉上如同罩了一層寒霜：「天狼，別冒險了，那白蓮教裡不少人都精通火系武功，英雄門更是有光明左右使，你一不小心著了火，那就連屍骨也沒了，我想給你上墳燒紙錢都不行啊。」

天狼狠狠地「呸」了一聲：「死胖子，就這麼急著咒我死啊。哼，你可別以為我死了我的那些寶貝就能便宜你了。告訴你吧，這藤甲只占一半，另一半是由峨嵋山的百歲金絲猿身上的毛髮所編，極強極韌，更厲害的是，這裡面還混合了天山的冰蠶絲。」

鐵震天倒吸一口冷氣，柳生雄霸也是臉色一變：「天山冰蠶？」

天狼笑了笑，慢慢地走下樓梯：「不錯，就是傳說中至陰至寒的天山冰蠶，一百年吐一次絲，堅韌無比，又加寒氣天成，任何火焰只要移到離它一尺近處，都會自行熄滅，所以只要穿在身上，根本不用擔心著火的事。」

鐵震天情不自禁地說道：「怪不得你昨天要喝那麼多酒，體內燃燒的就像是一團火，只怕就是為了抵禦這寒氣吧。」

天狼點了點頭：「雖然我練的內功已經可以隨時轉變我體內的五行屬性，

但是這冰蠶絲乃是天下至寒，我運功抗拒確實可以抵禦，但要是碰到高手內力硬拼，自身的內息運轉不暢時，寒氣就會入體，只要片刻就會血液凝固，被凍成一具冰屍。所以我必須多喝點七月火，才能徹底萬無一失。」

裴文淵嘆了口氣：「原來是這樣，那你確實應該多喝點酒，不過如果不是為了穿這一身，我勸你以後還是少喝點酒的好。」他頓了頓，看了看天狼左臂的那個血洞，問道：「天狼，你過來，我幫你把把脈。」

天狼笑了笑：「就算我脈象不好，難道今天就可以不用走了嗎？老裴，你的好意我心領了，不礙事的。」

裴文淵從懷裡摸出了一個小藥瓶，直接遞給天狼，神情肅穆：「這是火陽丹，乃是火麒麟的內丹，是天下至陽之物，吃一顆頂你喝上十罈子七月火，如果真的感覺寒氣入體無法抵禦的時候，吃半顆，記住，只能吃半顆，不然你一定會血脈賁張，走火入魔而死。切記，切記！」

天狼一邊收下了這個藥瓶，一邊打了個哈哈：「這麼寶貝的東西你也拿出來了，看兄弟的份上打個折好了，要是我回不來，就讓胖子付吧，反正他錢多。」

錢廣來和裴文淵努力地想笑出來，卻是怎麼也無法把笑容浮上臉，而兩眼中卻已經是淚光閃閃。天狼一看他們這模樣，搖了搖頭：「一大早地盡說這些不吉利的，胖子，你平時的幽默感到哪兒去了。」

他大踏步地轉身離去，走到門邊時，揮了揮右手，說道：「大家在這裡等我三天，若是三天後這個時間我還沒回來，你們就把這兩個蒙古叛徒綁了扔這裡，然後向關內突圍吧，赫連霸要的是這兩個人，不會犧牲手下跟你們死拼的。這次天狼欠各位兄弟的大恩大德，就不多說了，大家心裡有數就行。」

天狼說完後，也不回頭，徑直走出了房門。

就在此時，阿力哥的那道身影突然從客棧內飛奔出去，向著天狼的身後撲來，一邊跑著，一邊大叫道：「天狼，不許走，你不能把我們這麼扔下不管！」

天狼停下了腳步，站在門外的院牆內，半扭頭看著衝到了門口的阿力哥，他的神情依然冷峻，沙漠裡的風微微地吹拂著他的頭髮，而天狼的語氣中隱隱有一絲殺意：「阿力哥，活得不耐煩了嗎？」

今天外面的風有點大，不像昨天那樣萬里無風，阿力哥跑到門口，風卻吹得他的鬚髮亂舞，他手舞足蹈地吼道：「天狼，你不能不講信義，你不能就這麼一走了之，卻不管我家王爺的死活！你，你不能不遵守你的承諾。你不是說你就是死也會完成別人的委託嗎？」

天狼轉過了身，冷冷地說道：「委託？請問你委託了我什麼了？」

阿力哥咬牙切齒地說道：「天狼，就是在這座平安客棧，我們兩說得好好的，你負責把王爺弄出來，送到大明境內，我們會給你回報的，言猶在耳，你難道就這麼不認帳了？」

天狼搖了搖頭：「阿力哥，你既然主動找上我，就應該知道我天狼的規矩，來找我委託的，都得先付一半訂金。你來找我的時候，只說了要我幫忙把你們帶出來，送到大明，可曾給過我一兩銀子的訂金？」

阿力哥一時語塞，轉而辯解道：「你明明知道我們出來的時候身上沒帶錢，又怎麼可能給你訂金？把我們帶到大同，你還怕沒賞錢嗎？」

天狼冷笑一聲：「賞錢？賞錢是你出嗎？還是你在找過我之前，就先去過大同，跟那裡的楊總督談好賞錢了？既然如此，你讓他來想辦法救你就是，何必再來找我？」

阿力哥的臉上一陣發白：「天狼，你明知道我家王爺貴為蒙古王子，只要到了大明官府的手裡，必定是奇貨可居，如果沒有好處，你會費這麼大勁把我們弄出來？就算我一時拿不出錢，就能證明這不是委託？」

天狼哈哈一笑，兩眼緊緊地盯著阿力哥的雙眼，堅定有力地說道：

「阿力哥，我告訴你，你別以為你的那個小王子是什麼值錢貨，他只不過是個蒙古叛徒罷了，能為大明帶來什麼？他是知道蒙古的軍事機密，還是能作為人質，讓俺答不再犯邊？赫連霸的話你也聽到了，只要有你的腦袋在，把漢那吉殺了也就殺了，沒什麼非救不可的話，更不會做什麼交易！」

阿力哥的心緊緊地抽了一下，嘴脣也開始打起了哆嗦，卻是一句話也說不出來，耳邊卻傳來天狼那冷酷的聲音：

「實話告訴你，我根本就沒打算把你們弄到關內，就算地方上的官，比如楊博想拿你們去報功請賞，那功也是他的，落不到我天狼的頭上，充其量給個幾百兩銀子就打發了。

「阿力哥，你是不是覺得我天狼為個幾百兩銀子就會去為你賣命，做這種為他人火中取栗的事情？告訴你吧，我之所以把你弄出來，不是為了帶你去大同，**只不過是把你和你的小王爺當成一個籌碼**，萬一我陷在英雄門了，也好用你們把我給換出來，現在你明白了不？」

阿力哥本來一直臉色慘白，聽到這話突然渾身一震，叫了起來：

「不對，天狼，你在騙我，那個楊瓊花找你就是前幾天的事，當時你已經先跟我們約定過了，又哪來的接她委託救展慕白的事？」

天狼冷冷地說道：「我可沒說只有楊瓊花一個人來委託我去救展慕白啊，早就有別的雇主託我做一樣的事情了。老實說，楊瓊花來不來委託我，我都會去救展慕白，只是她自己送上門來，讓我又賺了一筆而已。」

阿力哥的鼻子裡呼嗤呼嗤地噴著氣，他明知道天狼是在故意消遣自己，但是拳頭就是硬道理，人家武功高，當著自己的面不認帳，自己也是一點辦法也沒有。

遠處傳來一陣馬蹄聲，滾滾的煙塵裡，來的起碼有二十餘騎，天狼不再理會阿力哥，轉身向著那些人走去。

客棧的院牆門處，二十餘騎從煙塵中奔出，站定，個個身穿黑袍，黑布裹著自己的臉，只留下一雙雙精光四射的眼睛在外面，而為首的一個，手裡持著一塊鑌鐵權杖，遠遠地就衝著天狼拋了過來：

「天狼，門主的英雄令在此，你可以跟我們一起出發了。」

天狼伸手一抓，接過了那面權杖，正面刻著「**英雄**」二字，反面則寫著「**英雄無敵，義烈千秋**」這八個大字。

天狼笑了笑，把那權杖扔還給了為首的蒙面人：「什麼時候英雄門的英雄令也開始用漢語了？」

那蒙面人操著一口流利的漢語，甚至帶了一點江南的口音：

「赫連門主雖然是蒙古人，但英雄門自然是接納天下的英雄，並不限於蒙古，這英雄令也有漢文和蒙古文的兩種，今天是來接你天狼上路，自然不會帶蒙古文的權杖。跟我們走吧。」

阿力哥突然衝出了小院，奔到那個蒙面高手的馬前，死死地拉著他的轡繩，大叫道：「尊使，千萬別讓天狼跟過去，他有陰謀的，昨天就讓那姓楊的女人出去搬救兵了，今天……」

他的話音未落，一陣淒厲的勁風嘯過，阿力哥背心如遭重錘，整個身體就像斷了線的風箏一樣飛出去十餘丈，重重地落在沙地裡，一張嘴，鮮血狂噴，動了兩下便頭一歪，徹底斷了氣。

蒙面高手雙眼中精光暴射：「**天狼，為什麼要下這樣的殺手？你是不是不想讓他對我們說什麼事？**」

天狼眼中的紅光一下子消散不見，冷冷地說道：「這傢伙的嘴生來就是為了搬弄是非的。為了不影響我們兩邊的合作，只好讓他永遠閉嘴了。反正昨天赫連門主說過，只要他腦袋就行了，死活不論！」

蒙面高手沉聲追問道：「他說的那個女人，又是怎麼回事？」

天狼平靜地說道：「他說的是那個華山派的楊瓊花，昨天我跟她結清了帳，她就回華山去找她師兄了。客棧裡的人都看得清楚。」

蒙面高手搖了搖頭：「是嗎？可是我並沒有接到守在南邊入關之處大汗騎兵們的消息，昨天沒有人入關。」

天狼不耐煩地說道：「我再說一遍，這個女人跟我已經沒有關係了，她的委託結束了，我也跟她算清了帳，至於她愛上哪兒，想走哪條路，我管不著，也沒興趣去管。」

蒙面高手搖搖頭，雙眼中光芒閃爍：「天狼，你是個聰明人，絕不會做沒有計劃好的事情，那個女人的逃跑絕不簡單，而且她根本沒回大同，**你究竟是在耍什麼花樣？**」

天狼的眼中閃過一絲怒火：「你是來傳令接我走的，還是來興師問罪的？如果你是赫連霸，我倒是可以和你談談是不是還要繼續合作，問題是你不過是個傳令的，能做得了這個主嗎？」

蒙面高手沒有說話，一股殺意悄然升起，身邊的那些蒙面人也都擺開了合擊的陣形。

天狼冷冷地看著這一切，淡淡的紅氣開始在他的周身彙聚，他的那身寶甲上的狼頭也開始泛出紅光，似乎迫不及待地要準備渴飲敵人的鮮血。

蒙面高手眼中的光芒忽閃忽暗，最後還是嘆了口氣：「天狼，你還是見了我家門主後，自己解釋此事吧。」

天狼不屑地「哼」了一聲：「你挺聰明，救了自己一命。」

蒙面高手眼中怒火再現：「你以為我們這些人加起來打不過你？天狼，你也不看看我們的實力！」

天狼冷笑一聲：「你們的實力是不錯，俺答汗的直屬親衛，**可汗衛隊裡的烈風組，就是你帶的這些人吧，火松子？**」

蒙面高手微微一愣，似是對被看破身分有些吃驚，沉聲道：「天狼，你是怎麼看出我們的身分？」

天狼嘆了口氣：「現在的英雄門裡，赫連霸自己不會來，黃宗偉和張烈都受了重傷，而鬼聖被我擊斃，那赫連霸手下武功最高的，也是最狡猾的，除了那個從不以真面目示人的百變神君外，就是你火松子了。百變神君當然不會輕易現身，那麼來的就一定是你，再說你的口音一直沒變。」

蒙古高手拉下了臉上的黑布，露出一張瘦削而陰沉的臉，下頷幾縷小鬍子，面黃肌瘦，看起來病怏怏的，絕不像個練武之人，只是那雙靈動的雙眼中偶爾一現的神芒會提醒別人，此人是個真正的高手。

天狼冷冷地說道：「火松子，不知道你的**六陽至柔刀**現在練到哪一層了，不過看你現在這樣子，似乎採補之術出了岔子，應該是練到第六層就練不上去了吧？」

火松子的臉色微微一變，沉聲喝道：「**你到底是什麼人，怎麼對我們這些中原武人的底細一清二楚？**前天看你給鬼聖下套的時候，我就覺得不對勁，你的氣息讓我很熟悉，總感覺在哪裡見過。」

天狼搖搖頭：「我就是我，六陽至柔刀法我也見過，所以一看你這樣子就能知道現在到了第幾層，看在同為中原人的份上，奉勸你一句，那刀法別練了。你要是繼續強撐下去，不出五年，一定走火入魔。」

火松子冷冷地回道：「謝謝閣下的好心，練不練這功夫就不用你操心，赫連門主等得有點急了，我們浪費了不少時間，現在應該趕快上路了。」

天狼指著阿力哥的屍體道：「這屍體怎麼辦，是你帶回去，還是我放回客棧裡？」

火松子沉吟了一下：「我們帶走吧，就算是死屍，這人我們也是要的，以防你們做什麼手腳。」

天狼轉身走回院牆內，在背風的馬廄處拉出了一匹高大健壯的駿馬，馬的兩側早已備好了乾糧和水囊，他跨上馬，也不多說話，就奔了出去，另一邊，火松子指揮著一個手下把阿力哥的屍體拎上了馬，橫著掛在馬鞍前，然後一揮手，一行人把天狼圍在中間，向著正北方奔去。

柳生雄霸一直倚在客棧的門框處，冷眼看著發生的一切，直到一行人馬消失在遠處飛揚的塵土中，他才搓了搓手，回頭對著客棧中的眾人說道：

「現在該看我們的了。」

第十章

瀚海對決

隔了一里左右，看不清鎮內發生了些什麼，
只聽到「喀喀喀」的機關轉動聲，
緊接著是一陣暗器和羽箭破空之聲，
再然後就是利刃入體時的「噗，噗」聲，
慘叫聲和打鬥聲不絕於耳，
最後是垂死者的呻吟和叫罵聲。

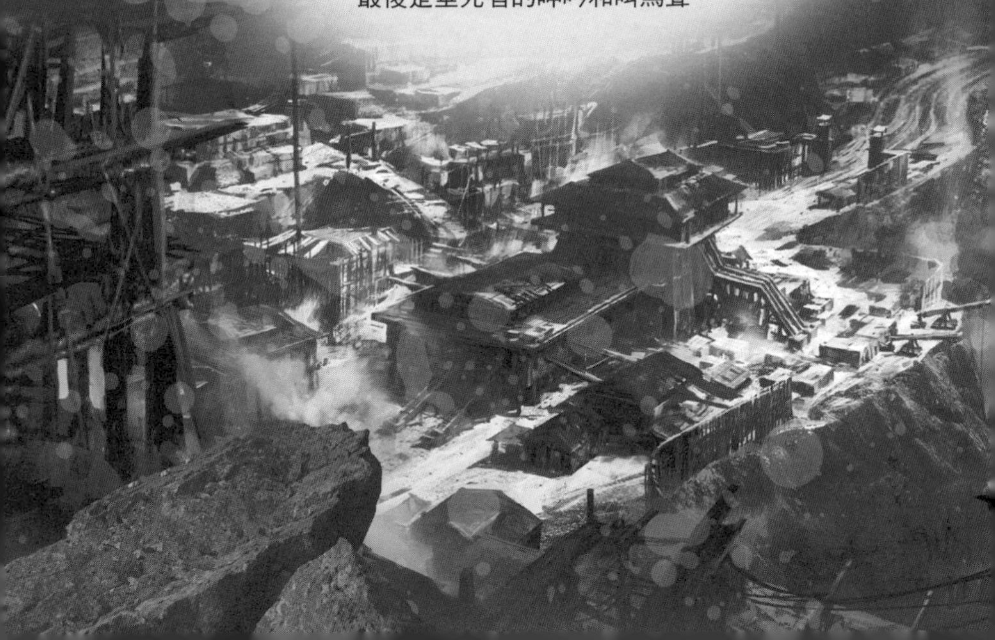

傍晚時分，離平安客棧西北二百里地的一片沙海中，數百名訓練有素的英雄門高手已經布下了攻擊陣形，只等著巨獸一樣立於最前方的赫連霸一聲令下，就會一起殺進一里開外那座看起來空無一人的綠洲小鎮。

赫連霸穿了一身精鋼魚鱗甲，手裡拎著一杆金柄黑纓長槍，在手下們高舉著的火把照耀下光芒四射，而天狼則仍然背著那柄寬大的武器，抱著臂，站在他身邊，一言不發。而火松子則帶著白天的那些烈風組可汗衛隊，一臉恭敬地站在赫連霸的身後。

赫連霸扭頭看了天狼一眼：「天狼，如果你是我，現在會下令攻擊嗎？」

天狼冷冷地說道：「會。」

赫連霸的金黃色眉毛一揚：「哦，為什麼？難道你看不出那裡面有埋伏嗎？還是你就是想讓我的手下們去送命？」

天狼搖頭：「怕埋伏也不用來這裡了，只要不打，那埋伏永遠會在，我們一輩子也殺不了趙全，反正你手下的英雄們都可以用重金收買過來，死了一批還有一批，不用心疼。趙全一滅，你在漠北就是一家獨大，到時候想招多少高手就招多少高手，今天的損失還怕補不回來嗎？」

赫連霸突然笑了起來，眾人皆感覺腳下的沙地都在微微地震動，耳邊卻傳來赫連霸中氣十足的聲音：

「都聽好了，左右兩翼包抄，火雲分堂和鬼堂的人從正面進去！」

火雲子臉色一變，上前一步恭聲道：「門主，要我的人全進去嗎？」

赫連霸看了火雲子一眼：「那些是我的人！」

火雲子咬了咬牙，對著後面吼了起來：「沒聽到嗎？跟我一起上！」說著便抽出一把足有半人高，大腿寬，刀柄纏著鎖鏈的斬馬刀，就準備向前衝去。

赫連霸突然說道：「火雲子留下，赤髮鬼手帶隊進去。」

赤髮鬼手是鬼堂的三把手，前天夜裡鬼聖和自己的副手白骨道人雙雙被展慕白和天狼所殺，於是武功一般的赤髮鬼手意外地成了代理鬼堂堂主，可是他做夢也沒想到，剛升了官就碰上了這麼個送命的差事。

咬了咬牙，赤髮鬼手掏出了兩把判官筆，沉聲喝道：「都跟我來！」幾十條藍色和紅色的身影迅速地向著空空蕩蕩的小鎮中移動，轉瞬即沒。

幾十名好手衝進小鎮後，鎮門口外十幾步的地方突然揚起了一陣漫天的沙塵。

隔了一里左右，尋常人看不清鎮內發生了些什麼，只聽到「喀喀喀」的機關轉動聲，緊接著是一陣暗器和羽箭破空之聲，再然後就是利刃入體時的「噗，噗」一聲，慘叫聲和打鬥聲不絕於耳，最後是垂死者的呻吟和叫罵聲。

也就片刻功夫，隨著一陣笛音的出現，一切重歸沉寂。

塵埃落定，小鎮又重新出現在眾人的視野中，進門的大道上到處是東一灘西一灘的血跡，卻沒有一具屍體出現，那三十多人就好像人間蒸發了一樣，沒有留下一點痕跡，大道兩邊的房屋然是緊閉著門，朔風吹過，木板窗戶「叭嗒，叭嗒」地打著黃土牆上的窗洞。

赫連霸臉上沒有任何表情，聲音也是平靜異常，彷彿沒有損失三十多個手下，只是死了些螞蟻。

「天狼，你應該已經打通了大周八脈，眼力遠超常人，剛才沙裡的事，都看清楚了嗎？」

天狼微微一笑，娓娓說道：

「剛才那陣沙塵是由鎮門外面的機關所控制，鎮門外的地下應該是個出風口，你人一進去，隱身於地下的敵人就開始鼓風，以干擾我們的視線，切斷內外的聯繫。

「兩側的那些房子，也都做成了機關房，直接能從門中射出大量的暗器和羽箭，剛才那三十多人一衝進去，就有十多人折在了這些暗器上。道上也埋伏有敵方的殺手，趁著那些人擋暗器的時候，下面伸出二十多柄長槍，這一下又刺死了七八個，還有三四個腿上受了傷，倒地失去了戰鬥力。

「最後，從那些機關房中殺出一些身材高大，渾身青紫的高手，那些人想必就是趙全每天泡在毒藥缸裡練出的毒人，力大無比，被他們的拳腳直接打中皮膚的，無不中毒而亡，不過這些人藥泡得太多，神智已失，行動遲緩，一對一的話，未必是你那些手下的對手。」

天狼說到這裡，嘆了口氣：「可是趙全很聰明，把伏擊的地點設在這大道上，兩邊都是機關屋，三十多個人擠在前後不過四十餘步，左右寬不過七八步的一段空間裡，發揮不了輕功和優勢，只能和這些毒人死打硬拼。帶頭的那個赤髮鬼手，殺了三個毒人後，才最後被五個毒人分屍的，要是在平地，他至少可以跑掉。」

赫連霸冷冷道：「為首者作戰不知進退，不知預留退路，只知道帶著手下擠成一團就往裡面衝，這種人死了也沒什麼可惜的！天狼，你看得很清楚，那你說像這種情況怎麼破解？」

天狼「嘿嘿」一笑：「很簡單啊，這次攻進去前先留人在後面，把那個風口給堵了，然後等兩邊的機關屋裡發暗器時，直接跳上兩邊屋頂，向地上扔一些轟天雷之類的火器，把下面的人炸死；至於那些毒人嘛，不過是些沒有腦子的行屍走肉，引到開闊處消滅會很輕鬆。」

赫連霸皺眉道：「你沒有聽到那些笛聲嗎，趙全也不是傻子，不會在前面這些殺招不起作用的時候就放毒人出來。」

天狼擺著腦袋道：「毒人是從兩側的機關房裡放出的，只要機關房的暗器一發動，打完之後他們就會自動從門裡出來。赫連門主，我相信如果是你親自去，只要片刻，就能把那幾十個毒人全部幹掉。」

赫連霸眼中閃過一絲意味深長的神情：「天狼，你是在激本座親自出手？」

天狼淡淡道：「不敢，你赫連門主可是主帥，怎麼會衝在最前面呢？再說，這只不過是白蓮教的第一道防線，不值得你費勁。」

赫連霸點點頭，回頭看著咬牙切齒的火松子：「天狼的話你聽到了吧，這回你去，帶上烈風組的人，只要破了第一條大道就撤回來。」

火松子的眼睛裡像是要噴出火來，十幾個從三清觀來投奔他的同黨剛才一下子就沒了，他可不是赫連霸，能隨便收買大批高手，這些嫡系一死，自己就成了光杆司令，還不知道要多久才能讓自己的分堂再次恢復元氣。

但是火松子不敢在赫連霸面前表現出不滿，只是恨恨地剜了天狼一眼，對著身後的那些烈風殺手們說道：「跟我上！」

二十多條矯健的身影奔向小鎮，只是這次分成了七八個小組，前後間也保持了一定距離，火松子手裡提著那把大半人高的斬馬刀，跟在了後面。

二十多人一踏進鎮門後，從鎮門外的地下又吹出一陣勁風，眼看著沙塵就要起來，火松子冷哼一聲，一個浮萍訣，整個人向後飛出十幾步，對著風口便是一把寒芒出手，只聽得暗器入肉之聲不絕於耳，從地底裡傳來兩聲悶哼，那陣阻人視線的怪風便再也吹不出來了。

火松子堵死風口的同時，前面的大道兩邊機關房也開始發動了，勁風破空之聲不絕於耳，而那些烈風殺手們個個早有準備，一等到暗器擊發時，就全都沖天而起，躍上了房屋，順手向地上擲出十幾枚黑色的東西。

地下突然冒出二十幾枚長槍，緊接著，十餘名黃衣蒙面人握著槍從地下鑽了出來，然而他們剛剛露出半個頭，就正好碰到從空中丟下的那些黑色東西，燃燒著的引信是他們在這個世界上最後看到的東西。

「轟」地一聲巨響，緊接著是十幾聲接連而至的爆炸聲，這回不用鼓風機了，大道上平空升起了一陣紅色的煙霧，爆炸產生的煙塵中，斷肢殘臂飛得滿天都是，帶起一蓬血肉雨，連空氣中都充滿了火藥味和血腥味。那二十幾名埋伏於地下的長槍手，就這麼給炸得粉身碎骨，屍骨無存。

機關房的房門幾乎同時打開，三十多個全身青黑，面無表情的毒人走了出來。由於長年浸泡在毒藥之中，他們的骨骼肌肉比起正常人來大了一圈，每個人的個頭都至少有天狼這麼高，而他們的動作遲緩，目光呆滯，走起路來形同喪屍。

火松子冷笑一聲，抽出手中的斬馬刀，低吼一身，身邊泛起一陣暗青色的真氣，而那把厚重的斬馬刀也似乎像是有了生命一般，發出一陣震動，只見火松子一個縱躍上前十餘步，大喝一聲，斬馬刀出手，破空而出。

所有人都看得真真切切，斬馬刀的刀柄上有一條鎖鏈，纏在火松子的右腕上，而他正是靠操縱這條鎖鏈，來控制這把巨大的斬馬刀可以在離自己一丈多處揮舞自如。

那柄巨大的斬馬刀閃著淡淡的青色光芒，彷彿具有生命力似的，不停地在空中來回盤旋，毒人的力量雖大，但根本無法與這樣沉重的重型兵刃正面對抗，走在最前面的兩個毒人瞬間就被斬馬刀砍中，身首異處，脖頸處噴出一泉黑色的血液，身子卻是沒有停下，仍然向前走了幾步才頹然倒地。

後面的毒人們一個個被火松子吸引了過來，全都轉向他，火松子的臉上掛著殘忍的微笑，手上加快了動作，周身的青氣越發明顯。

那把在空中四處旋轉，帶起巨大聲勢的青芒斬馬刀，彷彿毒蛇出洞，猛龍過江，綿綿刀勢環環相扣，所過之處，一片斷肢殘軀。

很快，那些毒人的腦袋就如同西瓜一樣滿地亂滾，而斷臂失首的屍身往往在走了幾步後砰然倒地，只剩下還連在身上的手腳還在微微地抖動著。

斬瓜切菜一般，三十多個毒人在火松子凌厲的刀法下紛紛身首異處，滿地都是抽搐的屍體，既黑又腥的毒血流得滿地都是，讓人聞之掩鼻。

火松子收刀回手，內力一震，刀上殘留著的黑血一下子被內力蒸發得無影無蹤，那柄斬馬刀依然刀身雪亮，可以照清楚他的臉。

火松子心中暗暗得意，正想向前走幾步，突然想起了赫連霸的命令，咬咬牙，打了個忽哨，那些跳到屋頂的烈風組殺手們紛紛跳下，依然是三四人一組，互相掩護著退出了小鎮。

火松子退回赫連霸所立之處，意猶未盡地說道：「尊主，要是讓我再向前攻擊，一定可以衝到鎮中心的，也就一百多步的距離了。」

赫連霸搖搖頭：「未必，雖然只有一條街了，但你感覺不到那裡的殺氣嗎？明顯比你們這一條要重得多，顯然有更厲害的高手。」

火松子忿忿說道：「有高手也不怕，白蓮教當年來塞外時，趙全和李自馨之外的高手也就十幾個人，這些年也沒有大肆地招兵買馬，全是從那些被蒙古人擄掠來的漢人裡挑些不會武功的壯丁製成毒人，他們的實力怎麼能和我們英雄門相比呢？」

赫連霸冷冷說道：「**料敵以寬，這是為將的原則，換到江湖上也一樣**。火松子，你現在還能站在這裡說話，是因為前面的三十多個弟兄給你打頭陣，讓你知道了第一條街的機關，換了第二條街，你敢保證你能萬無一失？」

火松子的臉上閃過一絲慚愧，低頭退下不再多說。

赫連霸轉頭看了看天狼，黃色的眉毛動了動：「天狼，剛才按你的計畫進行的攻擊很成功，沒想到你還有將帥之才，現在你說該怎麼辦？」

天狼的臉上沒有任何表情，看著已經籠罩在黑夜中，如同一座鬼城的對面小鎮說道：「那要看門主是想速戰速決，還是要保存實力，減少傷亡了。」

赫連霸沉聲問道：「本座只想早點殺了趙全，向大汗覆命！你不要繞圈子，想怎麼打就直說。」

天狼微微一笑，指著對面的小鎮說道：

「趙全的第一道防線也是門戶已破，按我的計算，他在此地的高手加上毒人應該有一百四五十個，其中沒有思想的毒人有六十多，高手有七八十。剛才一戰，他的毒人損失了一半多，弟子也死了近二十，接下來他肯定會收縮兵力，全力防守裡面的核心區域，也就是從第二條街到鎮中心的這一段，惡戰也應該會在這裡爆發。」

赫連霸「嗯」了一聲：「你的情報和我所得到的差不多，剛才我們攻破白蓮教的第一道防線時，他們為什麼不大舉派出主力來援救？」

天狼「嘿嘿」一笑：「趙全不是傻子，一看這架式，我們的人是他們的四倍以上，就是硬拼，耗也能把他們耗死了，第一條街道的機關屋已經失去了作用，這時候再派人反擊，純粹就是硬拼實力。雖然我方第一批只進去了二十多人，但主力卻沒有動，隨時可以殺進去支援。所以趙全寧可放棄救援前面的人，甚至不把那些毒人召回，就是想最大程度地保存自己的實力，盡可能地在第二道防線裡那些機關中作戰。如果我們輕敵冒進，把主力高手貿然投入，甚至是赫連門主你親自殺上去，萬一中了機關有個閃失，他們的機會就來了。」

赫連霸不屑地「哼」了一聲，傲氣十足地說道：「只怕趙全的那些機關奈何不了我赫連霸。」

天狼搖搖頭：「他的那些機關消息當然困不住赫連門主，但是可以把你和你的手下們分隔片刻，到時候他可以拉上李自馨或者其他的高手全力圍攻門主，那可就難說了。」

赫連霸的眼中閃過一絲警惕：「天狼，本座並沒有說要親自殺進去，現在本座是在問你的打算，接下來應該怎麼做？」

天狼笑了笑：「剛才說這些是為了分析出趙全的打算，知己知彼才能百戰不殆嘛，如果我是門主，現在就會讓大家都休息，啥也不用做。」

赫連霸疑道：「**你是準備用疲兵之計？**一會兒讓大家熄滅火把，入了夜以後輪番騷擾他們，讓他們不得安寧？」

天狼點點頭：「現在是趙全他們神經繃得最緊的時候，他也沒料到你赫連門主和俺答汗下手會這麼快，所以他幾乎是沒帶幾個人匆匆逃來這裡，連自己的板升漢人部落都完全丟掉了，**實際上他到了這一步，已經是山窮水盡，所想的就是奇蹟發生，通過殺死你赫連門主來翻盤。**」

赫連霸哈哈一笑，黃鬚飄動：「就算我赫連霸死了，大汗也會要了他的命。」

天狼的嘴角勾了勾：「只是如果這次讓他跑了，他有可能會逃到西域，再一路向西，到時候想抓他就難了。赫連門主，你現在可以讓大家把火把滅掉。」

赫連霸高聲道：「傳我的令，所有人以堂為單位，五人一組生一個火堆，包括左右兩側埋伏的人，多加點柴，照得亮些！」

站在後面的火松子忍不住插嘴：「尊主，這樣我們全暴露在白蓮教徒們的視野裡，萬一他們偷襲或者趁黑逃跑怎麼辦？」

赫連霸道：「這已經是趙全最後的據點，他現在無處可逃，除非是把我們打退，不然他一個人逃到西域也是個死；至於偷襲，要是他肯放棄裡面的機關與佈置，出來和我們大戰，正是我求之不得的事。」

火松子「噢」了一聲，忍不住又問了句：「那我們晚上還要安排夜襲嗎？」

赫連霸搖搖頭：「視情況而定，你傳令下去，隨時準備滅掉火堆。」

火松子心裡還有疑問，但一看赫連霸那冷厲的眼神，嚇得一吐舌頭，不敢再多問，行禮退下，周圍百步之內只剩下赫連霸和天狼二人。

天狼看著火松子遠去的身影，微微一笑：「赫連門主，看來你的二弟三弟一傷，手下確實沒多少可用之人了啊。」

赫連霸眼中光芒閃爍：「你這是在質疑我英雄門的實力嗎？天狼，像火松子這樣功夫的，我們這裡至少有十幾個，只不過都在各分舵罷了，這次事發突然，來不及調回，就算是這火松子，武功也不在你的那幾個朋友之下吧。當然，那個東洋人除外。」

天狼不屑地道：「用錢收買的蠢材罷了，你是能指望他的忠誠還是能指望他的腦子？赫連門主，要是讓火松子這樣的人獨當一面，你能放心得了嗎？」

「天狼，**如果你肯來我們英雄門，真心為我效力的話，副門主之位就是你的**，你看，我已經年過五旬了，你則是三十多歲，血氣方剛，將來我的這位子遲早是你的。怎麼樣，要不要重新考慮一下？」赫連霸發自肺腑地問。

天狼正面迎向赫連霸灼熱的目光道：「赫連門主，我的態度已經表達得很清楚了，而且我不是蒙古人，經過了趙全的事情後，你覺得俺答汗還能信任一個漢人嗎？就算我肯當你的副手，俺答汗也不會安心的。**你我如果不想在滅了趙全以後反目成仇的話，保持距離，結為盟友應該是最好的結果。**」

赫連霸的臉上閃過一絲失望，長嘆了口氣：「人才難得！天狼，你的能力出色，聽說當年和陸炳鬧翻也是因為那件事吧。」

「門主既然知道，就不用再提了，陸大人只不過是個徹頭徹尾的懦夫，枉我以前那麼信他。赫連門主，**當一個人身上的光環和畫皮都被撕下，無情的真相一下子全部暴露在你面前時，你知道那種感覺是什麼嗎？**」

「大汗不是你們的那個道士皇帝，我赫連霸也不是陸炳，你不用擔心同樣的事情會重演。」

天狼搖搖頭：「赫連門主，我是漢人，你是蒙古人，蒙古人天生就只能去搶掠漢人，我不想當趙全，就只能和你們為敵。殺了趙全後，你的那個提議我們雙方是不是會遵守也很難說，但在此之前，至少現在我們是一起作戰的同伴。以後的事以後再說吧，先想想怎麼滅掉趙全來得好。」

赫連霸嘆了口氣，眼中閃過一絲落寞：「天狼，你有沒有想過，其實蒙古和大明不見得一定要為敵的，大汗並非好戰之人，實在是你們的皇帝太不像話，登基以後就禁絕邊境貿易。我們草原上有的是牛羊駿馬，卻產不出綾羅綢緞，鍋碗瓢盆，這些東西你們漢人不換，我們就只有用搶了。」

天狼點點頭：「確實如此，其實徐大人這次給我的使命之一，也是想和你們暗中聯繫，看看有沒有重開邊市的可能。本來這件事是想等到殺了趙全以後對俺答汗說的，既然你主動提起，我不妨先給你透透風。」

赫連霸道：「據我所知，徐階不過是內閣次輔，他不是首輔嚴嵩，作不了主；何況就算嚴嵩，也不過是個揣摩上意，刻意逢迎的老滑頭罷了，這事的關鍵還在於你們那個道士皇帝身上！他不止是禁跟我們蒙古一家的貿易，就是跟東洋的貿易，還有南邊佛朗機人的往來也全禁了。」

天狼「嘿嘿」一笑：「他是要面子，但跟面子比起來，讓他不受任何打擾地安心修道才是首要之事。上次你們的騎兵打到北京城外，我們的這位道士皇帝不也是脫下道袍，換上龍袍，十多年來第一次上朝嗎？所以只要想辦法讓他修仙得道，開邊市不是不可以考慮的。」

赫連霸眼光一亮：「你的意思是，徐閣老已經看出你們皇帝的這個心思了？」

天狼正色道：「大明太大了，讓皇帝煩心的事也太多，每年在北邊跟你們蒙古作戰，邊關要錢要兵的文書如同雪片一樣，攪得他不得安寧，皇帝雖然要面子，但是個絕頂聰明之人，這帳他不會算不清楚的。」

赫連霸冷哼道：「我們的大汗是草原上的雄鷹，也是極要面子的，絕對不會低三下四地去求你們的那個皇帝，天狼，你要是指望我們大汗首先低頭的話，還是早早地死了這條心吧。」

天狼神情異常嚴肅：「不錯，赫連門主，這次天狼拜訪你們英雄門，也是有這個使命在身，徐閣老希望能在雙方都保留足夠面子的情況下相互示好，為以後的邊境互市創造一個前提。」

赫連霸冷哼道：「示好？怎麼個示好，你協助把漢那吉叛逃，這就是你們明朝示好的表現？」

天狼「嘿嘿」一笑：「你現在幫忙捉拿那趙全，這不也是示好嗎？**我們的皇帝要面子，你們的大汗也要面子，兩邊通過交換叛徒的方式接觸，這不就讓大家**

都保住了面子嗎？」

赫連霸沉吟道：「這件事我做不了主，不過此事一了，我可以安排一下，把你引見給大汗；如果有機會的話，我也會幫你說兩句話。天狼，你的意思是，這次我們還不能直接殺了趙全，得讓他活著，好作交換？」

天狼正色道：「如果能留活口當然最好，實在不行，至少也要保全屍體，不能讓他像那些躲在地下的白蓮教弟子那樣，給炸得屍骨無存，說白了，哪怕我把趙全像阿力哥那樣變成一具屍體帶回去，也算是對上面有個交代。」

赫連霸哈哈一笑：「天狼，你是不是有點後悔沒有把阿力哥給弄得渣都不剩？現在他的屍體在我手上，我可以放手去進攻你的那個客棧，完全不用顧及把漢那吉的死活。」

天狼驚告道：「赫連門主，你不是說準備和我結盟了麼，我來這裡也是為了表示一下我天狼結盟的誠意。如果你趁我不在，派人去偷襲平安客棧，我的兄弟們到時候一定會以死相抗。要是傷了兩家的和氣，這盟怕是也結不成了吧。」

赫連霸不快地說：「我的手下都在這裡，你可以看得到，我又有什麼高手能去進攻平安客棧？天狼，就算我想背信棄義，起碼也要有背信棄義的本錢才行，是不是？」

天狼嘴角勾了勾，換了個話題：「赫連門主，你剛才下令點起火堆，如果是這樣的話，我們還怎麼通過夜襲來騷擾趙全呢？」

赫連霸道：「天狼，你畢竟打仗的經驗少，趙全也跟著大汗打過不少仗，在兵法戰陣上也算是有經驗的。如果我們按你說的辦法全部熄了火，然後再分批騷擾，那趙全一定也會分批讓人值守，讓其他人抓緊休息，不會中了你的疲兵之計，甚至他可以分批讓小股手下突圍；但假設燈火通明，裡面的人只要上了街，一舉一動都盡收我們眼底，所以趙全是不敢派人出來的。如此一來，主動權完全在我們這裡，想襲擾就從暗處摸進去一些人，想強攻可以四面一起上，每次都能搞得他們如臨大敵。」

天狼點點頭，其實這些在赫連霸下令時他就心裡有數，只是找個機會讓赫連霸自己說出來罷了。

他又問道：「那赫連門主是準備今晚不攻趙全了？你不是說想速戰速決的嗎？」

赫連霸搖頭：「強攻傷亡太大，我的人雖然是花錢招攬的，但也不是只要有了錢就會有源源不斷的人來投奔，我英雄門不是錦衣衛，畢竟在你們漢人眼裡，是番邦門派，非到萬不得已的情況下，各派叛徒是不願意主動來的。就好比你天狼，就算你不想自立，我鄭重邀請你加入，你就肯來了？」

天狼哈哈一笑：「當然不肯，我的那些朋友也不肯的，火松子這樣的，倒是很有興趣。」

赫連霸的眼中神光閃爍：「這不就結了?!所以你可以不珍惜我手下的性命，我不可以。鬼堂已經名存實亡，火雲堂在我手下各壇裡實力最弱，堪稱雞肋，捨棄掉也沒什麼可惜的，但我真正的精銳高手，一個也不能隨便損失。」

天狼眨了眨眼：**「原來赫連門主一開始就打算好了想要犧牲誰，想要保留誰？」**

赫連霸冷冷道：「作為首領，這些是必須的。天狼，你不也是如此嗎？非血冷心硬做不得掌門，更不用說是霸主！**你的手下就是你手中的棋子，棄與不棄，全在你心。**」

天狼嘴角勾了勾，露出一絲微笑：「這麼說來，赫連門主的兩位結拜兄弟也都是可以隨時放棄的棋子了？」

赫連霸臉上的肌肉跳了跳，沉聲道：「二弟和三弟和我少年時就結拜了，他們的情況不一樣，是真正的自己人，我是絕對不會放棄他們的。天狼，如果你肯來我這裡，我會把你當成接班人培養，也不會放棄你。」

天狼笑道：「你的這話我信，所以今天黃左使和張右使都不在這裡，而是去平安客棧搶人了，最重要的任務當然要交給最可靠的兄弟完成，對吧。」

赫連霸的臉色一變：「天狼，你這話什麼意思，二弟和三弟被你親手所傷，你覺得他們那個樣子兩天內能復元？」

天狼微微一笑：「尋常人自然是難以恢復，但二門主和三門主功力深厚，加上英雄門從萬草幫搶過來的那批神農萬靈丹，想必三天左右就可以恢復個七八成。三門主可能傷得重點，但二門主恢復個八成功力，帶上俺答汗的可汗衛隊，或者是外面分舵裡緊急支援的高手，攻個平安客棧還是有把握的。」

赫連霸的眼中閃過一絲殺機：「你既然知道了，為什麼還肯孤身來這裡？難道你有辦法擋住我的這次攻擊？天狼，你應該知道，阿力哥的屍體在我手裡，只要有他的腦袋，我根本不在乎把漢那吉的死活。」

「這些早在我預料之中了，要不然我也不會把阿力哥的屍體送給你，赫連門主，**你是不是到了現在對此事仍是心存疑慮呢？**」

赫連霸的嘴角動了動，被一個後生晚輩這樣當面揭穿自己的計畫，還真是在認識天狼以前從沒有過的事情，事已至此，不妨把話挑明，於是開口道：

「天狼，不錯，我就是想攻下平安客棧，殺了把漢那吉，如果你在我這位置，恐怕也會做同樣的事情。」

「不，我不會，因為如果我是你，真的想和對方長期合作的話，不會用這種背信棄義的手段來壓服別人，赫連門主，你是不是覺得我的那幾個朋友都是厲害角色，不想讓我勢力太龐大，才會下此殺手？」天狼直言道。

赫連霸點點頭，道：「不錯，正是如此，你的那些朋友，個個在我英雄門裡也能做到堂主一級，甚至更高，除了我們兄弟三人以外，手下沒有哪個能比得上他們，尤其是那個東洋人。如果你是我，會讓一個自己的盟友有這麼多厲害的同伴？」

天狼的臉上閃過一絲可怕的表情：「可是如果你殺了他們，就不怕我為他們報仇嗎？你應該知道我的個性。」

「**我寧可得不到你天狼，也不能讓自己多出這麼強的對手！**不過你放心，我給二弟和三弟下過令，讓他們只能生擒，不許害了你那些兄弟的性命，你應該能看出我的誠意。」赫連霸坦言不諱。

天狼哈哈一笑：「誠意？你昨天在客棧裡說我們互相合作的時候就沒有誠意了！赫連門主，**能告訴我你什麼時候才是有誠意的，什麼時候是沒誠意的嗎？**」

赫連霸冷冷道：「現在我就很有誠意，天狼，你應該知道我是想得到你這個人才，不會把你逼到絕路。你的那六個兄弟，我會暫時讓他們在英雄門裡做客，然後你要為我完成兩件事，再回來加入我們英雄門，到時候我就會放了他們，還會讓他們繼續當你的手下。」

天狼「哼」了聲：「赫連門主，你一向喜歡這麼要脅別人嗎？我來猜猜你的想法，你要我辦的那兩件事，一是滅了華山、峨嵋這樣的正道二流門派，二是挑了魔教的某個重要分舵吧。到時候，我天狼在中原武林裡正邪兩道都無法容身，只能寄生於你英雄門，對不對？」

赫連霸讚道：「你很聰明，話挑明了也不錯，**不斷了你的後路，我怎麼可能放心你的忠誠度呢！**」

天狼嘆了口氣，神情也變得落寞起來：「原來赫連門主是這樣控制手下的，看來我也沒有別的選擇，只有跟你合作了。」

一個聲音突然響了起來：「尊主，這小子很滑頭，只怕已經有應對辦法了。」

赫連霸笑道：「不錯，從你向我報告那姓楊的女人被天狼放跑後，我就知道他一定在找別的辦法了。天狼，你是不是以為我赫連霸是瞎子，對你的舉動一無所知？」

天狼轉過身，看著身後十幾步外，陰沉著臉，如幽靈一樣站著的阿力哥，笑道：「**百變神君，你終於出現了！**」

阿力哥的臉上毫無表情，道：「難道你早就知道了我的身分？」

天狼點點頭：「從你第一次來平安客棧的時候就能猜出個大概了。」

阿力哥「哦」了一聲，似乎有些意外，說道：「願聞其詳。」

天狼不慌不忙地踱起步來，分析道：

「你第一次來平安客棧，雖然帶了把漢那吉的信物，卻沒有帶錢，也沒有帶上伊克哈屯可敦的信物，你是可敦的貼身奴僕，是她的親信，如果沒有她的支持，把漢那吉又怎麼可能逃跑得了？反過來，要是可敦也參與了這事，她又怎麼可能讓你一個人空手來見我？重金信物肯定要備好的，可你卻空手而來，這不是因為你缺錢，而是因為你壓根沒有把此事告訴可敦。」

天狼看著面無表情的百變神君，嘆了口氣：「其實這件事我一開始就清楚，根本不是可敦的意思，她跟俺答汗夫妻幾十年，連上次俺答睡了自己的親外孫女這事都忍了，還會幫著一個孫子去叛逃大明嗎？」

赫連霸不解地道：「既然你那時就猜到了這不是可敦的意思，為什麼還要接下這個任務呢？」

天狼露出一口白牙：「**在蒙古，敢做這種事情的，無非是兩撥人，要麼是趙**

全，要麼是赫連門主，你們都需要透過這個叛逃事件逼俺答汗表明態度，以滅了另一方，算起來，當時我認為赫連門主可能性大些。」

赫連霸黃鬚微微一動：「因為我是蒙古人，容易在大汗的本部安插自己的人，對不對？」

天狼搖搖頭：「不，最大的原因不是這個，**而是因為你手上有百變神君**。有了他那出神入化的易容術，自然可以想變成誰就變成誰，火松子，這麼多年下來，你的手藝見長啊。」

火松子嘆了口氣，把臉上的人皮面具一撕而下，露出一張面黃肌瘦，光滑無鬚的道人面容，眼神中透出複雜的神情：「李師弟，我早該知道是你的，只是我有一點疑問，還想請你解答。」

天狼答道：「其實我一開始不知道阿力哥是你裝扮的，但是後來看到『火松子』當時有人幫忙也不敢和我動手。剛才在進攻白蓮教的時候，居然還要用鎖鏈來運刀，這可是你十幾年前就達到的境界，所以我立馬知道了他不是火松子。」

火松子向天狼豎起一個大姆指，眼中竟然閃出一絲嫉妒：

「李師弟，當年在三清觀的時候我就一直很嫉妒你，嫉妒你的天賦，嫉妒你的智力都在我之上，更嫉妒為什麼我在三清觀待了這麼多年，最後師父卻要對剛來的你另眼相看？你知道嗎，我會叛出三清觀，說白了也是因為你的原因！」

天狼的表情依然平靜：「**易容術是三清觀的不傳之密**，只有三清觀的易容術才能讓人的表情也能跟著裡面的臉皮變化。火松子，老實說，當我確定阿力哥是易容改扮的時候，我就已經知道你就是那個百變神君了。」

赫連霸的聲音冷冷地響起：「你們就不用繼續敘舊了吧，李滄行，原來真的是你！我聽說過你的名字，但你失蹤了這麼多年，居然是進了錦衣衛，這是我沒想到的。而且你的臉和身體是怎麼回事，沒用易容術也完全變了？」

天狼冷冷地說道：「這是在下的私事，赫連門主就不要多問了，**李滄行早就死了，世上只有天狼**，你以後跟著打交道的，也只是天狼。」

火松子不懷好意地笑了笑：「李師弟，哦，不，天狼，你的女人好像這麼多年一直在找你啊。難道你對她已經徹底忘了嗎？」

天狼的身子微微一顫，眼珠子一下子變紅，身邊騰起一陣強烈的紅氣，殺氣四溢，赫連霸和火松子雙雙臉色一變，提氣戒備起來。

天狼一字一頓地對著火松子說道：「火松子，我警告你最後一次，別在我面前提她！李滄行已經不在人世了，所謂李滄行女人的事，與天狼無關！再說了，她也不是李滄行的女人。」

火松子咽了泡口水，點了點頭：「那好，不說這個，你既然早已經識破了我的身分，應該早在客棧也作了安排，就是楊瓊花那個女人吧，你讓她回大同找救兵了？」

天狼搖搖頭：「沒有，南邊回大同的路上是你們的人，千軍萬馬，連我們七個都很難衝出去，別說楊瓊花一個人了，我沒讓她回大同。」

火松子的臉色微微一變，連赫連霸也一下子沉默，可他們看著天狼的眼神中卻是充滿了疑惑。

天狼哈哈一笑：「赫連門主，你千算萬算，還是棋差一招，我讓楊女俠從上次我們交易時的那個地道回錦衣衛那裡去了。你以為我要去找大同的楊大人？我偏偏就要出你意料之外，而且楊大人那裡並沒有可以擅自出兵的許可，就算是楊女俠回到了父親身邊，也很難說動他出兵的。」

赫連霸看了火松子一眼，沒再說話，但臉上一閃而過的那絲責備卻是盡顯無疑。

火松子的腦門上開始慢慢地滲出汗珠，顯然，這個計畫是由他一手製訂的，他強撐著冷笑一聲：「天狼，你莫要太得意了，淨在這裡大話誑人！你當年就跟陸炳仇深似海，我不知道你是怎麼進的錦衣衛，但後來你顯然又叛出錦衣衛了，現在又搭上徐階的路子，當了個什麼錦衣衛副總指揮使，陸炳會幫你？」

天狼笑了笑：「赫連門主，你如果是陸炳，會幫我嗎？」

赫連霸的臉色陰沉，像是一頭積累著怒氣，隨時準備爆發的雄獅，聲音也變得鏗鏘有力：「如果我是陸炳，一定會幫你，因為有著俘虜趙全的這個大功在，什麼私怨都可以暫時扔到一邊去。」

火松子的汗出如漿，背上透濕一塊，急道：「尊主，你！」

赫連霸怒道：「夠了，還想繼續給我丟人下去？敗了就是敗了，男人輸了就要承認！」

火松子的臉色慘白，低聲道：「尊主！屬下知罪！」

赫連霸冷冷地說道：「火松子，你計畫不密，思慮不周，沒有預判到對方的全部後招，就急不可待地實行你的那個方案，置左右使者和四個分堂的兩百多兄弟於危險之中。火松子，你清楚幫規，你說這事該怎麼辦？」

火松子頭上滲出的細密汗珠越來越多，越來越大，從綠豆大小變成了黃豆大，匯成一條條小溪在滿是風沙的臉上沖出一條條的溝壑。

他的聲音有些發抖，人也不自覺地後退了一步：「尊主，現在情況還沒定，也許黃左使和張右使不一定輸呢。」

赫連霸不屑地「哼」了一聲，一頭金色的小辮無風身吹，大紅的戰袍高高地飄揚，眼中精光四射：

「火松子，你制訂這個計畫的時候，只是針對那客棧裡的六個高手，出動兩位尊使加上兩百多名高手應該是足夠了，可要是錦衣衛也摻和進來，你敢說還有贏的希望？天狼那天和我們交易的時候就帶了不下百人，用腳指頭想都會知道，陸炳既然親自現身，這次至少會帶四五百人過來，而且他們精銳的龍組殺手還沒有現身，五龍五彪這些高手也一直潛伏在陰影中，就是我們英雄門現在這些主力全部回援，鹿死誰手都難說。」

火松子咬了咬牙，抗聲道：「門主，可是這個計畫，屬下是和你一起訂定的，**如果你早就看出有問題，為什麼當時不說？**屬下知道您在錦衣衛裡有高級內線，就是昨天還有過聯繫，難道你就掌握陸炳的動向了？門主，這個事可不能只怪屬下一人吧。」

赫連霸哈哈一笑：「火松子，本座當然知道陸炳的動向，他和天狼完成那個交易後，就一直沒離開地下的那個秘密通道。天狼，你以為你跟陸炳的交易，我不知道嗎？你以為你讓楊瓊花去找陸炳幫忙，而不是回大同搬救兵，我不知道嗎？」

天狼的腦門也開始微微冒汗：「赫連霸，你想怎麼樣？」

赫連霸胸有成竹，不緊不慢地說道：「本座自然有辦法反制你們。天狼，本座很感謝你幫了我這個大忙，居然把陸炳也引到了平安客棧，這次我要是能把錦衣衛也一網打盡，那就是給大汗立下了一個大大的功勞，加上白蓮教一滅，以後大汗對我們英雄門的扶持只會更厲害。」

天狼擦了擦臉上的汗水，已經入夜，沙漠裡的氣溫驟降，也只有這些武林高手們能扛得住這晚間沙漠的嚴寒，運功抵禦或者是圍著火堆取暖。而天狼臉上和脖子上大量出現的汗珠，顯然證明了他此時內心的焦慮。

天狼的語調在平靜中帶了一絲激動：「赫連霸，你的主力全在這裡，就算黃宗偉和張烈能帶上兩百名高手，也已經是你調動手下的極限了，我早就算過，你就算從跟我交易的那天就派人去通知中原的分舵回救，那幾個分舵最快也要兩天後才能趕到這裡，所以你拿什麼去對付陸炳的大批高手？」

赫連霸笑了笑，語氣中透出一股自信：「拿什麼？你可別忘了大汗手下可是有千軍萬馬，有怯薛衛隊，這些人武藝或者比不上江湖高手，但是戰陣之上，鐵騎衝殺，你以為陸炳的那幾百人能擋得住？」

天狼一下子驚呼起來：「赫連霸，你好不要臉，居然動用軍隊。俺答汗的鐵騎不是早就去防守大同南邊一帶了嗎，剩下的都去包圍了板升漢人部落，又怎麼會有餘力再去進攻平安客棧？」

赫連霸露出一絲殘忍的笑容：「天狼，你機關算盡，就是漏了一條，那就是**在這大漠南北，可以調動上萬騎兵的，可不止是一個大汗。**」

天狼的身形晃了晃，幾乎要吐出血來，他指著赫連霸，面目猙獰：「赫連霸，你居然繞過俺答汗，直接去跟伊克哈屯可敦聯繫，還動用了她娘家的本部兵馬來攻擊平安客棧，你這麼做，就不怕俺答汗斬了你麼？」

赫連霸的表情變得非常平靜，而聲音卻是冷酷異常：

「天狼，本座不妨實話跟你說個清楚，你以為這次你從一開始就算計了我赫連霸，事實上，你**不過是我掌心中的一個玩具而已**，我現在就把此事的始末一一跟你說清楚，反正這會兒趙全已經成了甕中之鱉，再也不可能跑掉，本座有的是時間。」

天狼咬了咬牙道：「好，我先聽你怎麼說。」

赫連霸掃了一眼在一旁又開始得意洋洋起來的火松子，冷冷地說道：「火松子，我跟天狼談事的時候，不希望有第三個人在場。你傳我的令，所有人都離我們百步開外，另外盯緊點鎮裡的趙全，跑出一個，二罪併罰！」

火松子哪還敢多說，行了個禮便匆匆回頭奔去。

赫連霸轉向了天狼，踱起了步，他的語調有點輕快，顯得這時心情很好：「從你三年前第一次來這平安客棧時，我就注意到了你，這幾年你一直在這大同關外接一些殺手任務，在塞北和西域武林一帶漸漸打出了名氣，但是沒有人知道你的來歷，你也知道，我想得到錦衣衛的消息並不容易。」

天狼冷冷地「哼」了一聲：「三年前我來這裡時，已經不是錦衣衛了，你應該清楚這點。當時我是真的只想在這裡過自己的生活，如果有機會，也會幫著那人完成他的夢想。」

赫連霸搖了搖頭：「那個人最恨的不是我們蒙古人，你應該清楚這點。所以其實你是想借著在我們這裡混到功勞，然後在朝堂上繼續那個人沒完成的事，對不對？」

天狼點了點頭：「不錯，我一介武夫，又離了陸炳，怎麼可能入朝為官？唯一的可能就是在這裡立個大功，**最好能一勞永逸地解決掉大明跟你們蒙古之間的矛盾，這也是我最後和徐閣老走到一起的原因。**」

赫連霸「嘿嘿」一笑：「本來你也是沒什麼機會的，宣大總督楊博並不是徐階一黨，也不想在邊關惹事，更重要的是，他沒興趣，也沒膽子摻和你和徐階想做的那件事。所以你在平安客棧這幾年，幾次試圖想拉攏楊博，但就是沒有成功。」

天狼雙眼中精光一閃：「這事你怎麼知道？」

赫連霸搖了搖頭：「天狼，我的耳目遍佈長城內外，尤其是大同，我們英雄門既然可以讓火松子去那裡扮成乞丐，又怎麼會在楊博身邊不留眼線？當然，軍事上的情報楊博查得很嚴，我們也無意再次入關，但是楊博和你幾次往來的事情，我可是一清二楚，因為我也很想弄清楚你的身分。」

天狼冷冷地說道：「那赫連門主又是什麼時候識破我身分的？」

赫連霸緊緊地看著天狼的雙眼，眼中閃過一絲複雜的神情：

「事到如今，也不瞞你，**我是前幾天才最終確認你的真正身分的**，在那之前，我一直不知道你是哪一方的人，更多地偏向你是錦衣衛。三年前你離開錦衣衛時的那場大戰我知道，力斃上百鷹組高手，陸炳夠狠，要是設個苦肉計，他做得出。」

天狼點了點頭：「不錯，他跟你是一路人，就是赫連門主，犧牲手下幾十條人命的時候，不也是照樣眼皮不眨一下嗎。」

赫連霸說道：「閒話少提，從你開始幾次來我們英雄門查探的過程中，我就知道你的目的在於挑撥我、大汗和趙全之間的關係，弄亂蒙古，大汗半年前酒後失德，犯下大錯，然後又用一個更大的錯誤來彌補前面的那個，我當時苦勸過他，可他不聽，還對我生出了猜忌。」

天狼沉聲道：「所以你就轉而選擇跟可敦合作，來這麼一齣好戲？」

赫連霸的表情閃過一絲得意：

「不錯，這幾年來我一直被大汗疏遠，他喜歡趙全勝過我這個跟他打了幾十年天下的老兄弟，所以我也懶得去跟那趙全爭風頭，轉而全力運營我的英雄門。趙全最多只能打探一些邊關的情報，而我的英雄門如果發展得好，可以直接控制中原武林，以為我蒙古大軍的內應。

「可惜大汗的那個酒後失德之舉打亂了所有的計畫。這幾年楊博上任後，我們幾次攻擊宣府和大同不利，草原上的部落漸有離心之勢。而大汗不想著用我們這些忠誠可靠的蒙古人，用我們英雄門來改變局面，反而拿出各種聯姻手段來籠絡其他部落，進取心已經不復存在。」

赫連霸說到這裡時，面色凝重，顯然說的是他的心聲，俺答汗在這事上把他傷得不輕。

天狼把赫連霸的表情盡收眼底：「所以你就去做了可敦的工作，讓她支持你把趙全除掉，恢復你和俺答汗之間的關係，對不對？」

赫連霸點點頭：「正是，可敦的娘家部落本就是在趙全的那塊板升漢人區域，當年為了安置這些人，才由可敦率先作了讓步，離開了這片豐美的草場，可敦娘家部落裡對此事也是怨氣沖天，加上這次把漢那吉去意已決，而可敦娘家部落的人又想趁機奪回那塊草場，於是可敦同意助我行事，由百變神君扮成阿力哥，來與你接洽，考慮到我們一開始不能讓可敦深入此事，所以開始沒有給你可敦的信物或者是訂金，老實說，本座也沒想到你居然能看出他就是火松子。」

天狼淡淡地說道：「這也算是我跟火松子的一段孽緣了，如果我們當年不是正好在同門學藝，我也不會知道他就是百變神君，赫連門主，人總是會有算不到的事情。」

請續看《滄狼行》2 驚天突變

滄狼行 卷1 瀚海對決

作者：指雲笑天道
發行人：陳曉林
出版所：風雲時代出版股份有限公司
地址：10576台北市民生東路五段178號7樓之3
電話：(02) 2756-0949
傳真：(02) 2765-3799
執行主編：朱墨菲
美術設計：許惠芳
行銷企劃：林安莉
業務總監：張瑋鳳

初版日期：2020年12月
版權授權：閱文集團
ISBN ：978-986-352-892-0
風雲書網：http://www.eastbooks.com.tw
官方部落格：http://eastbooks.pixnet.net/blog
Facebook：http://www.facebook.com/h7560949
E-mail：h7560949@ms15.hinet.net
劃撥帳號：12043291
戶名：風雲時代出版股份有限公司

風雲發行所：33373桃園市龜山區公西村2鄰復興街304巷96號
電話：(03) 318-1378
傳真：(03) 318-1378
法律顧問：永然法律事務所 李永然律師
北辰著作權事務所 蕭雄淋律師

行政院新聞局局版台業字第3595號 營利事業統一編號22759935

定價：270元

國家圖書館出版品預行編目資料

滄狼行 ／指雲笑天道 著. -- 初版 -- 臺北市：風雲時代，2020.11- 冊；公分

ISBN 978-986-352-892-0（第1冊；平裝）

857.7 109013225